La diagonal Alekhine

Arthur Larrue

La diagonal Alekhine

Traducción del francés de José Antonio Soriano Marco

ALFAGUARA

Papel certificado por el Forest Stewardship Council®

MIXTO
Papel procedente de
fuentes responsables
FSC
www.fsc.org
FSC® C117695

Penguin
Random House
Grupo Editorial

Título original: *La diagonale Alekhine*
Primera edición en castellano: enero de 2022

© 2021, Arthur Larrue
© 2022, Penguin Random House Grupo Editorial, S.A.U.
Travessera de Gràcia, 47-49. 08021 Barcelona
© 2022, José Antonio Soriano Marco, por la traducción

Printed in Spain – Impreso en España

ISBN: 978-84-204-6093-2
Depósito legal: B-15252-2021

Compuesto en Arca Edinet, S. L.
Impreso en Unigraf, Móstoles (Madrid)

AL60932

Para John T.

Apertura

1

En aquella época el campeón del mundo de ajedrez se llamaba Alexánder Alexándrovich Alekhine, y era tan presumido que solo usaba gafas durante las partidas. El caso es que veía muy mal. El mundo se movía a su alrededor y él vacilaba. Parecía que estuviera bebido o que intentara caminar derecho por la cubierta de un barco azotado por las tempestuosas olas del Atlántico... Aquel 17 de enero de 1940, justamente, Alekhine estaba en mitad del Atlántico, a bordo de un paquebote llamado Miracle.

Como todas las mañanas, a modo de desayuno, había pedido que le llevaran al camarote huevos revueltos, tostadas, una botella de champán, café de filtro y vermut. Luego había desmenuzado las tostadas y vertido un buen chorro de vermut sobre los huevos, y se lo había comido todo sin usar los cubiertos, con los dedos. Grace no se lo afearía. Seguía durmiendo. Alekhine le dejó suficiente champán para llenar una copa, o sea para alegrarle el despertar. Depositó la bandeja al pie de la cama, introdujo una cucharilla en el gollete para que la bebida no perdiera la chispa y se volvió hacia ella. Bajo el polvo de arroz que se había abstenido de quitarse antes de acostarse y que, en consecuencia, manchaba el almohadón, Alekhine notó una energía húmeda, envolvente y blanda. Grace había envejecido, constató. Se preguntó si había sido joven alguna vez. En 1934, cuando se casaron en Villefranche-sur-Mer, ella ya era dieciséis años mayor que él. Ahora Alekhine tenía cuarenta y siete. Un mínimo esfuerzo matemático bastaba para calcular la respetable edad de Grace. La buena educación nos prohíbe escribirla.

—Joven... —murmuró para sí Alekhine quitándose el pijama—. ¿Por qué iba a serlo? ¿Qué tiene de particular la juventud, aparte de la dispersión? La edad, al acercarnos a la muerte y su ultimátum, fortalece la voluntad y simplifica las opciones. Como al final de una partida, como cuando muere un cisne, provoca la liberación de una energía furiosa, puede que irresistible...

Alekhine se anudó la corbata de cuadros escoceses y salió.

Tenía unos ojos acerados de un azul muy pálido, penetrantes como agujas, y una boca pequeña y crispada que transparentaba su carácter rígido, agudizado por la vanidad y sujeto a frecuentes arrebatos nerviosos. Bien plantado y de complexión robusta, parecía debatirse, no obstante, en un fluido. Como si el aire le opusiera una resistencia especial, como si sus miembros estuvieran embadurnados de una espesa crema que los entorpecía. Más que moverse, parecía nadar. Ni su mala vista ni el sopor matutino bastaban para explicar esa peculiaridad suya. El culpable era más bien su tercer ojo, aquella sombra que lo vigilaba constantemente y lo impulsaba a rodear cada uno de sus gestos de un preciosismo ridículo. Actuaba. Interpretaba el papel que había escrito para sí mismo. Por ejemplo, cuando sostenía una copa o movía una pieza sobre el tablero (lo que hacía bastante a menudo), tenía la costumbre de estirar el meñique hacia fuera.

En el exterior, el tiempo era malo, por no decir hostil. La cubierta estaba vacía. Se agarró a la borda y se sacó un cigarrillo del bolsillo. Escondió la cabeza en la chaqueta para encender una cerilla, igual que un pájaro esconde el pico bajo el ala. El viento barría una tras otra sus bocanadas de humo. Llevaban doce días navegando. El anterior, el Miracle había dejado atrás las Azores. A Alekhine el archipiélago no le había parecido gran cosa: unos cuantos conos negros medio sumergidos en los que se enganchaban las nubes. Embarcar en Buenos Aires, tras la breve escala en Río de Janeiro, había supuesto decir adiós a Sudamérica, donde, durante un año, Alekhine había vivido a lo grande, en un verano continuo, de gran hotel en gran hotel, de casino en casino, de homenaje en victoria, de avión de línea en crucero, de barra libre en barra libre... Allí, se había bañado continuamente en un cóctel dulce. De hecho, todas las ciudades que había visitado tenían nombre de cóctel. Había estado en Antofagasta, Belo Horizonte, Guayaquil, Caracas... Ahora bogaba hacia Lisboa, o sea, hacia el invierno y el apocalipsis en forma de guerra mundial. La temperatura había bajado. La luz palidecía. ¿Comprendía Alekhine lo que eso significaba? ¿Era consciente de que estaba pasando del mojito al tupinambo? ¿Le entraron ganas en algún momento de dar media vuelta? No. Para él, los secos restallidos de las banderas de señalización y los remolinos que lamían los costados del barco solo eran la manifestación de una inquietud bastante difusa, principalmente meteorológica.

Alekhine era mucho menos clarividente en la vida que sobre el tablero. En el espacio y el tiempo que los seres humanos coinciden en llamar «realidad», no preveía el futuro ni gobernaba el destino. Cuando mandó la colilla a las negras aguas de un papirotazo, no tenía la menor idea de la mala racha que lo esperaba. Sin embargo, la realidad se había tomado la molestia de enviarle unas cuantas señales. Incluso había tenido el detalle de dirigirse a él a través de sus canales de comunicación preferentes, que eran el ajedrez y la bebida.

2

Cuatro meses antes de embarcar en el Miracle, en pleno Torneo de las Naciones, Alekhine se tomaba el primer whisky de la tarde en el hotel Palacio de Buenos Aires en compañía de Tartakower, que tenía más o menos su edad. Estaban sentados con otro jugador, unos veinte años más joven y compañero de Tartakower en el equipo de Polonia. Se llamaba Mendel Najdorf. No tardaría en llamarse Miguel Najdorf cuando, imposibilitado de volver a su país por un acuerdo entre dos descuartizadores conocidos como Hitler y Stalin, y dado que en algún sitio había que vivir, decidió que lo mejor sería quedarse donde estaba. Las fronteras polacas no habían dejado de oscilar entre Alemania y Rusia desde hacía tres siglos, lo que había dado lugar a una bromita geopolítica: «Los polacos existen; Polonia, ya ni se sabe».

Era un momento de relajación. Hablaban en ruso y de ajedrez. A su alrededor, la habitual decoración de los palacios: estuco, terciopelo, dorados y colores de resonancias aristocráticas como el rojo sangre y el azul real.

Alemania encabezaba aquella octava Olimpiada —el otro nombre del Torneo de las Naciones—, que era una especie de copa del mundo en la que los jugadores, organizados en equipos, defendían sus respectivas banderas. Había motivos para lamentar la victoria de Alemania. En esos momentos, los alemanes estaban muy envalentonados. Tras haber engullido Austria, contaban con la aportación de ajedrecistas austriacos de talento como Eliskases, aunque habían perdido a jugadores bastante más talentosos, por no decir geniales, como Spielmann, que era de raza judía y, en consecuencia, no podía pertenecer de ninguna manera a la nueva federación de la gran Alemania, empeñada en recuperar la pureza de su sangre germánica.

Tartakower tenía cerebro, la cabeza monda y unos ojillos de ratón muy juntos que sus gafas de culo de vaso agrandaban y volvían melancólicos, como si no hubieran sido creados para ver las cosas de aquí abajo sino las de un hipotético más allá. Por su parte, Najdorf parecía un hombre jovial, amante de la buena mesa y con los pies en la tierra; casi atlético, tenía la nariz grande y unos labios gruesos que, una vez humedecidos en whisky, preguntaron a Alekhine por el número de partidas que habían jugado uno contra otro.

¿Cómo iba la cosa?

¿No era ya el momento de hacer balance?

Najdorf se traía algo entre manos y esbozó una sonrisita de satisfacción —la sonrisita de quien ve más allá que su adversario— cuando el campeón del mundo contestó: «Dos nulos» con una expresión parecía significar: «Lo que ya es muy meritorio, joven».

Aunque les llevaba un whisky de ventaja, Alekhine le hizo una seña al camarero para que le trajera otro. Aquel chico podía estar contento, se dijo dándole varios sorbos al ambarino licor que acababan de servirle. Pero hete aquí que el tal Najdorf decía haber ganado una vez. Incluso lo afirmaba con voz alta y clara.

—Dos nulos y *una victoria*, Alexánder Alexándrovich. Olvida usted, Alexánder Alexándrovich..., olvida usted que hace diez años, en Varsovia, ¡le gané en una simultánea!

Las simultáneas consistían en jugar contra varios adversarios a la vez. Alekhine podía enfrentarse a unos cincuenta, más o menos. Para él eran una importante fuente de ingresos. Le permitían recorrer los clubes de todo el mundo y acrecentaban su fama entre los «profanos» (llamaba así a quienes no jugaban al ajedrez, no sabían una palabra de ajedrez y creían que jugar sesenta partidas al mismo tiempo equivalía a tener sesenta cerebros).

—¿En Varsovia, dice? ¿Me ganó en Varsovia?

—¡Sí! ¡Una vez!

Alekhine volvió a ver el gran hotel neoclásico de Varsovia. Volvió a ver las relucientes arañas y a los jugadores sentados en el salón de baile. Todos iban enfundados en trajes oscuros. El cambio de siglo aún no había acabado con los fracs y las polainas. Se seguían viendo levitas y botines con botones. Al profundizar en su memoria, recordó al Najdorf del pasado. Pero no lo vio como a un ser humano. Najdorf no tenía ni nariz, ni labios ni piernas. Era una letra y un número.

—¿Fue usted quien sacrificó una torre en **b7**?

Sí, había sido él. Ya puestos, dejémonos de cumplidos y llamémoslo **b7**. Como nombre, es más estable que «Mendel» o «Miguel» y tiene la ventaja de entenderse en cualquier idioma. Porque había que saber muchos idiomas para leer la lista de los jugadores del torneo, a los que la guerra convertiría en exiliados: Paulette Schwartzmann, Paulino Frydman, Sonja Graf, Gideon Ståhlberg, Paul Michel, Ludwig Engels, Albert Becker, Heinrich Reinhardt, Jiří Pelikán, Karel Skalička, Markas Luckis, Movsas Feigins, Ilmar Raud, Moshe Czerniak, Meir Rauch, Victor Winz, Aristide Gromer, Franciszek Sulik, Adolf Seitz, Chris de Ronde, John Francis O'Donovan, Zelman Kleinstein... Y eso no era nada: alegrémonos de no tener que leer la lista de los millones que se habían quedado en Europa e iban a ser pulverizados, gaseados, enterrados, fusilados, asfixiados, quemados, borrados del mapa o transformados en pantalla de lámpara, almohada o jabón.

El **b7** era uno de los pocos casos en que el sacrificio de una pieza ponía en marcha el primer engranaje de un mecanismo que llevaba automáticamente al jaque mate. En los sacrificios siempre había un poco de soberbia. Alekhine lo admitía de buen grado. Eran caballerescos. Eran románticos. Provocaban estupor. El ya mencionado Spielmann había descrito maravillosamente sus atractivos en un libro titulado *El arte del sacrificio en ajedrez*. Obviando esas consideraciones y la mención, siempre muy desagradable para él, del muy irritante Spielmann, Alekhine dijo estar encantado de reencontrarse con el audaz **b7**. Aquel **b7** se le había quedado en algún rincón de la mente. Incluso después de una década, cuando uno era Alekhine, se acordaba de alguien que había sabido sorprenderlo.

Sonrió a Najdorf y alzó el vaso en su honor.

—¡Por usted! ¡Por el **b7**!

Tintineo de cubitos, ligeros gorgoteos, suspiros de placer.

—Me gustaría saber, Alexánder Alexándrovich... —empezó a decir Najdorf, empleando esa fórmula de cortesía rusa, un poco aparatosa, que consiste en añadir el patronímico al nombre de pila del interlocutor—. Me gustaría saber qué piensa hacer usted, Alexánder Alexándrovich. Se oyen rumores de lo más diverso y sé que muchos de nosotros nos planteamos dejar a nuestras familias y nuestros bienes para quedarnos aquí, en América.

Cualquier otro, al oír a Najdorf preguntar eso en septiembre de 1939, habría pensado en la guerra relámpago, en la coordinación ofensiva de los aviones, los tanques y la infantería. Después de todo, Polonia iba camino de la aniquilación. Se enfrentaba a los carros de combate con lanceros a caballo, mientras se experimentaban los primeros asesinatos en masa mediante tubos de escape de camiones.

—Dudo que la partida se juegue... Ya veremos.

¿De qué hablaba Alekhine?

—¡La partida, como usted la llama, ya ha empezado!

El ambiente se tensaba.

Tartakower, que estaba sentado entre los dos, terció:

—Cálmese, Najdorf. Usted habla de la guerra que acaba de declararse y Alexánder Alexándrovich, de la batalla por el título de títulos. Se refería usted a la revancha contra Capablanca, ¿verdad, Alexánder Alexándrovich? Ha creído que Najdorf le preguntaba si esa partida iba a celebrarse... Que si toda esa gente decidía quedarse en Argentina en vez de volver a Europa sería para asistir a la partida... ¿No es así?

Alekhine tenía el genio vivo, así que se enfadó. En cierta ocasión, tras ser derrotado por Spielmann (otra vez él) con más contundencia de lo habitual, había cogido el rey y, en lugar de tumbarlo en la casilla como dictaba la costumbre, lo había lanzado a la otra punta de la sala y no había dejado tuerto a un espectador de milagro.

¡Otra vez la maldita partida! ¡Otra vez Capablanca! ¿Es que no están las cosas claras entre él y yo? ¿Claras como el agua? Le gané. El título ya no es suyo. ¡No habrá revancha, a no ser que se cumplan todas las condiciones del acuerdo de Londres! ¡Y eso le costará diez mil dólares!*

El aspecto de Alekhine ya no era el del comienzo de la conversación. Su cabeza parecía más grande. Unos cuantos mechones se habían independizado de su obsesivo peinado y le caían sobre la frente. Alekhine se había olvidado de su tercer ojo, el que le ordenaba fingir desinterés, jugar al ajedrez como si jugara al bridge o al ping-pong, digamos que para engañar al aburrimiento, con la

---

* El equivalente actual de ciento cincuenta mil dólares.

imperturbable serenidad de un caballero. Herido en su amor propio, sus bajos instintos volvían a dominarlo. No era el ideal de su tercer ojo. Era un currante o, en todo caso, un artista voluntarioso que apestaba a alcohol y sudor, una bola de energía agresiva y rabiosa, un individuo inseguro que quería gustar en todo momento y rara vez gustaba.

Estaba harto de que le hablaran de Capablanca.

Hacía apenas unos días, una especie de periodista lo había perseguido para suplicarle que concediera una revancha al cubano. Alekhine solo había podido librarse del muy botarate escondiéndose en los lavabos, echando el pestillo y quedándose una hora allí dentro, mientras se repetía que no, no le tenía miedo a Capablanca. Grace acudió en su rescate y ahuyentó al importuno, después de lo cual subieron a la habitación, cogidos del brazo los dos. Allí, Alekhine le repitió todas las buenas razones que tenía para odiar a su rival.

Porque Alekhine odiaba a Capablanca. Odiaba el cariño que el público le tenía a Capablanca; el genio natural de Capablanca; la desenvoltura social de Capablanca; a la joven y hermosa mujer, rusa y frívola, de Capablanca; el pasaporte diplomático de Capablanca; las propiedades inmobiliarias de Capablanca; la bronceada tez de Capablanca; la sobria elegancia de los trajes ingleses de Capablanca, mientras que los suyos lo hacían parecer un representante de jabones; la forma oficial en que Capablanca viajaba a Rusia mientras él, que había nacido allí, no podía pisarla; la efusividad con que Stalin —el mismo Stalin que había llevado a suicidarse a su hermano Alekséi— le estrechaba la mano a Capablanca; e incluso el apellido Capablanca, que parecía sacado de un cuento de hadas, a diferencia del suyo, difícil de pronunciar para los no rusohablantes y confundido habitualmente con el ridículo «Aliokhine» por los rusohablantes... Había que decir que Capablanca era de forma natural, sin esforzarse, el hombre que su tercer ojo habría querido que fuera Alekhine. También había que decir que, antes de Alekhine, el campeón del mundo era él. Y para muchísima gente seguía siéndolo.

—¡El campeón del mundo soy yo!

Alekhine llamó en su ayuda al recuerdo de aquella nota del 29 de noviembre de 1927, hacía doce años, recibida en esa misma ciudad de Buenos Aires, tras una lucha sin piedad, en un francés lleno de faltas de ortografía, que daba fe (para su regocijo, naturalmente) de la sacudida física y moral que había sufrido el cubano.

Apreciado señor Alekhine:

Abandono la partida. Así pues, es usted el campeón del mundo, y lo felicito por su victoria.
Presente mis respetos a la señora Alekhine.
Sinceramente suyo,

J. R. Capablanca

Pese a esa capitulación inequívoca, el espectro de Capablanca tenía que venir a importunarlo cuando creía estar relajándose con un whisky con hielo en compañía de dos rendidos admiradores... Si ya ni los recuerdos más absolutamente dichosos eran capaces de prevalecer, ¿dónde se metía uno?, se preguntaba. Si su propia memoria, en sus parcelas más felices, ya no era un refugio fiable, ¿dónde encontrar descanso? ¿Adónde huir para no tener que seguir soportando las luchas a muerte de lobos contra lobos?

—¿He contestado a su pregunta, Najdorf? ¡Diez mil dólares! ¡Ni un kopek menos! Allí, delante de mí... ¡Nos pusimos de acuerdo en Londres! Capablanca firmó el acuerdo de Londres, conque... Y más le vale darse prisa, porque no tardaré en cruzar de nuevo el Atlántico, y créame: ¡una vez al otro lado, en Europa, será él quien tenga que pagarme los gastos del viaje de vuelta!

Con furia, Alekhine aplastó la punta del cigarrillo en el fondo del vaso vacío de Najdorf, se levantó sin disculparse, se caló el sombrero negro, se puso el abrigo negro, cogió el maletín negro que contenía lo que contenía su mente, o sea, juegos de ajedrez en miniatura, libretas llenas de notas garabateadas sobre ajedrez y revistas de ajedrez checas, inglesas y soviéticas, y dio la espalda a sus dos compañeros.

Tartakower le dio una palmada en el hombro a Najdorf con suavidad.

—Vamos, no ponga esa cara, Mendel... ¡En fin, la reacción de Alexánder Alexándrovich no debería sorprenderlo! Mire, lo conozco desde hace treinta años. Para él, el ajedrez lo es todo. Y él se lo ha dado todo...

Los ojos de Najdorf tenían una expresión seria.

El juego también lo era todo para él.

—No, Mendel. Es más que eso, mucho más que eso y mucho *peor* que eso.

3

Con la ayuda del tiempo y de la travesía, el desagradable recuerdo de aquella conversación se había hundido en el océano Atlántico. Rodeado por el proceloso mar de enero y los vientos y brumas cargados de salpicaduras, ataviado con un esmoquin con el cuello cruzado, una pajarita torcida y un fular de seda blanca, y arrebujado en un gabán que había tenido que rescatar de un baúl, Alekhine se había instalado en una de las tumbonas. Solo una vez más en la resbaladiza cubierta, se había calado las gafas para repasar las notas sobre el torneo Willington Drake de Montevideo. Su programa para la velada era acabar de estudiarlas, sacar de ellas quizá unas cuantas líneas complacientes y luego ir a la cena, a la que seguiría un concierto.

Era una perspectiva agradable, mucho más agradable que la idea, tozuda y fugaz como una corriente de aire en algún lugar de su mente, de que Alemania y Rusia estaban serrándole la cabeza a Polonia, es decir, asesinando a todos los polacos capaces de pensar, porque, como es público y notorio, la forma más definitiva de matar a cualquier organismo —y eso vale tanto para los países y los pueblos como para los cangrejos o los pollos— es cortándoles la cabeza.

Alekhine constató que no había salido mal parado ni del Torneo de las Naciones ni del Willington Drake, que se había disputado a continuación. En dieciséis partidas había obtenido nueve victorias y concedido siete nulos. Así que trece puntos, contó apretando el lápiz entre los labios... Se subió hasta el estómago la manta de lana afieltrada que acababa de traerle un camarero y encendió un cigarrillo con movimientos de autómata, como si, lejos de mandar en su cuerpo, dejara que se las arreglase solo desde hacía mucho tiempo. Las páginas de sus libretas estaban cubiertas de grandes y caóticos garabatos. Alekhine tomaba notas sobre sus partidas con un lápiz grueso, principalmente en ruso y en francés, pero también en alemán, inglés, latín o griego clásico.

Cuando levantó la cabeza vio a Duarte Almeida, el capitán, que cruzaba el Miracle para ir a cambiarse en su camarote. La cena-concierto lo obligaba a lucir un uniforme inmaculado. De momento, el paticorto oficial llevaba un viejo sobretodo enrojecido por la plancha. Un pantalón bombacho ocultaba casi por completo sus zapatos de punta cuadrada y subrayaba la pequeñez de sus pies. Con una piel bronceada, la nariz chata y un aro adornándole la oreja derecha, Almeida despertaba en sus interlocutores el recuerdo de los navegantes portugueses que, en el siglo xv, habían puesto rumbo a la otra punta del globo a bordo de cáscaras de nuez para cubrirse el cuerpo de oro, frotárselo con especias y dibujar mapas rodeados de dragones. El oficial se llevó la mano a la gorra, se inclinó para ejecutar una especie de reverencia y se dirigió a él en un francés aceptable:

—Boa tarde, dotor Alekhine!

—Buenas tardes, capitán. ¡Vaya viento! ¡Qué energía a nuestro alrededor! Parece Berlioz...

—¡Sí, su largo!

—¡Qué vigor, amigo mío!

—Tenemos que pizar los motores a fondo, para balansar las corrientes. Espero que nuestra cena no danse muito. No querría que el caldo nos diese baño.

—¿Que el caldo nos qué?

—Que a sopa se derramase por causa de las olas.

—¡Bah! Mientras hay movimiento hay vida, ¿no le parece?

—Sí, dotor. Desculpe mi francés, que ya no pratico muito. Teño vergüenza.

—¿Cuándo llegaremos, capitán?

—Dentro de tres días.

—¡Maravilloso!

—Teño que decirle... He avisado a Lisboa de sua presensa a bordo.

—Muy amable de su parte, capitán, muy amable.

—¡Mi país tem a honra de recibir ao campeón do mundo!

—Dígame, capitán, ¿allí se juega mucho al ajedrez?

El capitán respondió que sí, por supuesto. ¿Qué país digno de ese nombre no apreciaba esa cima del espíritu que era el ajedrez? En su opinión, era lamentable que aún no hubiera aparecido ningún maestro portugués de primera categoría. Pero, tras la visita del ilustre doctor Alekhine, estaba seguro de que no tardaría en surgir toda una generación de prodigios lusos. De hecho, deberían sentarse juntos durante la cena-concierto, decidieron en ese mismo instante. ¡El honor era mutuo! Alekhine y Almeida estuvieron de palique un cuarto de hora. El uno hacía sentirse importante al otro, que le pagaba con la misma moneda. En el terreno de los pasatiempos, el favorito de Alekhine eran las charlas insustanciales: unas cuantas frases huecas y un puñado de manidas fórmulas de cortesía, con la seguridad de no malgastar sus fuerzas mentales, que más tarde podría emplear en exclusiva sobre el tablero.

Grace apareció al final de la cubierta. A juzgar por su aspecto tenso, estaba de mal humor. Llevaba aquel abrigo de pieles, largo hasta los tobillos, que la redondeaba y le daba el cómico aspecto de un roedor. El capitán saludó a la señora como era debido, pero hizo mutis enseguida. Pasar la velada con el campeón del mundo de ajedrez lo halagaba, pero la compañía de Grace no le apetecía tanto. Era estadounidense, y los estadounidenses no tenían el menor sentido de la conversación. Espíritus vulgares, mercaderes ingleses emancipados de las buenas formas y de la historia, solo creían en el dólar. Pronto, pensaba con tristeza el marino, reinarían sobre un mundo universalmente monetizado y era legítimo preguntarse cómo se adaptaría uno a semejante calamidad.

Una vez a solas con Grace, Alekhine cambió de actitud y volvió a convertirse en el niño malcriado que quizá era ante todo. ¿Cuántos años tenía? ¿Cuarenta y siete, como decía su pasaporte? ¿Noventa y tres, como habría afirmado un laboratorio médico, en vista del tamaño de su hígado y del estado de sus pulmones? «Dieciséis», habría respondido su mujer, porque sabía que a los dieciséis años había recibido aquel jarrón de porcelana del color de sus ojos de manos de Su Majestad el zar Nicolás II, por su victoria en el torneo panruso de jóvenes promesas. El trofeo tenía las asas en forma de alas de mariposa. Alekhine jamás se separaba de él, como si contuviera su corazón, su memoria y toda su alma.

—No me despiertas cuando te levantas, Tisha...

El apelativo que usaba Grace para dirigirse a Alekhine había servido en otro tiempo para referirse al pequeño que se cerraba a cal y canto en su habitación huyendo de criados y preceptores, en la ostentosa y grotesca villa moscovita de sus padres. «Tishna», del ruso тишина, que significa «silencio», designaba, con el toque de ternura que le daba la fricativa final, el mutismo en el que se encerraba el joven Alekhine para jugar. Treinta años después, seguía siendo el niño taciturno que respondía por carta a los problemas ajedrecísticos de los periódicos y fumaba demasiados malolientes cigarrillos de *makhorka*.

—Estabas durmiendo, querida, no veo por qué iba a despertarte.

—De todas formas, tengo la sensación de que prefieres que esté dormida.

—Quería repasar las partidas de Montevideo y Buenos Aires, he...

Grace lo atajó con un gesto. No había que confundir el juego con la vida.

—¿Qué quería de ti el capitán?

—Me ha confirmado que llegaremos a Lisboa pasado mañana. Ha informado a la prensa de nuestra llegada... Esta noche, en la cena, nos sentaremos a su mesa. Ha tardado un poco en invitarnos, me parece a mí... He fingido que no me había dado cuenta y que no le daba ninguna importancia.

La mano de Grace apuntó al cielo con un dedo. El juego, otra vez. Tenía que reaccionar.

—Te lo he advertido, ¿verdad? ¡No nos eternizaremos en Lisboa!

—Me lo dijiste ayer, sí. Estuvimos de acuerdo... Asunto concluido.

—No están los tiempos para zalemas. Francia está en guerra. Y tú eres francés.

—Ruso de nacimiento, francés por necesidad, o puede que por elección, ya no lo sé. Pero sí, soy francés. Es innegable. Está escrito en mi pasaporte, como nuestro matrimonio, cariño...

—Ya no hay Rusia. Rusia ya no existe, ya no es un país.

Las manos abiertas de Grace abarcaban un vacío.

—Sigue existiendo en mis recuerdos.

—Y eso es estupendo, ¡créeme! ¡Rusia está mucho mejor dentro de tu cabeza, con tus recuerdos, que en poder de los sóviets!

—Sin embargo, no es exactamente lo mismo...

—¡Coraje, Tisha! Nada de sensiblerías, por favor. No eres un desertor, el ejército francés va a movilizarte. ¡A las armas, ciudadanos! ¡Formad los batallones! ¡Marchemos! ¡Marchemos! Campeón del mundo más desertor, igual a desertor.

—¿Qué te pasa, Grace?

—Tengo frío, eso es todo. Y esta travesía me aburre.

—Eso no es motivo para venir a torturarme.

Para Grace sí. Volvió a sus sumas.

—Campeón del mundo más héroe de guerra, igual a héroe de guerra campeón del mundo.

—Bueno, ¡ya está bien!

—Lo digo en serio, Tisha.

—Aunque solo sea para que no nos confisquen nuestros bienes en Francia...

—*Mis* bienes en Francia.

Estaba el palacio de Saint-Aubin-le-Cauf, en Normandía, un estudio en Montparnasse, los bronces *art déco* (dos desnudos y una cacatúa), los grabados de Jouve, varios cuadros fauvistas y cuentas bancarias de seis cifras. No era poco y, como acababa de subrayar Grace con tanta sutileza, estaba todo a su nombre.

—Eres un encanto, Grace. No, eres un amor.

Para Alekhine, la situación no era nada cómoda.

—Un amor *y* muy generosa, Tisha. Porque los clubes de ajedrez pagan los bares y los hoteles, pero ¿quién paga el resto?

—Ya lo sé, Grace. Sé que todo te lo debo a ti.

—La proverbial pobreza de los jugadores de ajedrez, ¿te afecta de algún modo?

—No.

—¿Navegas en primera?

—Sí, navego en primera.

—¿Crees que tu título te basta para viajar gratis en primera?

—Es poco probable que la compañía acepte títulos, aunque sean mundiales. Pero ¿realmente quería embarcar? No lo sé. El otro día..., una mañana. Pasábamos ante las Azores, tú aún dormías. Di ochenta vueltas por esta cubierta porque no podía quitarme de la cabeza un mal presentimiento...

Grace tenía ganas de pelea.

Lo había acorralado, debía aprovechar para darle la puntilla.

—La botella de coñac que pediste que te subieran anoche, ¿crees que es regalada?

—Me la bebí contigo. *Contigo*.

—La pago yo, Tisha. ¿Es que no tengo derecho a probarla? —El matrimonio Alekhine se parecía un poco a una asociación de malhechores. Ambas partes estaban convencidas de que aportaban lo suyo, y esa condición parecía tan necesaria como suficiente: él se ocupaba del ocio y ella, del negocio. Ella, la madera; él, el barniz.

—Vale, ya lo dejo. Me vuelvo al camarote. Damos una vuelta rápida por Lisboa y salimos pitando hacia París. París. París. ¿Estamos de acuerdo? —Para Grace, París era lo mismo que para todos los estadounidenses a partir de Gertrude Stein y Ezra Pound: un lugar con una tasa de cambio muy favorable en el que entregarse libremente a la bebida y las artes—. Vas a defender tu país con las armas en la mano, Tisha. Y yo te escribiré cartas de amor desgarradoras. Hasta puede que te haga un retrato vestido de soldado, como el que le hizo Picasso al poeta Apollinaire. Resumiendo, no queremos que las autoridades francesas nos busquen las cosquillas.

—«Tu país»... Insistes tanto en eso que parece que lo dudas...

—Sí, *tu país*. Francia es tu país.

—Para serte sincero, no estoy seguro de dónde se encuentra mi país.

—Nos hemos pasado un poco con los viajes.

—Siempre he viajado mucho.

—Precisamente: los viajes desorientan bastante.

—Tú no pareces muy desorientada...

—No podemos estar desorientados los dos. Yo llevo el timón, no sé si te has dado cuenta.

—¿Ya has soltado todo tu veneno? ¿Has acabado? ¿Puedo trabajar en paz? ¡Dios, qué viperina eres a veces!

Grace se arrebujó en el abrigo de pieles con lo que debía de ser satisfacción. Luego le lanzó una mirada traviesa que le hizo esbozar una sonrisa forzada. Tal vez Grace se estuviera preguntando qué aspecto tendría su campeón del mundo si le afeitaran la cabeza y se la trepanaran, como a Apollinaire. La idea debió de asustarla, porque se levantó de un salto de la tumbona en la que se había instalado y cambió de tono y de humor.

—¡Bueno, hace frío! Me voy. ¡Que trabajes bien, cariño!

Alekhine ya casi no estaba allí. Como si fuera una borrosa señal perdida en la lejanía, vio decrecer la figura de Grace por la cubierta. Avanzaba junto al bordo habitado del barco, agarrada a una barandilla de madera pulida. No miró al océano ni una sola vez, como si tuviera miedo. ¿Y si resbalaba en el entablado? ¿Y si se tambaleaba hacia la borda y caía al agua? En el tiempo que Alekhine tardaría en abandonar su tablero mental, agarrar un salvavidas y lanzárselo, ¿no se habría hundido del todo? ¿Podría nadar, entorpecida por aquel abrigo? Pero ¿acaso sabía nadar? La temperatura del agua y el miedo a los tiburones, ¿no bastarían para que le estallara el corazón?

Cuando desapareció en una crujía, Alekhine volvió a abrir las libretas en las que había transcrito sus victorias sudamericanas. Al instante, los escenarios de los maravillosos torneos, el de las Naciones y el Willington Drake, aparecieron de nuevo. Volvieron las palmeras y los jacarandás. Volvieron los sombreros panamá y canotier de sus adversarios, sus arrugados trajes de lino y los pañuelos con los que se secaban la frente. Pero bastaron unos segundos para que esos amables decorados dieran paso a los extraños alineamientos de números y letras de las notaciones. Entre esos símbolos, Alekhine volvió a encontrar aquella bola de gas inflamable, aquella sombra de rabia cruda en la que se reconocía mejor que en un espejo.

4

¿Qué clase de jugador era Alekhine? ¿Qué había querido decir Tartakower al comentarle al joven Najdorf que era peor, mucho peor? ¿En qué era Alekhine peor que los demás? ¿Qué lo diferenciaba de los genios del ajedrez que habían surgido a lo largo de los siglos? Su falta de genio, precisamente. Los recursos inhumanos de los que había tenido que valerse para paliar esa falta de genio. Las heridas que había debido infligirse sistemáticamente para obtener lo que la naturaleza le había negado. Desde la más tierna infancia, Alekhine se había sometido a una disciplina tan asfixiante como el lazo de una horca, tan punzante y dolorosa como una aguja bajo una uña. Esa disciplina lo había convertido en el hombre al que Reuben Fine había llamado «el sádico del ajedrez»: un jugador que disfrutaba con el sufrimiento que el juego le permitía ocasionar, un individuo al que el crítico musical Harold C. Schonberg había calificado de «más inmoral que Richard Wagner y Jack el Destripador», es decir, con una ambición y una voluntad creadora tan totales como las del ilustre compositor alemán, un hombre cuyo juego lleno de veneno había inspirado al coronel Edward Bromfield, director del South-Kensington Gentlemen Chess Club, esta famosa nota biográfica:

> El doctor Alekhine ha sobrevivido a una guerra mundial, una revolución y una guerra civil jugando al ajedrez. Por sí solas, la fuerza de su dedicación

al juego y la voluntad de sobresalir en él le han permitido atravesar esas catástrofes, como un faquir que avanza sobre una alfombra de brasas, por decirlo así. Ningún otro jugador puede vanagloriarse del insigne honor de vivir, por encima de todo, *en el juego*. Al doctor Alekhine, el mundo no lo perturba.

Me he preguntado muchas veces de dónde procede la violencia que el doctor Alekhine libera sobre las sesenta y cuatro casillas, y creo que existe una relación entre su genio, tan singular, y su destino histórico. ¿Cómo es posible que la violencia de la Historia no lo haya alcanzado nunca? ¿Cómo ha podido dañar a tantos y no tocarlo a él? ¿Y si, en lugar de herirlo, se hubiera encarnado *en él*? ¿Es casualidad que ciertos analistas amateur del simbolismo fonético se hayan inspirado en los sonidos de su apellido para decir que Alekhine era «All in» («Alles in» en alemán)? Si, como creo, no existe hombre más «interior» (en el sentido en que los filósofos místicos entendían el término, es decir, oponiéndolo al mundo «exterior») que el campeón del mundo, deduzco que, en la intimidad de su alma, sometió la Historia a una extraña alquimia, para transformarla en un carburante cuya eficacia barre a sus adversarios en cada partida.

Cuando pienso en el doctor Alekhine imagino un inmenso depósito en el que se ha acumulado una cantidad inverosímil de energía pura. No digo que Alekhine haya ignorado su siglo, me limito a suponer que ha absorbido su violencia y, milagrosamente, la ha trasladado al tablero. El esfuerzo que tuvo que realizar para obtener semejante metamorfosis parece obra de magia. En mi opinión, eso convierte al doctor Alekhine en un genio de proporciones sobrenaturales, quizá incluso en un demonio.[*]

Esa singularidad de Alekhine, que fue poéticamente descrita por Bromfield, se manifestó de forma visceral en su duelo con Capablanca. A costa de un esfuerzo indecible y a riesgo de que le estallara la cabeza, el diabólico ruso consiguió vencer a ese auténtico genio, a ese ángel solar. Alekhine, bregador, zafio, bruto, monstruo de orgullo y de vicio, acabó imponiéndose. Durante su infancia, cuando descubrieron el juego, Alekhine y Capablanca empezaron a escribir sin saberlo una especie de cuento moral en el que se oponían el ahínco y el talento.

Capablanca fue un niño al que su padre y su tío sentaban entre ellos las noches en que jugaban al ajedrez. Solo tenía que ser bueno y estar calladito. En el bochorno tropical, los hermanos Capablanca meditaban las jugadas al ritmo del tictac del reloj de péndulo ante aquel niño de cuatro años al que no tardarían en mandar a la cama. En el aire flotaba un olor a fruta podrida y las moscas giraban pesadamente bajo la lámpara. Le tocaba jugar a Capablanca padre, que alzó la mano derecha y la extendió para coger un alfil. En ese momento...

—¡No, papá! ¡No muevas esa!

—¿Cómo dices, Joselito?

—No hagas esa jugada...

—¡Calla, renacuajo! ¡Si ni siquiera te sabes las reglas!

—Sí, me las he aprendido viéndoos jugar al tío y a ti...

---

[*] En *The Bromfield Chess Players Index*, Londres, 1928.

Con qué condescendencia debieron de mirar al pequeño Capablanca...

—¿Ah, sí? Pareces muy seguro. A ver, explícame por qué sería tan mala esa jugada, hijo mío. Papá te escucha.

El niño le explicó el porqué. Incluso le explicó que estaba en una posición de ventaja, pero necesitaba comerse tal y tal pieza y realizar tal y tal jugada con vistas a tal y tal combinación. De pronto, la condescendencia de los dos adultos se transformó en incomodidad, y luego en asombro. Cuando el prodigio quiso jugar contra su tío o su padre, uno y otro escurrieron el bulto con la excusa del cansancio y la hora. Al día siguiente organizaron una partida con el médico del pueblo, que tenía una sólida reputación, pero perdió muy rápidamente. Llevaron al pequeñín, con su trajecito de marinero y su gran lazo de seda alrededor del cuello, al club de ajedrez de La Habana. De victoria en victoria, Capablanca creció y siguió jugando hasta alzarse con el título mundial, sin demasiado esfuerzo, sin que en realidad le gustara el ajedrez y sin leer un solo manual, simplemente porque se llamaba Capablanca y, por la gracia de Dios, era imbatible.

Entretanto, ¿qué era de Alekhine?

¿Dónde y cómo había descubierto el ajedrez?

En el club de Moscú, durante una misa negra. Tenía diez años. El oficiante era un estadounidense de nombre Pillsbury (que moriría poco después, completamente loco). Ante los maravillados ojos de Alekhine, en una nebulosa de orgullo y magia, Pillsbury venció simultáneamente y a ciegas a veintidós aguerridos jugadores. El joven Alekhine quedó extasiado ante tamaña demostración de fuerza. Veía a un hombre con los ojos vendados que pronunciaba extrañas series de números y letras. La mente de un solo individuo era capaz de aplastar a las de otros veintidós sin molestarse siquiera en mirar... ¿Qué prodigio era aquel? ¿Qué demonio le había otorgado a Pillsbury semejante poder?

Alekhine volvió a casa y aprendió a leer las notaciones de las partidas. Se metió las primeras agujas de acero bajo las uñas mientras descifraba: «1. e4-e5 2. Cf3», etc. Intentando sentir en su interior los movimientos de las piezas, consiguió aislarlas de las formas del tablero. Se olvidó de las sesenta y cuatro casillas y vio únicamente lo que en esencia es una partida, es decir, una red de fuerzas invisibles, impalpables y magnéticas. Jugaba con el quinqué de su habitación apagado, a la luz de la luna. En la escuela, durante las clases, empezó a confundir las fórmulas matemáticas con las notaciones. A los doce años era capaz de memorizar toda una partida. Podía jugar en cualquier parte y en cualquier momento. Jugaba hasta durmiendo.

A la fuerza, se convirtió en uno de los jugadores de simultáneas a ciegas más efectivos de la historia del ajedrez. Una vez, en París, llegó a aplastar a cuarenta y cinco adversarios al mismo tiempo. Le bastaba con sentarse en el sillón. Fumaba un cigarrillo tras otro durante dieciocho horas seguidas y no comía para mantenerse excitado, mientras daba la espalda a los demás jugadores, todos los cuales tenían delante un tablero y querían ganar su partida, aunque no lo conseguían. Alekhine los vencía en grupo, sin molestarse siquiera en mirarlos. Daba igual que fueran sesenta o tres mil, les habría ganado a todos sin sentir la necesidad de volverse. Esas simultáneas a ciegas eran ceremonias mágicas. Como Pillsbury antes que él, Alekhine manejaba fuerzas invisibles. En las volutas de humo que ascendían del cenicero, en la niebla que envolvía su silueta, en los juegos de luces y sombras se adivinaban las emanaciones de un espíritu activo...

Cuando se leen las partidas de Alekhine y se intenta caracterizar su estilo, se impone la idea de un mercenario armado con una enorme espada de doble filo que lucha contra esgrimistas apenas provistos de florete. Sus adversarios intentan causarle heridas quirúrgicas, le pican como mosquitos o avispas, pero él los golpea, los corta en rodajas, los hace picadillo, los destruye, los destripa y los perfora. Para apoyar esta imagen un poco excesiva, remitimos a los lectores aficionados a los sortilegios a la partida contra Bogoliúbov en el torneo de Hastings de 1922, o contra Réti, en el torneo de Baden-Baden de 1925.*

---

* «Considero esas dos partidas las más brillantes de mi carrera ajedrecística. Por una extraña coincidencia, ninguna recibió la menor distinción, puesto que ninguno de los dos torneos concedía premios a la brillantez» (Alexánder Alekhine, *My Best Games 1908-1923*, Londres, 1939).

Yefim Bogoliúbov – Alexánder Alekhine   (Defensa holandesa) Hastings, 1922
1. d4 f5 2. c4 Cf6 3. g3 e6 4. Fg2 Fb4+ 5. Fd2 F×d2+ 6. C×d2 Cc6 7. Cgf3 0–0 8. 0–0 d6 9. Db3 Rh8 10. Dc3 e5 11. e3 a5! 12. b3 De8! 13. a3 Dh5! 14. h4 Cg4 15. Cg5 Fd7 16. f3 Cf6 17. f4 e4 18. Tfd1 h6 19. Ch3 d5! 20. Cf1 Ce7 21. a4 Cc6! 22. Td2 Cb4 23. Fh1 De8! 24. Tg2 d×c4 25. b×c4 F×a4 26. Cf2 Fd7 27. Cd2 b5! 28. Cd1 Cd3! 29. T×a5 b4! 30. T×a8 b×c3! 31. T×e8 c2! 32. T×f8+ Rh7 33. Cf2 Dc1+ 34. Cf1 Ce1! 35. Th2 D×c4 36. Tb8 Fb5 37. T×b5 D×b5 38. g4 Cf3+! 39. F×f3 e×f3 40. g×f5 De2!! 41. d5 Rg8! 42. h5 Rh7 43. e4 C×e4 44. C×e4 D×e4 45. d6 c×d6 46. f6 g×f6 47. Td2 De2! 48. T×e2 f×e2 49. Rf2 e×f1D+ 50. R×f1 Rg7 51. Re2 Rf7 52. Re3 Re6 53. Re4 d5+ 0–1

Richard Réti – Alexánder Alekhine   (*Fianchetto* de rey) Baden-Baden, 1925
1. g3 e5 2. Cf3 e4 3. Cd4 d5 4. d3 e×d3 5. D×d3 Cf6 6. Fg2 Fb4+ 7. Fd2 F×d2+ 8. C×d2 0–0 9. c4! Ca6 10. c×d5 Cb4 11. Dc4 Cb×d5 12. C2b3 c6 13. 0–0 Te8 14. Tfd1 Fg4 15. Td2 Dc8 16. Cc5 Fh3! 17. Ff3 Fg4 18. Fg2 Fh3 19. Ff3 Fg4 20. Fh1 h5 21. b4 a6 22. Tc1 h4 23. a4 h×g3 24. h×g3 Dc7 25. b5 a×b5 26. a×b5 Te3! 27. Cf3 c×b5 28. D×b5 Cc3! 29. D×b7 D×b7 30. C×b7 C×e2+ 31. Rh2 Ce4! 32. Tc4! C×f2 33. Fg2 Fe6! 34. Tcc2 Cg4+ 35. Rh3 Ce5+ 36. Rh2 T×f3! 37. T×e2 Cg4+ 38. Rh3 Ce3+ 39. Rh2 C×c2 40. F×f3 Cd4 0–1

5

Pero habíamos prometido hablar de ajedrez sin jugar al ajedrez, así que deberíamos contar —para decir quién era Alekhine fuera del juego, para confiar en que, una vez convocada, su robusta, tensa, crispada silueta proyecte su sombra sobre estas páginas y transforme este libro en un retrato en el que pueda reflejarse no solo su parte visible, sino también y sobre todo su doble invisible, esa carga explosiva circunscrita al tablero— un duelo de otro tipo, que tuvo lugar cerca de Carlsbad, en el jardín de un mecenas donde una soleada tarde de julio se celebraba un ágape.

Alekhine, que no había hablado con nadie, se pasó tres cuartos de hora inventariando la biblioteca de su anfitrión, llena de antiguos y magníficos tratados de ajedrez. Por fin, se decidió a acudir a la parcela de hierba cortada al ras en la que estaba montado el bufet. Una vez allí, avanzó con paso decidido hacia la encantadora mujercita de Capablanca, cuya rubia cabellera le hería la vista como un sol, pero también lo atraía como una bombilla a un moscardón. Puede que hubiera oído estallar las risas de Olga Capablanca durante su inventario, puede que le hubiesen impedido concentrarse. Olga se reía mucho. Se abrió paso a codazos hasta ella. No veía a nadie más, no tenía otro objetivo, no le importaban el resto de los invitados, pese a que un par de ellos estuvieron a punto de derramar la jarra de cerveza por su culpa. Sin que Alekhine fuera del todo consciente, su garganta emitía ese leve gruñido que, entre los babuinos, sirve para expresar el celo.

Olga se había casado en primeras nupcias con un oficial de la división de caballería del Cáucaso, se casaría en terceras con un campeón olímpico de remo galés y lo haría de nuevo en cuartas con un almirante estadounidense. Su marido número dos no era otro que José Raúl Capablanca, de modo que ella se llamaba Olga Capablanca. Cuando Alekhine se le echó encima, estaba hechizando al afabilísimo Ståhlberg. Se la llevó sin miramientos hasta un bancal de tomateras situado al fondo del jardín, cerca de un cobertizo para herramientas. Las joyas de Olga tintineaban al entrechocar y sus tacones de aguja se hundían en la blanda hierba. De hecho, casi se torció un tobillo. Por supuesto, protestó, intentó liberar su muñeca de la mano de aquel majadero y pidió ayuda a Ståhlberg. Este, con la respiración entrecortada, extendió el brazo derecho para agarrarla, pero con una prudencia que traslucía la mezcla de miedo y asco que le inspiraba Alekhine más que voluntad real de socorrer a Olga, como si fueran dos náufragos, él ya a salvo en la balsa y ella arrastrada por la corriente.

—¡Soy Alekhine! —declaró Alekhine cuando al fin estuvieron solos.

—Sí, ya me he dado cuenta —respondió Olga, muerta de risa, en francés, en ruso o, más probablemente, en una mezcla de ambos, porque pertenecía a la aristocracia rusa, como Alekhine, y esos rusos usaban uno y otro idioma indistintamente—. Es difícil no reconocerlo...

—¡Capablanca no me aprecia, lo sé!

Los dos rivales se evitaban tanto en sociedad como en las competiciones.

—¡Claro que Capa no lo aprecia! ¡Y con motivo!

Para Capablanca, Alekhine era un sociópata intratable.

—Es posible, pero el mundo entero nos mira y el mundo entero sabe que *yo* y él somos los mejores jugadores del mundo, así que le pido a usted, y a él por intermedio de usted, que no exhibamos en público una rivalidad que solo concierne al tablero y las altas esferas...

—Capablanca, ¡y usted después!

—¿Cómo?

—Sabe perfectamente que Capa es mejor que usted, y justo por eso rehúye la revancha que le propone desde hace diez años. No hay necesidad de hablar de altas esferas. Altas esferas ¿de qué? ¡De absolutamente nada! Lo sabe muy bien... ¡Le tiene miedo a Capablanca! Eso está claro para todo el mundo. Pero hay algo a lo que aún le tiene más miedo, algo que lo aterroriza aún más. ¡Que se diga alto y claro! ¡Le tiene miedo a Capablanca!

—¡Pero cállese, por el amor de Dios!

—¡Me callaré si me da la gana!

—Baje la voz, demonios, que van a oírnos...

—Y si no la bajo ¿qué va a hacer?

En ese momento, a Alekhine y Olga debieron de entrarles ganas de echar mano a los tomates; todavía estaban verdes, pero lanzados con la suficiente fuerza a la cara o la ropa puede que hubieran reventado. Los aperos de jardinería ofrecían posibilidades no menos atractivas. Alekhine podría haberla atacado con el rastrillo y ella le habría respondido encantada con la horca o el escardillo. Imaginemos aquella tranquila reunión de jugadores de ajedrez introvertidos y bien educados escandalizada por el rifirrafe.

—¡Es usted una fiera!

—¡Y usted un cobarde!

Sí, imaginemos el pacífico y cerebral sarao interrumpido por la zapatiesta.

—¡Cállese de una vez! ¡Fiera, más que fiera!

—¡Cobarde!

—¡Le voy a enseñar a comportarse a varazos!

A Olga le encantaban esas fanfarronadas masculinas. Las encontraba enternecedoras. Puso los brazos en jarras y, en esa pose, con la figura moldeada por el vestido de alpaca, soltó una gran carcajada.

—¿Enseñarme a mí? ¡Ja!

—Si no se calla, no tendré más remedio.

—¿Con una vara, ha dicho?

—¡Exactamente, con una vara!

—Perdone, buen hombre, pero no tiene usted lo que hay que tener.

6

En Lisboa, el telegrama del capitán Almeida había surtido efecto y los ajedrecistas lisboetas estaban tan excitados como grupis. Entre ellos, enfundado en un largo gabán rojizo, se encontraba Francisco Lupi, que acabaría siendo, al final de los días, su último y único amigo. Tras el final de los finales, Lupi recordaría, con palpable emoción, el desembarco del campeón del mundo: «Una brumosa mañana de febrero, si la memoria no me falla, acudimos todos al muelle para recibir el paquebote procedente de Buenos Aires. Mucho antes de que amarrara, divisamos en la cubierta superior a un hombre muy sonriente y muy rubio que tenía dos gatitos entre los brazos».[*] Le habían reservado la mejor suite del Palacio de Estoril y un ocho cilindros con chófer, por supuesto gratis, para el disfrute de la señora y el caballero. ¿A cambio, quizá, de una partidita comentada, querido maestro? ¿Tal vez esa defensa Caro-Kann en la variante del cambio que jugó usted en Caracas? ¡Qué prodigio de estrategia! ¡Qué joya de partida!

Esas alharacas apenas podían disimular las sombras. Entre la muchedumbre había agentes de la Sociedad de Propaganda, como el comisario inspector Lupi. Más barrigudo que su hermano menor Francisco, lucía la misma pelambrera negra, pero con las sienes gris hierro y una sotabarba. Para él y sus espías policiales, protectores del

---

[*] Francisco Lupi, «The Broken King», *Chess World*, Sídney, septiembre de 1946.

Estado Nuevo, si Alekhine era un león poco corriente tenía que estar enjaulado, puesto bajo estrecha vigilancia. Recibir a Alekhine en el muelle significaba cercarlo. Invitarlo al hotel, someterlo a arresto domiciliario. Llevarlo en aquel enorme y flamante automóvil, seguirle el rastro. Dejarle jugar al ajedrez y disertar sobre los pros y los contras del gambito de rey, precaverse contra cualquier declaración política. Portugal era una dictadura pérfida y solapada. Toleraba las apariencias de libertad para amordazar mejor la libertad real. En cuanto Alekhine desembarcó, las sombras se acercaron a él y lo rodearon. Sin percatarse siquiera, se movía envuelto en la sombra policial; sus actos más insignificantes no solo se anticipaban e incluso provocaban, también se hacían constar en informes que a continuación se archivaban en la sede central de la Policía de Vigilancia y Defensa del Estado.

Hiciera lo que hiciese, un informador de la PVDE tomaba nota de sus excéntricas costumbres, su exceso de kilos y los signos de cansancio que mostraba al cabo de tres o cuatro horas de juego, indicadores de un agotamiento más profundo que presagiaba, quizá, el inminente fin de su reinado, conjeturaba. «A Alekhine le escuecen los ojos a menudo», escribía. «Alekhine lleva debajo de la chaqueta un chaleco beis con un gato bordado», comentaba. «Alekhine tiembla al encender un cigarrillo», advertía. «Alekhine bebe abundantes licores digestivos del tipo más fuerte y su mujer se limita a prevenirlo contra el consumo excesivo de café», observaba con asombro. No obstante, concluía con cierta desgana, «el sujeto no hace otra cosa que jugar al ajedrez, y, si pronuncia algún discurso, solo dice obviedades de este género: "El profesionalismo que supone el sacrificio de toda una vida a un ideal y blablablá..."».

En consecuencia, empezaron a seguirlo de forma cada vez más laxa. Al cabo de tres semanas, cuando la estancia en Portugal del matrimonio tocaba a su fin, lo dejaron comer sin vigilancia con el menor de los Lupi. Grace estaba muy contenta de volver a pisar tierra firme y había vuelto a coger los pinceles. Visto desde su balcón, el océano ya no era una pesadilla en la que te zarandeaban, sino un buen motivo para comprar pigmento azul índigo. Había vuelto a sacar su estuche de acuarelas y se había lanzado a retratar a uno de sus gatos.

Antes de acompañar a Alekhine en sus giras, Grace había desarrollado una carrera como pintora. En la Costa Este se había dado a conocer con miniaturas y decorados de teatro. Jack London le había encargado retratos de sus hijas. No le habían quedado mal. Hecha su fortuna, la pintura se había convertido en pasatiempo. Desde entonces sus telas habían perdido fuerza.

—Voy a comer con Lupi, querida...

—Muy bien —respondió ella, distraída, mientras empapaba de rojo un pincel.

—¿Quieres que te traiga algo?

—No, eres muy amable. No necesito nada.

El encuentro a solas con Lupi tuvo lugar en una de esas tabernas con las paredes cubiertas de azulejos, tan abundantes en Lisboa, en las que se sirve una comida demasiado grasa y con exceso de sal. En la mesa había un ramito de violetas de papel y, en una botella minúscula rematada por un tapón de corcho, una mezcla de aceite, pimienta, ajo y whisky destinada a paliar la melancolía ambiente. El menú ofrecía un bacalao desmenuzado, revuelto con yema de huevo y mezclado con patatas fritas y cebolla en láminas.

—Es curioso —dijo Alekhine—, tengo la sensación de no haber comido otra cosa que bacalao con cebolla desde que llegué.

—Esta receta es diferente... Podría considerarse nuestra tortilla. Quiero decir que se trata de un plato de lo más simple, pero es difícil de hacer bien. Un buen *bacalhau à brás* es poco habitual. Para mí, este es el mejor de la ciudad. Voy a pedir que se lo hagan *muito mal passado*... En Francia, a la tortilla con el huevo tan crudo que se derrama por el plato la llaman ustedes «babosa», ¿verdad?

—Sí, es lo que suele decirse.

—Si eso lo tranquiliza, yo también lo comeré así.

—¡Muy bien, adelante con el bacalao baboso! ¿Con vino blanco?

—Sí, con vino blanco. ¿Espumoso?

—¿Por qué no?

El camarero tomó nota de todo y dio media vuelta. Una vez despejado el perímetro de intimidad de su mesa, Lupi barrió la sala con la mirada para asegurarse de que nadie aguzaba el oído.

—Bajo la férula de Salazar —dijo al fin bajando la voz—, casi todos vivimos un infierno. *Casi todos* porque eso afecta en especial al pueblo llano, y puede constatarse, efectivamente, en los hábitos culinarios. El bacalao es un pescado que se pesca en el norte, muy lejos del litoral portugués. ¿Por qué un país costero elige como plato obsesivo un pescado de aguas profundas, noruego tirando a groenlandés? ¿No es completamente absurdo? ¿No indicará eso alguna otra cosa?, ¿que quizá el bacalao es un símbolo o un síntoma de un país que subsiste gracias a bienes venidos de una lejanía tan lejana que casi es imaginaria? Por otra parte, pienso yo, la cabeza de un bacalao, ¿no recuerda a un dragón chino? ¿No es tan deforme como un ídolo africano? Esa lejanía no es solo el imperio colonial portugués, también es el corazón de nuestra conciencia nacional: esperamos que venga de otro sitio lo que no somos capaces de encontrar en nosotros mismos. En vez de creer en nuestras propias capacidades, languidecemos esperando no sé qué carabela que ha de regresar cargada de oro de no sé qué meridiano... —Lupi hizo una pausa para recobrar el aliento—. En cuanto a las patatas y la cebolla, maestro, representan la humildad a la que nos ha reducido la dictadura. Una humildad reforzada por el paternalismo del clero y de los grandes propietarios, que son las dos patas de Salazar, mientras que su cabeza es su criada, o lo que él llama el «sentido común» de la susodicha, es decir, una odiosa moral pequeñoburguesa mediocre y muy inflexible. Como tales disposiciones gastronómicas plantean problemas sanitarios, en especial el escorbuto, se empezaron a plantar nísperos. Y ahora Lisboa está llena de nísperos, ¿se ha fijado? Porque los nísperos, maestro, producen unas frutas pequeñas y ácidas muy buenas para prevenir el escorbuto. No es mal árbol el níspero, me responderá usted. ¡Pero tampoco puede decirse que se trate de una iniciativa paisajística!

Al menos, Alekhine quedaba informado. Comería en conciencia.

—Somos lo que comemos, ¿no? —le preguntó Lupi. Cuanto más se animaba, más susurraba—. Alimentario o político, un régimen es un régimen, ¿no?

—Y yo haciéndome el gracioso... Perdone mi ligereza, Francisco.

—No es culpa suya. Más bien sería nuestra. ¿Regresará a París?

Había vuelto a hablar con normalidad.

—¡Sí, nos vamos mañana!

—¿En tren?

—En tren, sí. Cuando se pone a pintar, Grace no soporta el barco.

—Quizá puede darme noticias suyas...

—No lo olvidaré, Francisco.

—¿Y esta guerra que empieza, maestro?

—¡Empieza muy mal! Ya sabe cómo odio el exceso de profilaxis. Es lo que siempre les he reprochado a Réti y a quienes gustan de las complicaciones de Nimzowitsch. Tartakower los llama «hipermodernos»...

—Entre usted y yo, me parece una ocurrencia genial.

—Tartakower es un poeta... Coincidimos en Buenos Aires. ¿Sabe que incluso ha publicado un poemario?

—Si no me equivoco, lo incluye a usted en esa escuela hipermoderna. Lo considera hipermoderno.

—¡Que diga lo que quiera! ¡Yo no pertenezco a ninguna escuela!

—Sin embargo, su estilo representa una ruptura...

—De la mente, de la visión, pero no de la teoría.

—¿Sería eso traicionar sus impulsos?

—Me privaría de toda espontaneidad creativa. ¡El ajedrez es un arte!

—Entonces ¿ningún principio?

—¡Jamás! Odio el espíritu mecánico. A mí me interesa la victoria, la jugada magistral. Veo a través de mis adversarios, los mareo con enigmas y luego me los como, como la Esfinge de Beocia...

El *vinho verde* llegó en una frasca de cristal. La habían llenado directamente del tonel. La interrupción dio un nuevo rumbo a una charla que iba un poco a la deriva. En Europa se anunciaba una carnicería, y era una buena ocasión para tratar el tema.

—Hablaba usted de la guerra, maestro... Si fuera una partida de ajedrez, ¿en qué posición estaríamos?

—Francia juega con las negras. Confía en la solidez de su defensa para agotar el ardor de los alemanes, que en este caso juegan indudablemente con las blancas. Si analizo la posición actual, diría que esperar a que el enemigo te sorprenda no es forma de preparar una batalla. Uno no puede imaginar que está más allá de la sorpresa. Los franceses tienen la línea Maginot, de acuerdo. Hormigón, torres y trenes subterráneos, sí, pero en el fondo no es más que una línea de peones. Los de enfrente, se ve a la legua, están que arden. Indignados. Quieren la revancha. El otro día volví a oír hablar al tal Hitler por la radio. Diez minutos de su histeria bastan para electrizarte. Diga lo que diga, acabas creyéndotelo casi sin darte cuenta. A mi modo de ver, dadas las circunstancias, los alemanes tienen tiempo de sobra para pensar dónde y cómo romper la línea de defensa francesa. Toda esa rabia debe de proporcionarles una gran inventiva. En consecuencia, le diré lo que ya demostré ganando a Réti en Baden-Baden: atrincherarse es dejar que el otro imagine su ofensiva.*

—Comprendo. ¿Le preocupa el curso de los acontecimientos?

—Sí... Los franceses se jactan de sus fuerzas.

—No en vano son franceses...

—Y siempre van con una guerra de retraso, un paso por detrás...

Hubo que pedir otra frasca de vino.

—Es un país que solo cree en el pasado, Francisco. El mismo Napoleón era un estratega con una concepción anticuada de la guerra, solo que, a diferencia de Gamelin, tenía sentido de la iniciativa, gusto por la sorpresa y audacia para dar y vender. ¡Eso basta para colocarlo al lado de los más grandes artistas! Porque Napoleón tenía la apertura de mente y el gusto por la aventura del verdadero creador... ¡La visión, en definitiva! La visión lo es todo, Francisco. ¡La magia de una mente modelando el futuro! ¡El gran misterio poético! ¡El verbo que se hace carne!

----

* Alekhine se refiere a la segunda partida mencionada en la nota de la página 38, en la que, tras realizar la apertura que un día llevaría su nombre (apertura Réti: 1. Cf3), Réti dejó a Alekhine el centro y la iniciativa, apostando por contraatacar y envolver al rey por el flanco *(fianchetto)*. Pero no contaba con la violencia del ataque. Si este es fatal de necesidad, ¿qué otra opción hay aparte de la rendición?

Asustado de sus raptos líricos, Lupi prefirió volver a cosas más tangibles.

—Estoy de acuerdo en que los franceses no siempre son visionarios.

—¡No parecen gustarle mucho!

—Su paso por Portugal no dejó muy buenos recuerdos...

Les sirvieron el bacalao. Alekhine se lo comió mal y a toda prisa. Hablaba con la boca llena.

—Es cierto, olvidaba que Napoleón invadió su país...

—Él no, sus ejércitos... No vino en persona. Es un poco ofensivo.

—En Rusia, por extraño que parezca, yo diría que se quiere a Napoleón. ¡Aunque lo primero y principal es el orgullo de haberlo vencido, por supuesto! Cuando era niño solían verse bustos suyos sobre los escritorios de determinados notables y determinados intelectuales. Era una invitación a creer en el propio destino, contra todas las leyes de la verosimilitud o la probabilidad, y debo admitir que marcó mi juventud en ese sentido.

—Decía usted que hacía la guerra de un modo totalmente distinto al general Gamelin...

—¡Gamelin es un imbécil!

—¿Y eso, maestro?

—Fíjese en Austerlitz, que es la obra maestra de Napoleón. ¿Qué hizo? Llega allí el primero. Muy bien. Decide dejar la colina a los austro-rusos, es decir, los invita a instalarse en la seguridad de la retaguardia, a dominar el campo de batalla con sus cañones, haciendo que crezca su confianza y sentando las bases de su error. A continuación, deja su derecha al descubierto a propósito, los anima a avanzar más de la cuenta, a bajar de la colina. Se meten en su trampa sin percatarse de lo que ha tramado. Mientras que él, el emperador, ha visualizado la batalla antes de que haya empezado. Es cuestión de visión.

—¡Los engañó!

—No solo eso... La visión, cuando es auténtica, es tan poderosa que se impone. Lanza una serie de ondas hechiceras, una especie de encantamiento o de hipnosis. Napoleón previó adónde iban a ir sus enemigos, y fue como si él los hubiera empujado hasta el pie de la colina y luego hacia los pantanos helados, como a peones, como si quien dirigiera las maniobras de los soldados austro-rusos no fueran sus generales, sino la imaginación del propio emperador... Me encanta esa batalla. Es un poema, porque en ella vemos el sueño de un hombre encarnarse en los otros y en las cosas, hasta acabar poseyéndolos. Para serle sincero, Francisco, esa batalla inspiró mi defensa.

—¿La defensa Alekhine? ¿Cf6?

—Una defensa que, entre usted y yo, es todo un ataque...

Alekhine había engullido el bacalao en una decena de espantosos bocados, así que se recostó en el respaldo de la silla y encendió un cigarrillo. La llama del encendedor iluminó su rostro y, durante un breve instante, agrandó las violáceas ojeras. Dos cavidades mórbidas se extendieron como manchas de tinta por el lugar que habían ocupado sus ojos. Lupi tuvo la sensación de estar escuchando a un esqueleto que hacía muecas.

—Soy un fugitivo, Francisco. Nunca he tenido otra cosa para protegerme que mi debilidad. Mi talento de poeta lo he extraído sistemáticamente de mi indefensión, es decir, de las profundidades de mis heridas y en respuesta a la fogosidad de mis adversarios. Yo corro hacia la muerte. Sé que me dará las fuerzas para sobrevivir o que acabará conmigo definitivamente... ¡así que voy directo a su encuentro! ¡El canto del cisne, Francisco!

¿Sabe usted en qué consiste? Estás al borde del precipicio y en el último momento, en vez de caer al vacío, ¡alzas el vuelo! ¡Cantas como una gallina, y de pronto te transformas en tenor! Ahora mismo está usted hablando con un campeón del mundo, pero ¿qué es un campeón del mundo sino alguien a quien el mundo entero quiere derribar? Por el momento no lo han conseguido atacando de frente, pero no me hago ilusiones... Tramarán. Idearán estratagemas. Cizañearán. Se conchabarán. Usarán las armas de los cobardes, que son el número y el disimulo.

Como solía ocurrir cuando Alekhine se sinceraba, la conversación se había empantanado. Con afecto, Lupi trató de orientarla hacia asuntos más generales.

—Cuentan que Napoleón jugaba bastante mal al ajedrez.

Pese a su evocación del triunfo de Austerlitz, pese a su gran teoría sobre el verbo poético que gobernaba a los seres y las cosas, Alekhine ya no veía del conquistador más que la levita gris de paño raído, el bicornio de piel de castor, las medias blancas en las que secaba su impulsiva pluma, las botas manchadas de barro y su abotagamiento final.

—¡Lo rodearon, Francisco! ¡Lo engañaron!

Oyéndolo gritar de ese modo, Lupi se preguntó si, tras creerse la Esfinge de Beocia, no se estaría tomando un poco por Napoleón. No parecía admitir ninguna diferencia entre las guerras napoleónicas que habían redibujado Europa y sus enfrentamientos sobre el tablero. Cuando Alekhine hablaba, Lupi tenía la sensación de que el juego era tan importante como la historia real. La influencia que Alekhine se creía capaz de ejercer iba más allá del tablero y los retos de los torneos. Obraba directamente sobre el mundo y los seres humanos. Debido a una especie de confusión que había echado raíces en su mente, el ajedrez ya no era una metáfora de una batalla, sino la batalla misma.

—¿Napoleón cayó derrotado porque había dejado de ver, maestro? ¿Es lo que debo entender?

Alekhine estaba desmadejado en la silla. Un pequeño cilindro de ceniza cayó del cigarrillo y rodó por su corbata. Lo barrió con el canto de la mano derecha. Tenía la cabeza inclinada sobre el pecho en una pose de abatimiento, como Napoleón en el famoso cuadro que lo representa descompuesto y lúgubre, justo antes de abdicar en Fontainebleau.

—No, Francisco. Porque estaba exhausto. Lo vencieron por agotamiento, y entre varios.

7

Una vez a bordo del Surexpreso, a Alekhine le bastó con cederle a Grace el asiento orientado en el sentido de la marcha, acomodarse enfrente con un suspiro de alivio, sacar a los gatos de la cesta, ponerse a uno de ellos sobre las rodillas y ver pasar el paisaje, mitad árido, mitad tropical, de Portugal para perderse en sus recuerdos. Al borde de la vía crecían strelitzias, más conocidas como «aves del paraíso», que lo transportaron a Brasil. Poco después, unas chumberas lo trasladaron a los acantilados de los alrededores de Tánger.

Los viajes en tren son ideales para rebobinar, así que Alekhine recordó otro desplazamiento de Lisboa a París. En ese mismo Surexpreso. Hacía once años. Todo era igual que ahora. Todo era distinto.

Volvía de Buenos Aires vía Río con un título mundial en el bolsillo. El recuerdo de su llegada a la Gare de Lyon y de los siguientes días estaba tan vivo en su interior que no tuvo la menor dificultad en remontarse a un pasado que, por supuesto, solo sobrevivía en forma de vapores bastante desvaídos, pero que él podía aspirar como un perfume metido en una botella.

El año había consistido en una sucesión de galas y homenajes. Alekhine había sido feliz, tan feliz quizá como cuando el zar le entregó el jarrón azul. En el curso de un banquete organizado en su honor, pensó que la vida iba a tenerlo difícil para regalarle algo mejor.

¡Qué de personalidades se habían reunido en torno a él!

¡Todas las artes, todas las grandes figuras!

Estaban Chagall, Rajmáninov y Stravinski, Bunin y Shestov, Chaliapin y Kuprín, Lifar y Diáguilev. Incluso sus rivales, los ajedrecistas Bernstein y Znosko-Borovski (Alekhine los odiaba a ambos, pero como secundarios estaban bien). Tomaron caviar en cucharas de concha. Bebieron vodka y champán. Kuprín pronunció un brindis que acabó con esta frase grandilocuente: «Reinar sobre el mundo, no en virtud del nacimiento o de un plebiscito, sino por el simple poder de la mente, ¡eso es lo que ha conseguido Alekhine!». El campeón se levantó, se abotonó el esmoquin, se tiró de las mangas para mostrar los gemelos de jade y el reloj de pulsera de movimiento perpetuo y saludó a la concurrencia. Kuprín se sentó. La ovación fue calurosa y larga.

—¡Gracias, amigo mío! ¡Gracias! Pero, por suerte, la vida de alguien como yo no se reduce a las sesenta y cuatro casillas del tablero. Yo creo que esta victoria, mi victoria, también es, para todos los que estamos reunidos aquí, un símbolo sobre el que meditar. Creo que cualquiera puede aprender de ella...

Bernstein y Znosko-Borovski, sentados uno frente al otro, intercambiaron una sonrisa cómplice. Sabían perfectamente que sí, por supuesto que sí, las sesenta y cuatro casillas eran toda la vida de Alekhine. De hecho, a Bernstein el inicio del parlamento de Alekhine le pareció tan gracioso que se echó a reír. Alekhine se percató.

—¿Qué nos enseña mi victoria? ¡Que el invencible Capablanca ha sido vencido! ¡Eso debe llevarnos a reexaminar el mito de la imbatibilidad de los bolcheviques! Nada ni nadie es imbatible, se lo digo yo, amigos míos... ¡Volveremos a nuestro país! ¡Dios volverá con nosotros! Los venceremos a *ellos* como yo lo he vencido a *él*. ¡Gloria a nuestra Rusia! ¡Gloria a la Rusia eterna! ¡Hurra!

De sombra en sombra, de informador en informador, de Politburó en NKVD, esas insensateces llegarían a oídos de Stalin, quien, como buen torturador paranoico, prestaba atención a los círculos parisinos de los rusos blancos, en torno a la logia masónica de la rue de l'Yvette, la catedral de San Alejandro Nevski o el restaurante À la Ville de Petrograd de la rue Daru. Stalin llevaba al día las listas de los hombres que debía eliminar: hacía listas de verdugos para eliminarlos, luego listas de verdugos para eliminar a los verdugos y así sucesivamente...

Por culpa de ese puñado de frases, Alekhine nunca podría visitar la URSS. Y ello pese a que allí el ajedrez hacía furor. Su nombre era famoso y sus partidas, estudiadas. El juego, considerado al principio una actividad individualista y burguesa, había obtenido el beneplácito del Kremlin. ¿Qué mejor para mantener las mentes ocupadas y alejadas de la política? Los jugadores enfrascados en sus duelos imaginarios son buenos camaradas muy dóciles. El mundo virtual del ajedrez acapara toda su inteligencia y su atención, ha demostrado que hace maravillas para relajar a los prisioneros, es un excelente ejercicio de memoria para los niños, etcétera.

En realidad, las palabras de Alekhine sobre la Rusia eterna no eran una profesión de fe. Alekhine no creía en nada salvo en la oportunidad. En el plano moral y político, debía de ser el equivalente del aceite. Además, ¿no pedían todos los asistentes a aquella cena creer? ¿No había que ayudarlos a conseguirlo? Hablaban la misma lengua y les apasionaban los mismos temas de conversación.

En cierto modo, eran él.

Con ellos era posible inventar papeles de consejero de Estado y mantener encendidos debates políticos. ¿Qué era preferible, la autocracia o la monarquía parlamentaria? Excelente pregunta. Había partidarios y detractores de ambas. Con pasión, volvían a vivirse las batallas perdidas de la guerra civil. Las estepas siberianas eran los verdes tapetes de las mesas de bridge, y los batallones rojos o blancos, cucharas, portacuchillos o migas de pan. Entre príncipes, los príncipes seguían llamándose «príncipe», como Viazemski o Yusúpov. Pese a la expropiación de sus palacios, la desaparición de sus verstas y la emancipación de sus mujiks, aquellos señores persistían en su forma de vida, que lógicamente, con el paso de los años, cada vez resultaba más estrambótica. En París se hablaba de ellos como si fueran personajes salidos de *Miguel Strogoff*. Trabajaban simultáneamente como taxistas, profesores, contables o camareros, y tan pronto eran envenenadores como curanderos, según la situación. Él sabía masticar cristal y tragárselo. Ella vivía encerrada en una buhardilla con un oso pardo. Aquella gente se remendaba los calcetines y vendía a escondidas el oro y las piedras de las joyas para comprar remolachas o patatas. Eran obreros fabriles y arpistas. Pese a la invención de la resistencia eléctrica, utilizaban samovares de cobre para calentar su té aromatizado con bergamota. En capillas improvisadas, rezaban al icono de san Jorge para que resucitara al zar o al zarévich. En revistas literarias de tiradas ínfimas, usando un alfabeto cirílico obsoleto, describían los acantilados de Crimea a los que iban en otros tiempos a curarse del reúma o la belleza de la princesa Anastasia, que había desaparecido misteriosamente, decían ellos, sin atreverse a reconocer que había servido de postre a un regimiento de guardias rojos. Formaban un mundo aparte, ajeno a la realidad, que envejecía a ojos vista. Un mundo que sus propios hijos no comprenderían. Vivían en una fantasía como solo Rusia es capaz de producir. Su Rusia ya no existía. Se la había tragado la Historia. Ya no era más que una abstracción.

Pero esa fantasía tenía un zar: Alekhine. ¿Y dónde estaba su trono? En los jardines del Palais-Royal, cerca de la gran fuente central en la que borboteaba un surtidor, en las inmediaciones de una caseta pintada a rayas que alquilaba tableros de ajedrez y relojes a tres francos la hora. Allí, Alekhine hablaba de la apertura inglesa, de la Ruy López, de la defensa Philidor o de los inconvenientes del ataque nimzo-indio. Cuando se instalaba en un sillón para compartir sus visiones vestido con traje blanco, corbata club, zapatos derby y un elegante canotier a modo de corona, era como si la gente asistiera a la audiencia de un monarca en vacaciones.

8

El Surexpreso continuaba su ruta hacia Francia. Medio dormido, todavía un poco inmerso en sus recuerdos, Alekhine se preguntó cuántos jugadores de ajedrez del siglo anterior se habían hundido en la locura. En lo que tardó el tren en atravesar la oscuridad de un túnel, desgranó estos nombres: Morphy, Steinitz, Pillsbury, Minckwitz y Rubinstein, a los que había que añadir centenares de miles de condenados anónimos. ¿Por qué no ocurría tanto en otras artes? ¿Qué tenía el ajedrez que le costaba tan caro al alma? La idea de que su complejidad superaba la razón lo halagaba. ¿Acaso no había conseguido vencerla él?

En Irún, antes de cruzar la frontera, hubo que bajar del tren. Alekhine interrumpió sus lisonjeras preguntas. Los gatitos volvieron a la cesta de mimbre. Aunque la temperatura exterior era agradable y no hacía viento, Alekhine ayudó a Grace a ponerse el visón de pelo corto. Mientras lo hacía, a través de la ventana de guillotina vio a una joven que corría por el andén hacia un tipo bigotudo, su amante probablemente. El hombre tenía la tez bronceada y sin duda volvía de un largo viaje. Quizá fuera un militar de permiso. Dejó la maleta en el suelo e hizo girar a su amada en el aire. Una vez, dos veces, tres... La chica se sujetaba con una mano el sombrerito malva con velo negro. Luego se separaron y esbozaron una especie de swing, que aprovecharon para volver a abrazarse y girar de nuevo, muy deprisa, hasta perder el equilibrio. Tenían las mismas sonrisas, enormes y congeladas, que los personajes de los anuncios de dentífricos.

El brazo de Grace pendía en el aire, esperando la manga del abrigo.

—Pero bueno, Tisha, ¿estás dormido?

No, Grace, Alekhine no estaba dormido, miraba el andén. La pareja de bailarines le había traído a la memoria la época de su tercera esposa, la predecesora de Grace, la mujer que estaba sentada a su izquierda durante el glorioso banquete parisino que había rememorado mientras atravesaban Portugal. Nadine también era mucho mayor que él. Algunos malintencionados la habían bautizado «la viuda de Philidor», en alusión al campeón de ajedrez francés del siglo XVIII. Solía lucir tal cantidad de bisutería que otros malintencionados la llamaban «el árbol de Navidad».

—¿Tisha? Oye, ¿estás dormido? ¿Vas a terminar de ponerme el abrigo o qué?

Por fin, Alekhine guio el brazo izquierdo de Grace hasta la manga del visón forrado de seda, mientras se preguntaba por qué habría reaparecido Nadine de repente. Habían vivido en el distrito decimoquinto, en el 211 de la rue de la Croix-Nivert, un edificio de hormigón que hacía esquina y cuyas barandillas habrían podido ser, como por casualidad, cuadrículas de un tablero de ajedrez. Los dos habían jugado a fondo la carta de los rusos blancos. Alekhine entró en la logia de la rue d'Yvette. Luego, cuando el dinero empezó a faltar, la realidad desbarató un sueño que ya se tambaleaba y se separaron, cansados el uno del otro.

«Ha debido de ser el baile de esos dos —se dijo Alekhine, preguntándose de dónde le venía aquella inclinación a la nostalgia—. Sí, seguramente su manera de dar vueltas y sus sonrisas fijas me han transportado a otro baile, a otra sonrisa de hace mucho tiempo...».

—¡Otra vez en tu mundo, Tisha! ¿Otra vez jugando dentro de tu cabeza?

… En el curso de aquella velada, entrada ya la noche, Alekhine había querido bailar con la mujer de otro jugador. ¿Qué jugador? ¿Cuándo había sido? ¿Qué año? Era incapaz de decirlo. Solo se acordaba de la risa de aquella mujer. De sus dientes. De su perfecta alineación y su brillo. El mismo brillo que las risas de la pareja que giraba en el andén. El gramófono tocaba un vals vienés. Alekhine había apagado el cigarrillo en la tarta que ocupaba el centro de la mesa, sin importarle un bledo echarla a perder. Se había levantado demasiado deprisa y había trastabillado hasta los dientes de la dama. El salón era pequeño y estaba abarrotado, y las fachadas visibles a través de las ventanas sugerían una ciudad como Dantzig o Mannheim. Alekhine volvió a verse en medio de otros invitados, algunos con patillas de otro siglo, rodeando con los brazos a la mujer de los dientes blancos y dando una primera y casi una segunda vuelta con ella, hasta el momento en que sus pies se enredaron unos con otros y la arrastró al suelo y le cortó la respiración cayéndole encima.

—Tú coge a los gatos, Sasha. Yo llevo los pasaportes…

A Alekhine no le habría importado describirle esa velada a Grace. Quién sabe, pensaba mientras bisbiseaba en dirección a los gatos, quizá hablar de ese accidente de baile habría aclarado su memoria y le habría permitido ver de nuevo el rostro completo de la mujer. Habría recordado su nombre y se habría disculpado por aquella lamentable caída.

—¿Estás listo? ¿Bajamos?

Lo estaba. Bajaron. Alekhine primero, para darle la mano y ayudarla a descender los peldaños del coche, peligrosos cuando una ha pasado de cierta edad y se obstina en llevar tacones. Alekhine le dijo a Grace que no quería caérsele encima. Ella no comprendió su alusión.

En vista del aspecto acomodado de la pareja, los aduaneros fueron atentos. Se interesaron por el número de bultos y por su contenido. Quisieron conocer su destino final. Preguntaron por la nacionalidad de los gatos y su estado de vacunación. Grace supo responder a todo: había seis baúles, los cuales contenían ropa, un jarrón azul de gran valor sentimental, un bar portátil bastante agotado, artículos de aseo y tocador y unas croquetas de pollo. Los gatos estaban vacunados. Alekhine permaneció en segundo plano. Grace y él no tardaron en recibir la autorización para regresar al tren.

Encantada con sus nuevos ejes franceses, la locomotora silbó de alegría cuatro veces. El rodaje, muy lento al principio, se volvió cada vez más ligero.

—Grace, ¿te acuerdas...? ¿Te acuerdas de aquella vez que pasamos la frontera checoslovaca sin pasaportes, solo con mi título? ¿Te acuerdas de lo que nos reímos? Chess ya venía con nosotros... ¿o era Gambit?

Grace se había arrellanado en el ancho sillón de orejas.

—Era Gambit. ¡Ya lo creo que me acuerdo!

—¡Nos dejaron pasar! Les dije que un campeón del mundo no necesitaba pasaporte. Si soy campeón del mundo, tengo que poder moverme por el mundo, ¿no? ¿No cae por su propio peso?

—Eso es lo que les dijiste, Tisha.

El tono de Grace era distraído. Se estaba durmiendo.

—¡Y funcionó!

—Tenían un periódico con tu foto.

—Es un recuerdo estupendo. La vida de antaño siempre es más leve y más feliz. ¿No te parece que la memoria actúa como un filtro o como un aceite? Basta con que un hecho haya ocurrido en el pasado para que se vuelva dulce como la miel...

—Qué cosas más bonitas dices, Tisha... Eres mi poeta favorito.

Grace disimulaba con una pizca de ironía el placer que le producía el entusiasmo adolescente de Alekhine. Para ella, que vivía en un siglo de hombres, que tenía demasiados años para gustarles y el dinero suficiente para que le importara un bledo, y que nunca se había tomado en serio su talento para la pintura o el ajedrez, ¿qué mejor opción que seguir a aquel niño grande?

—¿Tú qué opinas, cariño?

—Me voy a dormir... Opino que me voy a dormir.

Como si la vida solo fuera un juego gigantesco y el tiempo y el espacio, convenciones que se pudieran ignorar un instante para reír o filosofar, Alekhine se levantó sin hacer ruido, salió del compartimento tapizado de terciopelo carmesí y caminó en sentido contrario a la marcha del tren, hacia los coches de segunda y tercera. En su imaginación, avanzaba por el interior de un reloj cuyas agujas hacía girar hacia atrás. Entre los pasajeros atisbaba rostros, se cruzaba con caballeros, señoras, niños, trajes, sombreros, joyas, perros... Todas esas formas se convertían, de un modo furtivo y casi alucinado, en los personajes de su vida pasada.

Los pasajeros vieron a un hombre grueso y presumido de tez pálida y orejas puntiagudas que sonreía a todo el mundo agarrándose a los asientos para prevenir los bandazos. Aquellos desconocidos tenían rasgos familiares. Reconocía en ellos a gente que había tratado a lo largo de su vida. Eran rostros borrosos y solo se precisaban durante unos instantes, cuando llegaba a su altura, para reproducir alguna fugitiva fotografía mental. En aquella extraña marcha a contracorriente del tiempo, en aquellos coches lanzados a toda velocidad, a la vez estáticos e itinerantes, Alekhine veía de nuevo a todos aquellos y aquellas a los que ya no veía.

Con sus ojos de Esfinge de Beocia, volvió a ver a su madre muerta, a su hermana muerta, a su hermano muerto, a sus tres primeras mujeres, con las que ya no se hablaba, al hijo al que había abandonado en Suiza al nacer, que se llamaba Alexánder Alexándrovich, como él... Alekhine se inclinó para contemplar el paisaje. En vez de las apretadas líneas de pinos de las Landas, vio las monótonas y desiertas llanuras de los alrededores de Vorónezh, donde su padre había tenido una propiedad más extensa que la mayoría de los países del globo.

9

Alekhine y Grace regresaron a París repitiendo sus habituales pantomimas: ponerse y quitarse prendas innecesarias para pasar del coche cama al coche restaurante, liberar o enjaular a los gatos, tomar cócteles sofisticados.

Alekhine acababa de ver desfilar toda su vida a la inversa.

En la Gare de Lyon, unos mozos se hicieron cargo de sus bultos, incluido el *travel bar*. Acabaron atados con correas en el techo de un taxi Renault Vivaquatre que condujo tranquilamente a la señora y el caballero a Montparnasse, al confortable estudio de dos plantas de la señora. Allí, una gran cristalera mostraba una camelia centenaria. El taxista subió el equipaje al primer piso, donde se encontraban las habitaciones privadas. Mientras, Alekhine soltó a los gatos y volvió a colocar el jarrón del zar en la repisa de la chimenea, su lugar natural, al lado de un óleo de Grace que representaba un bosque de Nueva Jersey extrañamente parecido, según Alekhine, a otro que conocía bien, cerca de Petrozavodsk, y al que iba a caminar de niño. Grace dijo estar «molida». Fue a acostarse. Alekhine gratificó al diligente taxista con una buena propina. Sus padres le habían enseñado a mostrarse generoso con los empleados, que tan agradable pueden hacerte la vida.

Una vez solo, por fin se decidió a revisar el correo acumulado en el velador. Cogió el paquete más voluminoso, que contenía el *Bromfield Chess Players Index* de 1940, acompañado de una breve pero afectuosa nota del coronel Bromfield. Lo hojeó y leyó su nombre, en su sitio, o sea, en lo alto de la primera página. Alekhine consideraba que, decididamente, el orden alfabético reflejaba de forma muy fiel la jerarquía de los jugadores, puesto que él, el primero, aparecía el primero.

La carta del Ministerio de la Guerra francés que había bajo ese paquete era menos divertida. Contenía una orden de movilización con el grado de teniente intérprete. Así que Alekhine se hizo acreedor de un uniforme caqui, un casco demasiado pequeño para su gran cabeza de campeón del mundo y de la incorporación a un regimiento de infantería motorizada que, como el resto del ejército francés y su multisecular prestigio militar, sería metódicamente aniquilado. En Lisboa, Alekhine había acertado, todo ocurriría exactamente igual que en su partida contra Réti en Baden-Baden: una defensa demasiado segura de su solidez, desbordada por un ataque fulminante. Réti había sido Francia y Alekhine, Alemania. Ahora, la cuestión era saber hasta qué punto iba a seguir encarnando a Alemania Alekhine.

10

DR. ALEXÁNDER A. ALEKHINE

Castillo de Saint-Aubin-le-Cauf
Normandía (Sena Marítimo)
17 de octubre de 1940

Francisco:

Francia ha sido vencida y nuestro castillo, requisado. Ahora sirve de hospital al ocupante, y le ahorro la lista de groserías a las que asistimos Grace y yo sin poder decir nada. Tengo la sensación de estar jugando el final de una partida sin material para protegerme ni esperanza de darle la vuelta a la situación. Por favor, pregúntele a su hermano Luis (el que trabaja para su gobierno) si puede hacer algo por mí. Me gustaría regresar a Lisboa y, una vez allí, embarcar para América. Aquí no soy dueño de mi vida. He perdido el control de mi destino. Me han dicho que el cónsul portugués en Burdeos reparte visados a los judíos a troche y moche. Debe usted saber que a mí me persiguen tanto como a ellos.

Siempre suyo,
Alekhine

Mittelspiel

11

—¡Por Dios, doctor Alekhine! ¡No y mil veces no! No es el final de la partida en absoluto. Es el *Mittelspiel*, doctor Alekhine. ¡El medio juego! Francia no representaba más que unos cuantos peones secundarios y molestos... Un país degenerado, una raza bastarda. Todas las piezas clave son libres de desplazarse por el tablero. Ya no hay nada que las detenga. ¡Su genio tiene ante sí oportunidades inesperadas! ¡Un mundo nuevo! ¡Una fase inédita! ¡En el horizonte se dibuja una gran victoria!

Antes de describir tan radiante futuro, el teniente Brikmann había caído del cielo. Había descendido en picado sobre el castillo, trazado tres bucles sobre el campo en el que pacían el par de corderos de la isla de Man que le había regalado a Alekhine un admirador durante el torneo de Nottingham, ascendido hacia el cielo en vertical, vuelto a bajar en picado mientras hacía sonar una sirena ensordecedora y volado a ras del tejado para aterrizar al fin dando botes sobre el terreno, en principio no muy bien nivelado, o cuando menos no del todo pensado para tomar tierra con un caza de combate Ju 87 B-1, más conocido como «Stuka». La hélice de tres palas seguía girando cuando una cabeza encapuchada y unos ojos de avispa aparecieron en la cabina de plexiglás con armazón metálico.

Todo sonrisas, el piloto se desabrochó el arnés y salió del cubículo. Caminando por un ala como si de un trampolín se tratase, se quitó los guantes y las gafas y saltó al suelo con los pies juntos para reintegrarse a la comunidad de sus congéneres ápteros.

—Doctor Alekhine... *Oberleutnant Brikmann! Heil Hitler!*

El famoso saludo, el taconazo de rigor... Alekhine sostenía una taza de achicoria todavía intacta. Hasta el momento solo había tomado una botella de champán y un trozo de bizcocho de frutas. Las protuberantes ametralladoras del Stuka lo mantuvieron a distancia. Trató de mostrarse imperturbable.

—¿El Brikmann de Berlín, en el 27? ¿Alfred Brikmann?

Brikmann se había descubierto. Su cabeza lucía una calvicie irremediable, rodeada de pelo tieso, negro y bastante tupido. Aparentaba cincuenta y pocos. Tenía el aire adusto de un profesor de instituto católico o de un contable en un almacén de comestibles al por mayor, y una cabeza en forma de flecha.

—¡El mismo, herr doctor!

En 1927, el tal Brikmann había acabado primero en el torneo de Berlín. Campeón del mundo recién coronado y corresponsal por cuenta de la *New York Review of Chess*, Alekhine había seguido con interés el juego de aquel casi desconocido: dos victorias contra dos jugadores de primera categoría como Nimzowitsch y Bogoliúbov. Después, Brikmann había publicado varios libros de ajedrez no demasiado malos, firmado artículos para la *Deutsche Schachblätter* y ascendido dentro de la nueva federación alemana regenerada (*Großdeutscher Schachbund*), cuyo presidente de honor era, después de todo, Goebbels.

Brikmann era oficial de la reserva en la Luftwaffe. Pese a sus innegables aptitudes para el vuelo, se dedicaba más a las relaciones públicas y el papeleo que al pilotaje, es decir, que contaba con el favor de Frank y Goering y por tanto tenía poder, mucho poder...

—¡En cuanto supe que estaba usted aquí, me las arreglé para coger prestado un aparato! Este modelo no es mi favorito, pero era el único disponible...

Furibundo, el médico jefe del hospital salió a su vez. Los faldones de su bata flotaban tras él como la cola de una golondrina o un vencejo. Cuando Brikmann había pasado en vuelo rasante sobre el tejado, él estaba manejando un escalpelo para extraer unos fragmentos de metralla de un estómago. Escoltado por dos soldados, pensaba leerle la cartilla al acróbata aéreo, y en cuanto lo tuvo delante empezó a soltar una retahíla de amonestaciones que no parecieron impresionar mucho a Brikmann, quien opuso al enrabietado matasanos una flemática bajada de cremallera de su cazadora, una exhibición de sus galones de oficial y, por último, la presentación de un pliego timbrado con una gran águila, que indicaba que el portador del mismo, o sea, él, el Oberleutnant Alfred Brikmann, tenía encomendada una misión especial y en consecuencia debía encontrar allá donde fuera la colaboración más diligente, en especial de la tropa y los oficiales, incluidos los del cuerpo médico, porque en caso contrario ardería Troya. Estaba firmado por el «Reichsminister Frank», el abogado personal de Hitler, exministro de Justicia y actual gobernador general de Polonia, es decir, el tercer o cuarto mandamás del régimen.

¿Así pues?

Así pues, el médico jefe le devolvió el pliego temblando y se ofreció a hacer de guía del querido Oberleutnant, que había hecho muy bien en venir a visitarlos. Su coche y su chófer estaban a su disposición. La propiedad era magnífica y los alrededores, pintorescos. Varengeville-sur-Mer, sobre todo, merecía una visita, con su iglesia a punto de caer desde lo alto del acantilado y, por supuesto, su cementerio marino, ¡tan encantador!

—¡Tan encantador que dan ganas de que te entierren vivo en él! —soltó el médico, incómodo a más no poder.

Con una mirada, Brikmann lo conminó a callar. No había venido a ver los alrededores, ni tampoco a él.

—Pero usted, doctor Alekhine, ¡qué gran honor!

El importuno médico se excusó. Tal vez fuera a enterrarse vivo en Varengeville. La hélice del Stuka se había detenido. Los corderos de Man se habían recuperado del susto y pacían de nuevo cerca del castillo, con sus curiosos y desproporcionados cuernos, que parecían obeliscos. Volvían a oírse las risas de los mirlos. Un bonito amanecer campestre. Una bóveda celeste nacarada como la porcelana. Un olor a tierra recién removida. La calma del invierno, casi el hielo.

—Entre a calentarse, herr Brikmann...

—Con mucho gusto, herr doctor.

Iban uno al lado del otro, como dos viejos amigos que acaban de reencontrarse. Brikmann caminaba con paso desarticulado. La estancia en el caza le había agarrotado las piernas, que le hormigueaban, así que se las desentumecía.

—Compramos esta propiedad hace ahora poco más de diez años. Aquí he preparado mis partidas, la que jugué contra Bogoliúbov para conservar el título y la que me enfrentó a Euwe, para recuperarlo. Parece que el aire de aquí me prueba... De hecho, Normandía no tiene más que ventajas. No estás lejos de París y tienes a mano el mar y el campo, así que no hay que elegir entre los dos. Esa inesperada unión de contrarios hace que esta región me recuerde a Inglaterra...

—¡Estamos aplastando Londres bajo las bombas!

—¡Cuidado con el Gambit!

—¿Perdón?

—Me refiero a un pequeño y encantador club de Budge Row, me trae muchos recuerdos...

—No sé si lo habremos destruido. Eso sí, puedo informarme. ¡Ja, ja, ja, ja!

Alekhine estaba descubriendo el humor negro de Brikmann. Se sentía un poco incómodo, así que volvió a sus observaciones normandas.

—La otra gran ventaja de Normandía es que aquí se come opíparamente. No puedo decir lo mismo de Inglaterra, desde luego... ¿Sabe usted que Normandía es de lo mejorcito de Francia en cuestión de gastronomía? Porque aquí, como consecuencia, por supuesto, de mi primera observación, disponen del mar y de los pastos, y por tanto de ostras y quesos, que son un poco cremosos, y un poco mantecosos también, aunque no seré yo quien me queje...

—¡Al infierno con la dieta! ¡Si algo es bueno, no puede hacer daño!

—Dice usted bien. ¡Y espere a probar mi calvados!

—¿Con alguna cosita para picar, herr doctor?

—Sí, en algún sitio debe de quedar un pedazo de camembert...

—No le diré que no, volar siempre me abre el apetito.

En el vestíbulo, toda su jovialidad recayó en Grace, que parecía recién salida de la cama. Estaba agarrada a la barandilla de la escalera y mantenía cerrada sobre un pijama de hombre una gruesa bata acolchada. La noche anterior, Alekhine y ella le habían estado dando al dry martini mientras hablaban de dinero, el dinero que se gastaba ella y del que carecía él. Se habían despedazado el uno al otro y solo se habían serenado *in extremis*. Grace le había preguntado qué pensaba hacer para protegerlos y Alekhine no había sabido qué responder. Ella lo había cubierto de insultos. Acto seguido, cogieron dos tarros de aceitunas verdes, uno lleno y el otro vacío, echaron la mitad del lleno en el vacío, vertieron en ambos abundante ginebra y unos chorritos de vermut, volvieron a colocar las tapas y agitaron los tarros prolongada y enérgicamente para hacer burbujas y conseguir la mezcla. Luego bebieron. ¿Cuántos dry martinis se echaron al coleto? A juzgar por el peinado de Grace y su maquillaje de pesadilla..., unos cuantos. Buscó los ojos de Alekhine y le indicó a Brikmann con un gesto de desamparo.

¡Pero bueno! ¡Y aquel quién era?

—Nos visita un jugador de talento, cariño. —La sonrisa rapaz de Brikmann no era como para tranquilizarla—. Bueno, mi estudio está por aquí, teniente... Después de usted.

Cuando el aviador le dio la espalda, Alekhine le indicó por señas a Grace que todo iba bien. Puesto que se trataba de un jugador de ajedrez, no había nada que temer. Empujó el aire con las manos hacia ella para animarla a subir de nuevo a su habitación y ponerse presentable. Era la señora del castillo. Él, señor y campeón del mundo, se había duchado con agua fría y entonado con champán. Y, como de costumbre, le había reservado una copa.

Grace se dejó caer en el suelo con las rodillas dobladas y los ojos llenos de lagrimones, y Alekhine se acercó a ella para abrazarla. Le susurró que la quería, que él era un león y ella una leona. Podía continuar el retrato del gato que había empezado en Lisboa y empaparse de su calma, por ejemplo. Los pintores absorben el alma de su modelo, ¿no? Una vez terminado, ¿por qué no lo colgaban en el pasillo del ala norte? ¿No estaba harta de tanta batalla napoleónica litografiada? Un gato quedaría muy bien en el sitio de *La muerte de Lannes en Essling*, ¿a que sí? ¿No le había repetido ella cientos de veces que tenía esas imágenes «atragantadas»?

Casi para sí misma, en una especie de estupor agravado por la migraña y teñido de desesperación, Grace murmuró que se daba perfecta cuenta de que ni él ni ella tenían ya el menor control sobre nada.

—¡Alekhine no nos es de ninguna ayuda, Tisha! —exclamó alzando la cabeza y, evidentemente, sin reparar en la incoherencia de su afirmación.

Él no supo qué responder. Abrió la puerta de lo que llamaba su estudio, que era un despacho-biblioteca, y volvió a cerrarla a sus espaldas.

Brikmann lo felicitó por el mobiliario. La habitación, en su espíritu, dijo escuchándose hablar, denotaba el famoso buen gusto francés, que lo impresionaba por su delicadeza, precisó posando ambas manos sobre el corazón. Ante esa delicadeza siempre se sentía un poco brutal, admitió sacudiendo la cabeza. Pero también más franco, más próximo a la naturaleza, liberado de todas esas sofisticaciones pretenciosas y enredadas como madejas. Al decir eso, apretó los puños como para boxear. Un escritor y diplomático francés que le gustaba mucho, añadió adoptando una actitud más relajada, había escrito que si los alemanes habían invadido Francia tres veces era sobre todo para poder tomar café en París de uniforme. Paul Morand, ese escritor y diplomático se llamaba Paul Morand. ¡Se había acordado del nombre en el momento justo! Brikmann opinaba que Paul Morand tenía mucha razón. A los alemanes les encantaba vestir de uniforme.

—¡Llevamos el uniforme en la sangre, herr doctor! *Scheiße!* Que los franceses nos permitan pavonearnos en uniforme por el boulevard Saint-Germain ¿es mucho pedir? —Cerrado ese encantador paréntesis, Brikmann se quitó la cazadora de aviador, desenrolló el fular de lunares que llevaba alrededor del cuello y se acercó al jarrón-trofeo del zar—. ¡Qué maravilla!

—¿Verdad?

—¿Porcelana rusa?

—¡No, de Sèvres! Pero hecha para la corte de Su Majestad el zar Nicolás Alexándrovich.

—¡Un objeto soberbio, herr doctor! ¡Soberbio!

—¡Es el único jarrón del mundo que ha dado dos veces la vuelta al mundo!

—¿Siempre lo lleva con usted?

—Siempre. Lo meto en su baúl, envuelto en paños...

—¿Su baúl?

—¡Sí, se merece un baúl propio!

Brikmann hizo una mueca admirativa. Luego sus ojos se posaron en el tablero de ajedrez. La levedad de la conversación se fue al traste. Se acercaban a las cosas serias. La factura de un juego de ajedrez se aprecia por sus caballos, las piezas más figurativas y trabajadas, así que Brikmann cogió uno de ellos para examinarlo. Era la obra de un orfebre. Tenía los ollares dilatados, igual que los ojos, y las crines parecían flotar en el viento. El animal estaba vivo, a punto de relinchar, casi de lanzarse al ataque. Lo sacudió. El lastre de plomo se movió en el interior de la madera de palisandro.

—¿Una partida, teniente?

—No me atrevía a proponérselo...

—¡Pues claro que sí!

Ya no se habló más del jarrón azul, el camembert ni el calvados. Ya no hubo más que un sillón a cada lado de una mesa cuya superficie horizontal representaba la cuadrícula de un tablero. El juego de Alekhine era un modelo Staunton, una réplica exacta del usado en su partida contra Capablanca. Echaron a suertes los colores. A Alekhine le tocaron las negras. Desde los primeros movimientos se abrió el abismo. Brikmann lanzó un ataque español, que se dio de bruces contra una defensa siciliana, la cual propició una derrota, cortés pero franca, en la jugada cuadragésimo novena. Brikmann tumbó su rey y, tras mirar a su adversario con una intensidad que estaba comenzando a resultar hostil, soltó una carcajada.

—¡El campeón del mundo! *Schön.*

Alekhine se disponía a comentar un poco la partida recién acabada, para mitigar... No se esperaba esa reacción.

—¡Tengo delante de mí al campeón del mundo! —La risa de Brikmann sonaba forzada.

¿Qué era tan divertido?

—Y está con nosotros, ¿no? No con el enemigo. Ni tampoco en América. *Aquí.*

Pero bueno, ¿adónde quería ir a parar?

—El mar y el campo, decía usted... No tiene que elegir entre el mar y el campo, puesto que los dos están en el mismo lugar. Es lo bueno de Normandía. Lo que la hace tan valiosa. El Reich se alegra de que esta región forme parte de su territorio.

Brikmann rebuscó en su cazadora, colgada del respaldo del sillón como de una percha. En vez del pliego firmado por Frank, sacó un facsímil de la carta que Alekhine había enviado a Francisco Lupi al día siguiente de la invasión. Los servicios de información de la Gestapo habían actuado. La correspondencia de un campeón del mundo tenía cierta importancia. Todo lo que se decía tenía importancia. Las palabras «ocupante», «groserías» y América estaban subrayadas en rojo.

—Nosotros *ocupamos* el territorio que le corresponde a la raza de los señores, herr doctor.

—Escribí esa carta en un momento de desconcierto...

—¿Cree usted que un ejército hace la guerra con cortesías? ¿Cree que un nuevo mundo puede construirse sin destruir el viejo? Para tener derecho a vivir, hay que matar. El lugar que se ocupa siempre es el de otro, ¿no le parece? Vivir es conquistar. La ley de la naturaleza, herr doctor. El león y el cebú, la pantera y la gacela... ¿Cree usted que entre los seres humanos es distinto?

Brikmann estaba colocando otra vez las piezas en las casillas. Cuidadosamente.

—No, teniente, claro que no.

Ahora el tablero estaba impecable.

—¿A qué groserías se refería usted?

—Grace y yo tuvimos que lamentar muchos desperfectos...

—Y ahora, ¿va mejor la cosa?

—Sí.

—¿Mucho mejor?

—Sí, lo que, para un hospital militar, es incluso sorprendente.

—Consideraremos una indemnización, se lo prometo. Pero...

—Pero es la guerra...

—Gracias por comprenderlo. Figúrese, ¡tener que disculparse después de cada victoria! Para serle del todo franco, su carta causó tristeza en las altas esferas. ¿Cree que estará mejor en América? ¿Cree que estará más seguro al otro lado del Atlántico que en las filas del incontenible ejército alemán? Fíjese en Trotski, compatriota suyo... Seguro que sabe que hace poco lo asesinaron con un hacha. ¡Con un hacha, herr doctor! ¿Se da cuenta?

—Jugué al ajedrez con Trotski en Odesa.

—Conozco su leyenda, herr doctor.

—No fue con un hacha, fue con un piolet, teniente. ¿Me equivoco? Sí, creo que el asesino usó un piolet, no un hacha.

—Hacha o piolet... ¿Son necesarios esos matices? ¿No es pura barbarie? ¿No es la prueba del peligro del bolchevismo, herr doctor?

—Stalin es implacable. Mató a mi hermano...

—El Reich no tiene nada que temer de Stalin.

—Mi mujer y yo teníamos miedo..., de ahí las palabras demasiado sentidas, quizá, de mi carta...

—Pero ya no tiene miedo.

—No, ya no lo tengo.

—Está usted bajo la protección del Reich.

—Sí.

—Ya no desea irse a América.

—¡Oh, no! Fue un capricho, una simple ocurrencia.

—¿Que ya se le ha pasado?

—Sí.

—¿Un capricho que ya se le ha olvidado?

—Sí, un capricho que se me ha olvidado.

—No sabe cuánto me alegro. ¿Va a menudo a París?

—Francamente, no desde su...

Le costaba encontrar la palabra.

—Aparte de los letreros en alemán, ¡todo está igual que antes!

Brikmann se guardó la carta y sacó otro documento, esta vez de un bolsillo pectoral. Se trataba de un pequeño fajo de papeles grapados y doblados por la mitad. Eran de color azul claro. Solo había una hoja rosa, de un gramaje tan bajo que parecía un calco.

—Estos son sus billetes de tren, con el lugar y la hora de su cita... —Los papeles cayeron entre las dos formaciones de piezas de madera oscura—. Porque si he venido a verlo, herr doctor, es ante todo para tranquilizarlo respecto a la amistad de Frank. El ministro recuerda con emoción su encuentro en Berlín en 1936. Creo que la señora Alekhine también estaba presente. La guerra es cosa de hombres, pero eso no nos impide cuidar de nuestras mujeres, y créame si le digo que todos nuestros servicios tienen a su esposa en mente. Es una dama que acostumbra a comportarse como tal. ¡Cuide de ella igual que nosotros! Frank quiere organizar torneos y crear una escuela de ajedrez para formar a la juventud del Reich.

Usted estaría en el centro de todo eso y recibiría el tratamiento adecuado. Sin embargo, debe comprender que la cuestión de su estatus en el seno del Reich sobrepasa las prerrogativas del gobernador general de Polonia. Frank ya no está en Berlín y hay que dar garantías a la gente de Berlín. Me refiero al conjunto de personas que están al servicio del Reich, a las que no juegan al ajedrez, sobre todo a las que no juegan al ajedrez. Para ayudarlo, Frank tiene que contemporizar con esas fuerzas. A menudo es difícil. Su carta a ese portugués no facilita las cosas. Contemporice, herr doctor. Contemporice, se lo ruego. La persona con la que se encontrará en París le explicará los pasos que debe seguir. ¿Me acompaña a mi avión?

¿Advirtió Brikmann que a Alekhine le temblaban las manos mientras volvía a guardar las gafas en su funda y la funda en su bolsillo? Tal vez no. ¿Qué indicaba ese temblor? ¿Cansancio o miedo?

Al salir, pasaron junto a un soldado raso que estaba fumando. Sobre el parquet Versalles, junto a sus mugrientas botas, había un pequeño cilindro de ceniza. El Oberleutnant le hizo limpiar la afrenta a cuatro patas con la manga de su guerrera de paño, le dijo que fuera a lustrarse las botas y se refirió a él un montón de veces utilizando la palabra *Schwein*, que suena especialmente ruda en alemán. Alekhine asistió a la escena con una satisfacción culpable, relacionada sin duda con el hecho de que, tanto para él como para Grace, la instalación de aquel hospital militar en su casa era una humillación. Se dijo que, al menos, los regímenes autoritarios y la jerarquía militar tenían la ventaja de ofrecer ese tipo de justicia inmediata.

Dejaron al centinela limpiando el suelo y llegaron a la escalinata sin haberse dicho nada de especial interés. Brikmann volvió a enfundarse en cuero y a anudarse el fular de lunares a modo de corbata. Una vez fuera, como si hubiera recuperado las habilidades de un mono, se encaramó a un ala del Stuka y metió una pierna en la carlinga. En ese preciso instante, justo antes de sentarse y abrocharse el arnés, justo antes de cerrar la cubierta deslizante, recitó la lista de sus promesas para el futuro.

—¡Es el *Mittelspiel*! —El motor arrancó con una explosión—. Todas las piezas clave son libres de moverse por el tablero. —El Stuka giró sobre sí mismo para situarse en posición de despegue—. ¡En el horizonte se dibuja una gran victoria, doctor Alekhine! —Tras traquetear pesadamente sobre la espesa hierba, justo antes de llegar al riachuelo que serpenteaba alrededor del castillo, el Stuka se alzó del suelo. Los corderos de la isla de Man, presas del pánico una vez más, se habían dispersado—. ¡Un mundo nuevo!

El aparato trazó tres tirabuzones, se elevó y, poco después, desapareció.

12

Cuando ya se haya ahogado en ella, Alekhine recordará ese día en París como el de su encuentro con la soledad. Curiosamente, no le produjo el menor rechazo, sino alivio, casi placer. La soledad le pareció más verdadera que la compañía; más propicia a la meditación y más favorable a sus gustos. Comer con las manos. Beber hasta perder el conocimiento. Hacer frases mezclando las lenguas vivas con las muertas. Destacar en su arte celeste, se decía viendo el Sena deslizarse a lo lejos y cayendo en la cuenta de que, entre Ruán y París, los raíles seguían más o menos su curso. Destacar en su arte celeste, se repetía, hasta el punto de no tener nada que ver con la tierra y sus habitantes.

Fue andando desde la estación hasta la dirección indicada. La letra de la nota, ¿era la de Brikmann?

Obersturmführer Mross (Sipo-SD KDS París)
Rue des Saussaies, 11 – 10.30 horas
¡Buena suerte!

¿Por qué ese «buena suerte»?

¿Qué significaban aquellas misteriosas siglas, «Sipo-SD KDS»?

En la rue des Saussaies, un hombre de negro y armado le señaló una puerta y, a continuación, un segundo hombre de negro y armado, otra. Lo hicieron esperar en un salón donde había pilas de grandes cajas metálicas verdes que contenían dosieres. En las escaleras, se veían cables enrollados a los balaustres. Pasaban por debajo de la moqueta de fieltro rojo de los pasillos para evitar que la gente tropezara con ellos. En el edificio reinaba un silencio angustioso. Alekhine consiguió oír el ruido entrecortado de un par de botas y la explosión de un «¡A la orden!». Se preguntó si esos sonidos le incumbían. Le costaba creerlo. ¿Cuánto tiempo iba a tener que esperar a que lo recibiera aquel enigmático Mross? Cuando intentó dirigirse al hombre de negro que vigilaba el rincón en el que le habían ordenado sentarse, este permaneció impertérrito. Una *Maschinenpistole* le cruzaba el tórax. ¿En qué antesala del infierno había caído? Apurado, volvió a sentarse, decidido a sacar sus documentos cubiertos de letras góticas, como si de amuletos se tratase.

¿No le había reiterado Brikmann la buena voluntad de Frank? ¿Qué habría podido decir él sobre Frank? ¿Qué sabía de él? Un hombre distinguido, un erudito y un esteta que tenía un nivel de juego medio bajo y un poder anacrónico sobre sus semejantes.

La primera vez que sintió un poder así fue cuando Su Majestad Imperial acudió a verlo en persona a la villa de sus padres para entregarle el jarrón-trofeo. Si un hombre como Frank cuidaba de él, podía esperar al tal Mross con tranquilidad. Quizá en esos momentos Brikmann hacía piruetas con su Stuka sobre la rue des Saussaies para asegurar su protección, como un ángel. Pero, entonces, ¿por qué ese inquietante «buena suerte»? ¿No era mejor confiar en Frank que en la suerte?

Se acordó de aquella otra vez en Odesa. También allí había experimentado ese mismo poder. ¿Fue en 1919 o en 1920? El Ejército Rojo acababa de reconquistar la ciudad. ¿Cuántas veces había cambiado de manos? Alekhine estaba preso, encerrado en una mazmorra con un montón de pobres diablos vencidos por la fatalidad y el absurdo. Trotski tachó su nombre, que encabezaba la lista de los «espías blancos enemigos del pueblo». Había preguntado si se trataba de Alexánder Alexándrovich Alekhine, el jugador de ajedrez, pero nadie había sabido responderle. Trotski quiso comprobarlo por sí mismo. Unos soldados escoltaron a Alekhine hasta un tablero con las piezas colocadas y un hombrecillo con barba de chivo. Durante el encuentro no conversaron. Jugaron. ¿Cómo vencer a alguien que tiene tu vida en sus manos? Alekhine evitó darle mate cuatro veces. Tuvo que devanarse los sesos para ganar sin humillarlo. El jugador de ajedrez Trotski le dejó una impresión contradictoria: en conjunto, jugadas planas y sin duda aprendidas de memoria, animadas de vez en cuando por complicaciones brillantes pero inútiles. Al día siguiente fusilaron a toda la mazmorra y ordenaron a Alekhine volver a Moscú con un empleo de traductor gubernamental...

«¿Qué hace que los momentos de mi vida parezcan tan inverosímiles y lejanos? ¿Su pertenencia al pasado? ¿La violenta intrusión de la Historia? ¿La extraña complicidad que mantiene con el juego? Todos esos acontecimientos supuestamente históricos, ¿fueron algo más que un peaje obligatorio, una concesión terrestre para seguir satisfaciendo mi pasión por el ajedrez?».

Con el tiempo, Alekhine aprendería a mejorar el diálogo con su soledad, pero esa mañana, en la rue des Saussaies, todavía le costaba dar ilación a sus ideas. Qué diferente había sido todo durante su último viaje de Lisboa a París, cuando consiguió sumergirse en sus recuerdos... No sentía pánico, pero tampoco se resignaba; simplemente, comprendía que ya no dominaba la partida. De hecho, se daba cuenta de que ya no era un juego. Había códigos y reglas como en el juego, solo que, en lugar de puntos ganados y símbolos tallados en madera, se decidían vidas. En aquel caso, su vida. Pero, si esa vida era realmente suya, ¿por qué le parecía tan fuera de su alcance?

Se oyó un timbre y el ruido de un auricular que alguien descolgaba y volvía a colgar, seguidos de un taconazo y unos pasos firmes. Esa serie de sonidos bruscos provocó una reacción en cadena, que acabó con un respingo del patibulario hombre de negro que vigilaba a Alekhine. Sin despegar los pies del suelo, arrastrando los zapatos, giró un cuarto de vuelta sobre sí mismo y cedió el paso a Alekhine, o más bien le indicó el camino, o, para ser aún más exactos, le mandó que se levantara y recorriera la cinta de moqueta roja que cubría el pasillo entre las dos hileras de puertas cerradas.

Alekhine acató la orden y avanzó tímidamente mirando a derecha e izquierda, como si una fiera pudiera surgir de un muro en cualquier momento y devorarlo. Una puerta abierta daba a un despacho cuyas dos ventanas lo inundaban de una luz asombrosamente blanca. Las paredes estaban desnudas. Había un armario metálico, una mesa de pino, una lámpara con la pantalla de opalina verde, un reloj de péndulo portátil, una pistola semiautomática Luger, un teléfono de baquelita y tres sillas rectas idénticas, en una de las cuales estaba sentado el Obersturmführer Mross, que tenía las palmas de las manos apoyadas en el tablero de la mesa, a ambos lados de una pila de hojas mecanografiadas.

—Siéntese.

Alekhine obedeció. La silla crujió bajo su peso.

—Gracias...

No podía apartar los ojos de las manos del oficial. Parecían las de una chica. Mross se las cuidaba metiendo los dedos en la pulpa de un limón una vez a la semana y eliminaba el riesgo de callos, manchas o cicatrices untándoselas diariamente de vaselina y una crema a base de geranio. Con obsesión crónica, buscaba las pieles muertas de sus dedos, y en especial los restos de comida o suciedad que quedaban retenidos bajo las uñas. Poseía una pequeña panoplia de instrumentos a ese efecto. Siempre los llevaba encima, en una tabaquera que se había traído del Tirol. Con su metro ochenta y tres de altura y sus veinticuatro años, Mross pertenecía a la primera promoción de la escuela de oficiales SS de Bad Tölz. Su nombre de pila era Max, pero ya nadie lo llamaba así. Lo llamaban Mross hasta sus antiguos condiscípulos, con una mezcla de familiaridad y temor.

—Tenga la amabilidad de responder a mis preguntas con un sí o un no. —Mross cogió una pluma y trazó una línea vertical en una hoja. Su alemán era hamburgués—. ¿Nació usted en Rusia el 19 de octubre de 1892?

—Eso depende del calendario que utilice...

En la mirada que le lanzó Mross había un vacío absoluto, una apatía animal.

—¿Nació usted en Rusia el 19 de octubre de 1892?

—Sí.

A la izquierda de la línea, Mross escribió «48 años».

—¿Es usted de raza eslava?

—Sí.

—¿Algún ascendiente judío?

—No.

Debajo de la edad, Mross escribió «eslavo, no judío». Hizo una pausa, escrutó a Alekhine, volvió a su hoja y añadió: «Características físicas arias contaminadas por la inclinación a los excesos de los eslavos (alcohol)».

—¿Es usted comunista?

—No.

—¿Ha sido miembro del Partido Comunista soviético?

—No.

Mross buscó en la pila que tenía delante, sacó un papel y se puso a leer el resumen de un informe que decía justo lo contrario: «Antes de la revolución, sus convicciones políticas destacaban por su falta de claridad y su carácter ambiguo. Cuando los bolcheviques tomaron el poder, juzgó que era un nuevo comienzo, sin identificar, no obstante, la naturaleza de ese cambio. Trabajó para los comunistas como intérprete hasta 1921. Debido a la información a que daba acceso, el desempeño de esa tarea estaba reservado a los miembros del partido. Por tanto, fue miembro del partido». Mross volvió a poner la hoja en su sitio y sus inexpresivos ojos se posaron de nuevo en Alekhine.

—Repito la pregunta: ¿ha sido usted miembro del Partido Comunista soviético?

—Únicamente para ganarme la vida y practicar mi arte... La revolución lo había trastornado todo.

Mross, que no había escuchado la respuesta en su integridad, escribió: «Oportunista».

—¿Es usted ciudadano francés?

—Sí, desde mi coronación como campeón del mundo en 1927. Cuando estaba a punto de vencer a Capablanca, recibí la noticia de mi naturalización. Suelo decir en broma, a propósito de esa partida antológica, quizá una de las más importantes de la historia del ajedrez, que enfrentó a un ruso y un cubano, pero al final fue ganada por un francés...

Mross esbozó una sonrisa forzada. Escribió «vanidoso» y continuó:

—¿Su esposa es ciudadana estadounidense?

—Sí. Yo soy su segundo marido, y ella mi cuarta mujer.

Mross tenía en su poder unas declaraciones de un ajedrecista inglés, el editor del *British Chess Magazine*, un tal Brian Reilly, que afirmaba que Alekhine era en realidad el cuarto marido de Grace Wishar, pintora miniaturista, que había heredado su fortuna de uno de sus anteriores maridos, terrateniente. Se abstuvo de mencionar esos datos no esenciales y centró una vez más el interrogatorio.

—¿Su esposa es *Halbjude*?

—Grace no tiene sangre judía, al menos que yo sepa...

—¿No puede garantizarlo?

—No, nunca hemos hablado de eso...

Era una pena. Por precaución, Mross prefirió adjudicar a Grace Wishar la condición de *Halbjude*. En su opinión, en términos raciales el adjetivo «americano» era un cajón de sastre. Allí copulaban unos con otros negros, pieles rojas, aztecas, mayas y la escoria de Europa, sobre todo italianos del sur (cuasi semitas con tendencia negroide) e irlandeses, quienes dentro de la noble raza celta eran los más inclinados a la servidumbre. Hollywood era una sinagoga. Nueva York, un zoco. Dadas esas circunstancias, el concepto *Halbjude* aplicado a Grace era adecuado, incluso indulgente.

—¿Subviene su esposa a la totalidad de sus necesidades?

—Mi arte no permite a un hombre de mi condición vivir decentemente...

—Repito la pregunta: ¿subviene su esposa a la totalidad de sus necesidades?

—Sí.

Mross escribió en la misma columna la frase «situación económica precaria». Luego pareció releerlo todo siguiendo cada línea con la punta de la pluma, como si se tratara de una suma. No anotó ningún resultado. De momento. No tenía la mente lo bastante clara. Había que esperar. La columna de la derecha, donde solía anotar sus conclusiones, quedó en blanco. Descolgó el teléfono y respondió afirmativamente a la pregunta que le hicieron al otro lado del hilo. Cinco segundos después se oyó un ruido de botas y el mismo hombre de negro que había estado vigilando a Alekhine ejecutó el mismo cuarto de vuelta, esta vez hacia la salida. El cañón de la *Maschinenpistole* hacía las veces de flecha indicadora. Mross no se inmutó cuando Alekhine se despidió inclinándose un poco, a la japonesa, más por ansiedad que en una alusión a esa cultura que habría estado fuera de lugar. Volvió a la calle, es decir, a la soledad, y con ella al torbellino de sensaciones que le había dejado la entrevista.

Durante el viaje de regreso volvió a ver las manos blancas de Mross y a oír el plumín de su pluma arañando el papel. Como si la angustia y la imaginación fueran capaces de modificar un recuerdo que, sin embargo, se remontaba a solo unas horas atrás, Alekhine sintió en su interior que la punta del plumín rasgaba la hoja. Y de pronto vio las impecables manos de Mross salpicadas de un líquido oscuro y viscoso en el que no se atrevió a reconocer la sangre.

Siguiendo a Alekhine en sus visiones, deslizándonos por la pendiente de su imaginación, descubrimos algo así como otro territorio. Mientras el tren vuelve a llevarlo de París a Ruán, mientras la locomotora escupe nubes de humo saturadas de carbonilla a través de los primeros bosquecillos normandos, la historia da un vuelco y, como en una de esas mesas giratorias que tienen un tablero de ajedrez en una cara y otro de backgammon o trictrac en la otra, una gran sombra se proyecta sobre las páginas de este libro.

Las líneas que siguen no pertenecen a ningún ensayo o manual serio. Ninguna bibliografía dedicada a Alekhine, incluidas las más extensas, las ha mencionado. Ningún historiador, se trate del gran Edward Winter, de Pablo Morán o de Dagoberto Markl (por no hablar de los cantores de la leyenda de un Alekhine sin tacha,

94

como Alexánder Kótov o Abraham Baratz), se habría atrevido a bajar al nivel al que van a descender.

El registro no es el único problema. Para esos eminentes especialistas de la historia del ajedrez, la honestidad en el tratamiento de las fuentes es lo primero. Prevalece. Prevalece incluso sobre la admiración por Alekhine como jugador de ajedrez. El examen frío y escrupuloso de los archivos es la virtud primordial de esos historiadores, y no es de extrañar que su rigor científico los haya apartado del abominable y mal documentado terreno en el que nos aventuraremos a partir de ahora.

En cuanto Alekhine abandonó su despacho, Mross guardó el dosier «A. A. A.» en su portafolios, se caló la gorra y, tras asegurarse de que estaba cargada, introdujo su Luger en la cartuchera. Salió por una puerta secreta. Le esperaba un Mercedes. Tenía el motor encendido y caliente. El vehículo llevó al oficial de inteligencia en dirección este, entró en la estrecha rue du Cygne y lo soltó en el número 38, delante de una puerta rojo oscuro. Tras dar instrucciones a su chófer, Mross penetró en el edificio, lúgubre pero pintoresco. Cruzó un patio miserable en el que acababan de desplumar una escarola y en cuyos adoquines se pudrían las hojas caídas. En ese patio, además de los tristes restos del vegetal, había un adolescente de cara redonda y rubicunda fumando cigarrillos Week-End (ingleses), cuyas colillas arrojaba al interior de una maceta sin flores ni plantas de ningún tipo.

Se llamaba Jacques Arcanel. Era hijo de una lavandera y un soldado que estaba prisionero en Alemania. Vivía en el edificio. Solo. Llevaba una boina vasca calada hasta las cejas. Era público y notorio que Arcanel se buscaba a sí mismo. De vez en cuando se dedicaba a hacer entregas para ganar favores y un poco de dinero. Sus trapicheos eran conocidos en el barrio y considerados penosos. Más que holgazanería o estupidez, la vida precaria de Arcanel ocultaba a un espíritu ávido de independencia. Jacques acariciaba el sueño, aún bastante vago e inocente, de escribir novelas de aventuras y vivir de ellas, como un burgués de sus rentas. Mientras fumaba, sin haber creado nunca nada consistente salvo algunos dibujos evocadores, Arcanel se imaginaba los títulos y las cubiertas de sus futuras obras. Se veía como un Pierre Loti o un Julio Verne. En sus historias había junglas e icebergs, templos ocultos y animales fantásticos, y se luchaba contra autómatas y, en ocasiones, contra dinosaurios.

Arcanel conservará estos elementos narrativos, de una ingenuidad asombrosa, hasta mucho más allá de su adolescencia, hasta mucho después del final de la guerra, cuando, al no encontrar editores interesados en sus novelas, probará fortuna en el cine, llegando a dibujar unos cuantos *storyboards*. Al final se decantará por el cómic erótico-gore, al que se dedicará en exclusiva y en una época exigente. Ese arte solo inspirará desdén a las élites, lo que le dará aún más libertad para sondear la cara oculta de las almas. Será la época de *Snatch Comics* y de *Métal hurlant*, de artistas como Crumb en Estados Unidos, Magnus en Italia o Moebius en Francia. A finales de los años sesenta y principios de los setenta, Arcanel cosechará un éxito muy inferior al de esos maestros, especialmente en las páginas de las revistas *Boa* y *Q 3000*. Un éxito mínimo, que será interrumpido por un cáncer de pulmón en 1972.

Los «malos» de las historias de Arcanel se parecen sistemáticamente al Mross que en esos momentos empezaba a subir aquella escalera de servicio del 38 de la rue du Cygne. La misma apostura, las mismas manos blancas, el mismo uniforme negro. ¿Qué relación puede haber entre el universo de Arcanel y la vida de Alekhine?

96

Quizá la misma que mantienen la cama de un rey y su trono. Lo que pasa en la primera permanece oculto, pero determina en parte lo que se pronuncia desde el segundo. Rebuscando en la obra de Arcanel sin taparse los ojos ni arrugar la nariz, sino todo lo contrario, confiando en la intuición de que refleja algo esencial relacionado con la violencia del tiempo, o sea, la parte de fantasía y de pesadilla que bulle en el interior de la gran Historia, encontramos una historieta titulada «El tablero devorador» (revista *Boa* n.º 12, febrero de 1971) en la que, en una dictadura sudamericana no precisada, un oficial nazi alimenta a las piezas de un juego de ajedrez viviente con las chicas que secuestra. Cada pieza es un monstruo más o menos delirante (hay dragones en lugar de caballos, vampiros en vez de reinas y reyes, y una especie de pangolines carnívoros haciendo de peones). Por supuesto todas las chicas son muy atractivas y, por supuesto, a todas las acaban desnudando antes de desmembrarlas sobre el tablero con una lentitud espantosa.

Es la única referencia al ajedrez en el conjunto de la obra gráfica firmada por Arcanel. Sin embargo, buscando mejor sin dejarse desanimar por su insistente mal gusto, yendo a los inéditos y las escasas entrevistas que concedió, encontramos la aparecida en el número 17 de *Boa*, de enero de 1972, es decir, unos meses antes de su muerte, donde habla de su pasado como miembro de la resistencia dentro de la red llamada Chang y describe el puesto de mando secreto que ocupó en la rue du Cygne, en la cocina de un restaurante chino. Aparte de hacer el relato —desde luego muy autocomplaciente e inverificable— de sus hazañas guerreras, Arcanel habla de Alekhine, pero también de Brikmann y Mross, además de referirse a una mujer alemana, misteriosamente encerrada en una buhardilla tapizada de amarillo. Cuando salía de ella, esta desconocida nunca iba más allá del patio, por el que daba unas cuantas vueltas compulsivas, como una prisionera. Arcanel nunca supo de ella más que su nombre de pila: Ushi.

Tras asegurar que había escuchado por una tubería de desagüe en desuso, Arcanel cuenta que Mross subió las escaleras de tres en tres hasta el sexto y último piso del edificio, que consistía en una sucesión de exiguas viviendas. Llamó a una puerta empleando una cadencia que parecía una señal. Al principio no hubo respuesta. Consultó su reloj, sujeto a la cara interior de su muñeca. Había llegado con dos minutos de adelanto. Se secó el sudor que le perlaba la frente y había humedecido la cinta de la gorra, volvió a encasquetársela y enderezó la lustrosa visera. Se sacudió el polvo que se le había adherido a la guerrera y los pantalones de montar, bajo el largo sobretodo de cuero abierto. Palpó la funda de la Luger, que le gustaba llevar torcida, casi en el centro del estómago. Sin poder aguantar más, volvió a golpear la puerta al mismo ritmo que la primera vez.

—Por unos minutos, ya podría abrirme... —gruñó.

Una mujer ni especialmente corpulenta ni especialmente madura, con el pelo recogido hacia atrás con una cinta, apareció en la puerta. No llevaba más que unas medias color carne. El vello púbico, negro, denso y rizado, le cubría casi por entero los pliegues de las ingles y trazaba una línea de pelillos enredados que iban clareando y cambiando al castaño a medida que se acercaban al ombligo.

—Buenos días, señora ortofonista, ¿puedo pasar?

—Llegas demasiado pronto.

—¿Puedo entrar de todos modos?

—No.

—¿Puedo esperar dentro, al menos?

—Claro que no, imbécil.

—Por favor...

—He dicho que no.

La mujer mantuvo la misma actitud, severa y cansada. En segundo plano, sobre un velador y al lado de un cenicero, había un despertador, que miró unos instantes y que también Mross escrutaba con avidez. Cuando el minutero llegó a las seis, la mujer retrocedió para dejarlo pasar. Apenas entró, Mross se quitó la ropa y la colocó con cuidado en un galán de noche, en el que formó una especie de caparazón de sí mismo. Una vez desnudo, se puso a cuatro patas sobre una mullida alfombrilla que debía de proceder de Tayikistán y cuyo estampado representaba las flores de una planta trepadora. La morena se sentó en un sillón bajo de terciopelo amarillo y exhibió su entrepierna. Sus pelos, de un negro brillante, crujieron contra la tornasolada tela. Mross se acercó olisqueando el aire. Cuando su nariz la rozó, ella aprisionó su cara entre los muslos y apretó con fuerza. Estaba musculada, porque todos los días se entrenaba atando una cuerda elástica al pie del velador y haciendo ciento veinte flexiones con cada pierna. Apresado entre ellas, Mross trataba de gritar *Mutter!*, pero tenía la boca amordazada. Solo conseguía emitir mugidos y gruñidos, que debían de corresponder a las consonantes M, T y R de la palabra *Mutter*. Para castigar ese imperdonable alboroto, la mujer cogió un palo de escoba forrado de caucho que había untado con mantequilla meticulosa y abundantemente antes de la sesión. Al principio se limitó a golpear con suavidad las alabastrinas nalgas de Mross; luego empezó a acariciar el contorno de su violáceo ano, mientras conminaba al representante de la raza de los señores a pronunciar claramente la palabra mágica. Él intentaba articularla, pero la mujer apretaba aún más el pubis contra su boca y se inclinaba hacia él, de forma que la dicción de Mross era cada vez más penosa. Faltaba a su deber. Debía ser duramente castigado. Tras colocarlo en el ángulo adecuado, la mujer introdujo un quinto del palo de escoba en Mross. Eso cambió radicalmente la naturaleza de los gritos. Cada vez que fracasaba en su intento de articular correctamente, es decir, siempre, Ushi empujaba el palo un poco más. El ritual solo se detuvo tras la eyaculación, cuando Mross, con la cara encendida y los ojos a punto de salírsele de las órbitas, se derrumbó en el suelo, exhausto.

—Cada vez llego más adentro, Max... Ten cuidado.

Puede que fuera la última persona en el mundo que lo llamaba Max. Se había levantado para lavar el objeto cilíndrico en una palangana de agua y se había puesto una larga bata de seda floreada, uno de los regalos de Max, de los primeros tiempos de su romance.

—Gracias, mamá.

—Pobre enfermo...

—Te quiero, Ushi.

—Cállate. Ya no tienes la menor idea de lo que eso significa...

—Te lo juro, te quiero a mi manera.

—No quiero saber nada de tu asquerosa manera.

Ushi dejó el instrumento de placer en el paragüero. En una esquina del cuarto, cerca de la ventana que daba a los tejados de las casas vecinas, había otro sillón bajo y un velador con tablero de mármol, como los de los cafés franceses, sobre el que descansaba un hornillo. Debido a la bombilla del techo y al color azafrán de la tela que tapizaba las paredes y los muebles, el cuarto parecía amarillo. Había dos jarras de cerveza de cerámica que eran recuerdos de una estancia en Tegernsee, a orillas de un lago, justo antes de la apacible Austria y el maravilloso Tirol. Ushi las había llenado de cardos secos. El amor de ellos dos era como aquellas flores secas: espinoso.

—No tienes elección, Ushi. Ahora me necesitas. Para vivir. Vamos a censaros. A vosotros los judíos. Francia. El

Gross Paris. Toda la zona ocupada. Ya no sabemos qué hacer con vosotros, la verdad. La presión es enorme. Nuestros dominios se extienden por miles de kilómetros y ya no descartamos la posibilidad de mataros a todos allí donde estéis... ¡Pero sois tantos! ¿Cómo lo hacemos? Es nuestro problema y nuestra carga. Para luchar contra vuestra proliferación tendremos que mostrar una fuerza moral titánica. El mundo no es lo bastante grande para nosotros y vosotros. Para eliminaros, tendremos que ser absolutamente rigurosos. No se tolerará ningún fallo. Quizá lo consigamos.

—Yo no soy judía, imbécil.

—Para mí sí. Me corrompes.

—Y esa corrupción te excita una barbaridad, ¿eh?

—Sí. Me gustaría repetirlo.

—Todos recibiréis vuestro castigo, aquí o allá arriba.

—Eso espero. Lo espero tanto, Ushi...

Debido a una previsible reacción física, Mross soltó un sonoro pedo.

—Maldito viciosillo alemán de mierda...

Max rio y, como tenía frío, se ovilló como un feto.

—Oye, mamá, ¿a qué hora viene Brikmann?

—No tardará en llegar, le dije que me diera una hora.

—¿El tiempo necesario para que me aclararas las ideas?

—Pues sí, eso mismo.

Ushi se cerró la bata con cara de asco.

—¿Por qué te tapas el culete?

—Cierra el pico, Max. ¡Lávate, vístete y muérete!

—¿No quieres que Brikmann me vea así?

—Me importa un carajo.

—Confiésalo, preferirías que no me viera así.

—Si eso te hace feliz...

—Me hace feliz, Ushi. Me hace muy feliz.

Para complacer a su adorada, Mross se enjabonó, se peinó y se vistió de negro. Luego, volvió a coger el dosier «A. A. A.» y se concentró en el resumen obtenido durante el interrogatorio. Lo transformó en una serie de horribles sandeces cínicas y nazis que numeró de uno a cinco y colocó en la columna de la derecha, antes virgen. En esencia, decían que a aquel jugador había que jugársela.

1. El nuevo orden abarcará todos los ámbitos humanos, incluido el de los ejercicios mentales puros como el ajedrez.

2. Su condición de campeón del mundo puede utilizarse como instrumento de propaganda.

3. El sujeto es maleable tanto desde el punto de vista político como desde el pecuniario.

4. La ascendencia judía de su mujer la expone a una detención (moneda de cambio).

5. La ausencia de jugadores judíos ha dejado un vacío en la competición ajedrecística, que el futuro ario debe llenar para afirmar su superioridad.

Cuando los pasos resonaron en la escalera de servicio y, poco después, se detuvieron ante la puerta, Mross ya estaba listo. Brikmann llamó y entró. Mross lo sentó en el mismo sitio en el que se había sentado Ushi durante la sesión. Superponer de ese modo las dos esferas, la del servicio a la patria y la de la penetración anal, le produjo una cierta satisfacción. En su opinión, la una enriquecía la otra. Lo público y lo íntimo se alimentaban mutuamente, pero dándose la espalda. Brikmann pensó que allí dentro olía mal y hacía un calor sofocante, pero no se imaginó nada. A decir verdad, prefería no imaginar nada. No quería saber quién era aquella mujer, por cuyo intermedio había conseguido la cita, ni qué relación exacta la unía al joven oficial. Mross era muy popular en Berlín; lo necesitaba para ganarse a la SS y conseguir que Frank tuviera carta blanca. El dictamen de Mross sobre sus proyectos ajedrecísticos en Europa Central no debía ser desfavorable. Tenía que dejarle a Alekhine. Himmler y Frank no podían chocar; el problema era que el primero, además de disponer de toda la SS y la Gestapo, tenía más influencia sobre el Führer que el segundo. Así que Brikmann había ido a pedir su aprobación a Mross a aquella buhardilla que apestaba a perfume barato y pedos. Bueno, ¿qué le había parecido al Obersturmführer el campeón del mundo?

—Insulso. Haga con él lo que le parezca.

Bien, muy bien.

Brikmann se dio una fuerte palmada en las rodillas.

—¡Gracias! Sabía que lo entendería.

Y, como no le apetecía quedarse más tiempo en ese extraño lugar, se levantó.

—¡Mañana vuelo a Varsovia en Taifun! ¡Esta noche ceno en el Ritz!

Mross esperó a que se volviera para asestarle la puñalada.

—Brikmann... De todas formas, sería necesario que su Alekhine dijera o escribiera alguna cosita... Asegúrese de que, antes de reunirse con herr Frank, su campeón se pronuncie sobre la cuestión judía. Algo fácil de difundir. ¿Un artículo?

—¿Un artículo sobre los judíos?

—Sí, Brikmann. La perversión judía en el ajedrez, algo así. Desarrolle el lado retorcido del carácter judío, su naturaleza perversa.

—¡Qué cosas tiene! De todas formas, yo no puedo escribirlo por él...

—Usted lo puede todo, Oberleutnant.

—Francamente, sentiría algún escrúpulo...

—No necesitará llegar tan lejos. Usted y yo sabemos que buena parte de la antigua Rusia fue educada en el antisemitismo. Cuando la cosecha era mala o se anunciaba una fuerte tormenta, los campesinos rusos desencadenaban un pogromo. A veces eso despejaba el cielo. *Los protocolos de los sabios de Sion* se los debemos a los servicios secretos del zar. Conozco ese documento perfectamente: en Bad Tölz escribí un pequeño memorándum sobre él... Es una mistificación que ha prestado grandes servicios. Sí, créame, desde el punto de vista histórico no es absurdo pensar que en su Alekhine haya un fondo propicio, algunos temas que coincidan con los nuestros.

—Bien, hablaré con él.

—Ahonde en sus fantasías. En sus resentimientos.

—Lo intentaré. Veremos cómo reacciona.

—El lado irracional del ser humano, su ira y su miedo, son cruciales...

—Yo soy aviador y jugador de ajedrez, no un experto en manipulación.

—Precisamente por eso lo he recibido aquí, Oberleutnant, en mi refugio digamos más secreto... ¡Para ponerlo en el buen camino! ¡Se acabó el espíritu positivo, Oberleutnant! ¡Arrójese al fuego de los miedos y los delirios! La política requiere que hurguemos en lo irracional, en la histeria y la locura. ¿Qué mueve a los pueblos?, ¿unas cuantas razones lógicas pero frías o los grandes sueños caracteriales? Los humanos nunca están sobrios. ¡Conecte con su lado primitivo, Brikmann! ¡Ánimo, mi querido colega! Es una importante orientación en nuestra política de infiltración en las zonas ocupadas, ¿sabe? Hemos recibido un informe interno muy explícito al respecto. El Standartenführer Knochen ha dado directrices concretas. Nos invita a promover la convergencia de los pueblos ocupados en la lucha por la salvación del mundo, del que somos responsables nosotros, los alemanes. La retorcida mente de los judíos, el complot mundial que fomentan para someter a la esclavitud al resto de la humanidad... son ideas latentes en muchos de nuestros subordinados. No tendrá usted ninguna dificultad para orientar a su campeón del mundo.

—Si usted lo dice...

—Ya lo verá. Inténtelo y saldrá solo.

—¿Puedo saber por qué está tan seguro?

—¿Más allá del fondo de terror que todos compartimos?

—Sí.

—Porque Alekhine está acabado y lo sabe.

—¡Le aseguro que sobre el tablero no está acabado en absoluto!

—No estamos hablando de ese juego insustancial, Oberleutnant.

13

Sobre las siete de esa misma tarde, Brikmann llamó al castillo. El aviador estaba en su suite junior del Ritz, en traje de gala. Vestía un terno azul oscuro con una cinta en el ojal como único elemento nazi y llevaba una simple hilera de condecoraciones prendidas con alfileres a la altura del corazón. Nada de uniformes era la consigna para la cena. Aunque medio requisado por la Luftwaffe, el hotel se había convertido en una zona franca en la que la buena sociedad seguía celebrando saraos como si la guerra no existiera, o más bien como si solo fuera con los demás, es decir, con las clases trabajadoras y vulgares, tanto más vulgares cuanto más trabajadoras. Para que sus invitados se sintieran cómodos, los franceses hablaban francés con acento alemán. Y, para hacer olvidar que su presencia era ligeramente impuesta, los alemanes se abstenían de hablar alemán. Si no se defendían bien con el francés, tenían permiso para usar el inglés o el italiano.

Cuando descolgó el teléfono, Alekhine acababa de llegar de París. Desde luego, algo similar a la violencia de las historias de Arcanel había teñido sus visiones durante el viaje de regreso, no solo en el tren ómnibus París-Ruán, sino también en el taxi que lo había acercado a Saint-Aubin y dejado ante la verja. Alekhine solía encontrar la inspiración para sus futuras partidas en la rabia, el rencor, el odio y la envidia. Sacaba partido a todo un arsenal de pulsiones diabólicas. En determinado momento se había imaginado cortándole las manos a Mross con una tajadera. En otro, se había visto empalándolo...

Vaya, que Mross lo había humillado. Nada más llegar se encerró en su estudio. Lo único que hizo fue sentarse y mirar al vacío. De forma intermitente y sobre un fondo de humo, sus pesadillas pasaban ante sus ojos como películas. No se sentía capaz de subir a ver a Grace para repetirle lo que había dicho Mross. No veía ninguna razón para no volver a ponerse a beber de inmediato. ¿Quedaban tarros de aceitunas? ¿Sería capaz de trasegar un horrible dry martini detrás de otro? ¿Cuántos necesitaría para borrar de su memoria el odioso recuerdo de su paso por la rue des Saussaies? ¿Qué mejor manera de librarse de las manos blancas de Mross que el alcohol?

Estupefacto, oyó a Brikmann anunciarle, con el lenguaje doble que tan bien manejaba, que sí, ¡claro que había causado una gran impresión al Obersturmführer Mross! ¡Había superado con brillantez su examen de ingreso en el nuevo mundo! Olvidarían sus veleidosos planes de viajar a América. A cambio, le prometían otros viajes por un continente europeo en plena cura de renovación psicorracial.

—¡Lo mandaremos a usted a Krynica-Zdrój, herr doctor! No hace tanto sol como en Caracas, es cierto, pero, por otra parte, tampoco hay tanto mestizo. ¡Entre nosotros, nada de mezclas arriesgadas, solo pureza! Qué importante es la pureza... ¡Las ideas claras, herr doctor! Tanto cruce nos ha enturbiado la mente y el cuerpo. Ahora, gracias a nosotros, vemos al fin triunfar la resplandeciente voluntad de los arios sobre la degenerada ruindad de los semitas. Por fin encaramos el problema sin vacilaciones. La zona en la que se desarrolla el grueso de la operación es Polonia. Ya verá, lo que está pasando allí es impresionante. Se desinfecta, se purifica...
—Oyéndolo, no parecía que Krynica-Zdrój y Polonia fueran precisamente un cóctel azucarado, sino más bien una especie de aguardiente casero—. Desde la invasión,

paso allí la mayor parte del tiempo. En noviembre asistí como espectador a la final del primer torneo de ajedrez del gobierno general. Se celebró en Varsovia. ¡Qué éxito! El nivel de juego que se practica allí lo va a impresionar... ¡Pero esta noche voy a disfrutar de París! No jugaré al ajedrez, ¡alternaré! El mariscal Goering nos mima, herr doctor. Va a ser una gran noche, una noche estupenda. Ahora mismo estoy mirando por la ventana y veo la place Vendôme, tan hermosa, y los invitados que llegan, tan atractivos... Mis pensamientos están con usted. Porque usted ve lo que yo veo, ¿verdad? Todo brilla, las luces de las farolas y los diamantes en los cuellos. ¿Se lo imagina? La esperanza ha vuelto. Reinan la paz y el amor. Lo noto... ¡Pronto brindaremos juntos, herr doctor!

La mano de Alekhine temblaba. Su voz y el auricular, también.

—Será un placer, teniente.

—¿Cómo? No lo oigo bien...

¿De dónde sacó Alekhine las fuerzas para disimular?

—¡Digo que será un placer! Si la reunión no está a la altura, busque a Marcel, el maître: es un jugador incisivo y siempre tiene a mano un juego de bolsillo. Enfrentarse a Marcel es obligado. Sé que el director, que también es amigo mío, cierra los ojos ante esa costumbre, cuando no la fomenta...

En realidad, la pasión de Marcel por el ajedrez planteaba algún que otro problema en el hotel, puesto que era él quien se encargaba de señalar a los clientes un peldaño de cobre minúsculo y casi invisible a la entrada del «barecito». Cuando Marcel se ausentaba para jugar una partida, siempre había uno o dos clientes que tropezaban y medían el suelo. Corrías el riesgo de partirte la crisma, pero sobre todo de revelar a los demás que no pertenecías a la prestigiosa categoría de los habituales.

—¡Qué confidencia tan estupenda! ¡Buscaré al tal Marcel!

—Salúdelo de mi parte.

—Descuide.

Como la conversación telefónica había vuelto al ajedrez, Alekhine se sentía más cómodo.

—¡Tenga cuidado con sus sacrificios! Marcel es un admirador de Spielmann.

—¿Spielmann, el judío de Viena? ¿El autor de *El arte del sacrificio*?

—Sí, Rudolf Spielmann.

—¿El que se atrevió a conspirar contra usted?

—¿Se acuerda de eso?

—¡Ya lo creo que me acuerdo, herr doctor! ¡Aún me arde la sangre! Pero ¿quién se creía que era?

—¡Sí, fue otra de sus insolencias!

—¡Insultarlo de ese modo! ¡Qué atrevimiento!

En 1932, el muy irritante Spielmann había escrito en el *Wiener Schachzeitung* un artículo, un poco pomposamente titulado «¡Yo acuso!», en el que reprochaba a Alekhine que utilizara su condición de campeón del mundo para excluir sistemáticamente de los torneos a los jugadores demasiado peligrosos para él, como el campeón de la profilaxis, Nimzowitsch, el muy meticuloso Euwe, el artista Rubinstein, el rey de los problemas Przepiórka, el romántico Spielmann y, sobre todo, el genio de los genios, Capablanca. Negociando su presencia a precio de oro, Alekhine vaciaba la caja de los torneos, y, al hacerlo, los privaba de la posibilidad de pagar sus estipendios a los otros grandes jugadores. Vetando de ese modo la participación de los mejores, se aseguraba de permanecer invicto. Los torneos siempre preferían pagar por un campeón del mundo. Por supuesto, las acusaciones de Spielmann eran totalmente fundadas.

—Era falso, claro...

—¡Falsísimo!

—Ahí lo tiene, herr doctor, ¡la típica jugada sucia de un judío!

—¡Un golpe bajo, sí!

—¡Son sinónimos! ¡La bajeza y la raza judía son sinónimos!

—¡Usted lo ha dicho!

—Al judío se lo reconoce por la bajeza. A diferencia del negro o el árabe, con los que comparte algunos atavismos, no posee rasgos físicos distintivos claros. En él nada es claro, me dirá usted. Si al menos tuviera la piel azul, podríamos reconocerlo. Pero no, se introduce entre nosotros, imita nuestros rostros, adultera nuestra sangre ensuciando a nuestras mujeres. ¡Vea cómo se ha diluido por todas partes! ¡Identificarlo y deshacerse de él es complicadísimo! Añada a su proliferación su enrevesada forma de pensar. ¡Qué esfuerzos hay que hacer para conseguir entenderlos, con su astucia sistemática y su tendencia al disimulo! Uno de los grandes escritores franceses de la actualidad lo ha expresado a la perfección. Fíjese, se lo puedo citar de memoria: «Con los judíos, uno ya no sabe lo que le están metiendo en la boca, si una polla o una vela...». Está bien dicho, ¿eh? ¡Es exactamente eso!

Aquellas groserías racistas incomodaron a Alekhine. Pensó más en cambiar de tema que en informarse sobre la cita de Brikmann, una frase del maravilloso Louis-Ferdinand Céline, sacada de su delirante panfleto *Bagatelas para una masacre*. Alekhine había oído hablar de la moda de los libros de Céline tras la estruendosa aparición en 1932 del *Viaje al fin de la noche*, pero en cuestión de literatura prefería las gruesas biografías históricas o las memorias de grandes conquistadores. En cuanto a la ficción, solo le interesaban las fantasías de capa y espada de Mérimée o Dumas: *Crónica del reinado de Carlos IX* y *Los tres mosqueteros* figuraban entre sus libros predilectos.

Había aprendido a hablar francés con *El Capitán Fracaso* de Gautier, que debía de haberlo marcado, porque asociaba el género con esa lengua. Reorientó la conversación hacia el juego. Los libros, después del ajedrez.

—Hasta el rey del juego ha sufrido por culpa de los judíos...

—¡No me diga más, doctor Alekhine!

—¿Cómo?

—No sabe cómo me alegro de oírlo decir eso. A usted, el campeón del mundo, el hombre que tiene en sus manos el futuro del ajedrez, el que lleva la corona y la voz cantante... Usted también ha identificado el problema judío.

—Es una opinión que no lanzo a los cuatro vientos, claro.

—Ya no debe tener miedo de sus opiniones.

—No es miedo...

—Sí, es miedo. Ahora nosotros estamos aquí. Escriba, herr doctor. Cúrese de su miedo.

—¿Usted cree, teniente?

—Se lo pido, herr doctor.

—Es que muchos de mis colegas son de esa raza... Me arriesgo a ofenderlos.

—¿Qué es más importante, el aprecio de los judíos o el futuro del ajedrez?

—El ajedrez siempre ha sido el centro de mi vida...

—Los judíos lo temen a usted. Nos temen. No se preocupe por ellos.

—Pero es que tampoco sé muy bien cómo demostrarlo...

—No tiene elección. ¡Escriba!

—Escribir ¿qué? ¿Un libro?

—Para empezar, un artículo. Una serie de artículos quizá...

—Lo pensaré.

—Es un deber, herr doctor. No tiene elección.

—¿No tengo elección?

—No, no la tiene.

—¿Qué quiere decir exactamente, teniente?

—Lo que digo: *no tiene elección*. Ahora debo dejarlo.

Brikmann colgó, y Alekhine se quedó solo con la noche de invierno. En el castillo, los soldados se gritaban bromas o se lanzaban insultos. ¿Por qué no subía a ver a Grace? ¿No sería más sencillo contárselo todo? Puede que ella tuviera una opinión. ¿Qué le hacía desear que estuviese dormida? De pie ante una de las ventanas, se tranquilizaba pensando que, si lo hacía, sería por ella, solo por ella. No quiso ponerle nombre a lo que iba a hacer. Intentó localizar los bultos de los corderos de Man en la oscuridad, pero no lo consiguió. ¿Dónde estaban? ¿Qué daba al paisaje aquel aspecto tan solitario? Por lo general, vehículos de todas las dimensiones derrapaban en los senderos y esparcían guijarros blancos por el césped. Llegaban y volvían a irse. Eran sobre todo camiones entoldados. Heridos y enfermeras vagaban aquí y allí. ¿Qué los impulsaba a dar esos paseos nocturnos? Eran esbeltos y blancos como fantasmas. Alekhine se los imaginó perdidos y asustados, flotando en otro mundo. A algunos les faltaba un miembro, y esa falta subrayaba su irreal presencia. Se volvió, se acercó a una de las paredes cubiertas de libros y abrió el mueble bar, disimulado tras las obras completas en tres tomos de Vauvenargues. Había una botella de calvados entera. Se sentó con ella. En una copita apenas más grande que un dedal, bebió un sorbo tras otro hasta sentirse reconfortado.

No contaba con las pesadillas que lo asaltaron a partir de la décima copita. Tuvo que levantarse del sillón y agitar los brazos para ahuyentar las horribles visiones que lo atormentaban de nuevo. Esta vez no eran las manos de porcelana de Mross que volvían para estrangularlo.

Eran tres sombras. Tres sombras de distinta complexión. Una delgada y dos gruesas. Se aproximaban a él. Ascendían hasta su pálido rostro y le susurraban cosas incomprensibles. ¿Qué era aquel humo espeso que ocultaba sus bocas? Pronto, Alekhine se vio envuelto en una niebla en la que las sombras seguían moviéndose. Queriendo escapar de aquel delirio, cogió impulso y, con el hombro derecho por delante, echó a correr en línea recta. La pared lo hizo rebotar y lo arrojó al suelo. Tenía que desfondar aquella trampa, liberarse de los hilos de aquella red. Tras otras tres copitas de calvados, volvió a la carga. Pese al dolor, embistió con el mismo hombro (el derecho), solo que esta vez, al chocar con la pared, se dio un fuerte golpe en la frente. El hematoma, que al día siguiente se pondría morado y azul, de momento era rojo sangre. Aturdido, se levantó con dificultad. Luego se agarró a la botella como si fuera una boya y él un náufrago. Otra copita.

Gritó una especie de arenga militar, miró otra de las paredes, también llena de libros, y volvió a gritar. Estaba convencido de que la pared cedería. Bastaba con una última embestida, solo una. Erguido, pero tambaleándose un poco, tomó una decisión: arremetería sin protegerse de ningún modo, con la cara y el estómago al descubierto. Se ofrecería sin esconderse. Otra copita para armarse de valor. ¡Y otra, por su inminente victoria!

Se estiró la chaqueta, se apretó el nudo de la corbata, saludó a la francesa, tomó impulso y se lanzó. Por suerte, los pies se le enredaron en la alfombra y, tras golpear el canto de un estante con la frente, cayó de bruces. Si hubiera tenido éxito en su intento de embestir la pared, el conjunto de la biblioteca lo habría sepultado bajo un alud de libros y tablas. Tendido, inconsciente, oía su propia voz.

¿Akiba?
¿Dawid?
¿Rudolf?
¿Estáis ahí?
Porque yo no estoy.
En realidad, me he ido... Yo no soy yo.
¿Comprendéis lo que quiero decir?
No estoy, así que la culpa no es mía.
Alekhine no existe, os lo juro.
No lo conozco. De hecho, nunca lo conocí.
Es el nombre de un campeón del mundo de ajedrez.
No es culpa suya. Vive en Buenos Aires, en Dalmacia septentrional. Es saturnino.
Venció a Capablanca.
No tengo elección.
Alekhine no tiene elección, ¿verdad?
Nolens volens, *el rey debe retroceder.*
Perdona, Rudolf.
Perdona, Akiba.
Perdona, Dawid.
Los alfiles acorralan al rey en su rincón.
Sus manos no están sucias, sino blancas, ¿lo veis como lo veo yo?
La sangre no las mancha, resbala por ellas y cae. No se ve.
Pero está ahí. La sangre. Yo la veo.
Perdón... ¿Queréis jugar conmigo?
El jaque mate está asegurado, de acuerdo, pero ¿en cuántas jugadas?
La muerte es segura, por supuesto, pero ¿en cuánto tiempo?
Perdona, Rudolf.
Perdona, Akiba.
Perdona, Dawid.
Os veo en mi interior y os quiero.
Perdonad, amigos.
Rudolf Spielmann.

Akiba Rubinstein.

Dawid Przepiórka.

Os veo en la noche. Sois sombras.

¿Os acordáis de Carlsbad en 1911? Éramos jóvenes.

Tú llevabas bigote, Akiba, y cuando habías movido te levantabas de la silla e ibas a esconderte a un rincón de la sala murmurando frases incomprensibles. Decían que eras enfermizamente tímido. Que tenías los nervios frágiles y un talento inmenso.

Tú aún tenías todo el pelo, Rudolf, pero ya eras un mal bicho. Jugabas de aquella manera tan imprevisible y tan irritante, tan contra natura y a la vez tan instintiva. Eras el último romántico. Eras un duelista temible. Te llamaban «el último caballero del gambito de rey». ¿Cuántas veces me ganaste, sabandija?

En polaco, Przepiórka significa «codorniz», ¿verdad, Dawid? Con tu nariz aguileña y tu cuerpo regordete, con tu tez grasa y salpicada de manchitas, ¿no te pareces rasgo por rasgo a esa simpática ave? En su día, seguro que llamaron Przepiórka a tus antepasados debido a ese parecido. Era lo que se hacía con los judíos. Se les daba el nombre de su oficio, del lugar en que vivían, de un árbol ante el que pasaban o, aunque menos a menudo, del animal al que se parecían. En tu caso, la codorniz. Yo cazaba codornices con mi padre, ¿te lo había contado?

¿Dawid?

¿Akiba?

¿Rudolf?

¿Por qué no me contestáis?

Hatajo de inmundos y perversos judíos... ¡Queredme!

¿Por qué no me queréis?

Queredme, por favor...

¿Dawid?

¿Rudolf?

¿Akiba?

¿Me oís?
Queredme...

Pero Dawid Przepiórka había muerto.
Rudolf Spielmann lo haría pronto.
Y, nueve años antes, Akiba Rubinstein había perdido la razón.

14

Cuando los tres *Feldgendarmen* echaron abajo la puerta de la vivienda, el joven Dov, que por las tardes faltaba a sus clases de Derecho en la Universidad de Varsovia para jugar en casa de Przepiórka, fue el único que levantó la cabeza del tablero. Vio las golas de metal y los capotes verde grisáceos. Buscó sus ojos, pero las viseras de los cascos arrojaban sobre ellos una franja de sombra.

—¿Dónde están sus ojos? —le preguntó a Przepiórka inclinándose hacia él.

Przepiórka daba caladas a un cigarro ahusado. Vestía un lujoso tres piezas de tweed, como un armador o un productor de cine, porque Przepiórka creía que los poetas, los jugadores de ajedrez, los pintores y todos los demás «trabajadores de lo inútil», como él los llamaba, debían vestir con orgullo, mejor que los banqueros y los hombres de negocios. Por su parte, Dov llevaba ropa de estudiante pobre. El gendarme llamado Hermann se plantó delante del tablero cuadriculado de la mesa. Sus dos compañeros, que respondían a los nombres de Erich y Helmut, recorrieron la vivienda, que no era muy grande pero estaba atestada de figurillas y trofeos en forma de piezas de ajedrez. Derribaban cosas con las culatas o los pies, gratuitamente, por el placer de romperlas o para acceder con más facilidad a un mueble y asegurarse de que ningún ser humano, por pequeño que fuera, se escondía en él. Estaba claro que Erich mandaba y Helmut y Hermann obedecían. Pero el trío solía trabajar en equipo e, inevitablemente, la familiaridad se había impuesto a la jerarquía. Desde el dormitorio, Erich gritó que no había nadie más. Hermann accionó la palanca de la carabina Mauser y les dijo a los jugadores que había llegado el momento de irse.

—¿Dónde están sus ojos, maestro? —volvió a preguntarle Dov a Przepiórka.

Lentamente, Przepiórka empujó una de sus torres a lo largo de la columna e.

—A ver cómo sales de esta...

—¡Ah! Había visto esa jugada, pero demasiado tarde. De pronto, Przepiórka pareció salir de un sueño.

—¿Me has preguntado algo?

Dov recordó que Przepiórka estaba un poco sordo.

—Le decía que estos soldados no tienen ojos...

—Para hacer lo que hacen, no los necesitan. Te toca.

Erich intentaba forzar el secreter. Introduciendo la punta de la bayoneta en el intersticio de la persiana, confiaba en romper la cerradura. Lo consiguió. Si se lo hubiera pedido educadamente, Przepiórka le habría señalado el clavo en el que estaba colgada la llave, justo delante de él, a la altura de sus ojos. Los sobres y las hojas volaban por los aires alrededor de Erich, que estaba sembrando el caos en la contabilidad del jugador, en los archivos de sus problemas. Era como si estuviera desplumando un ave de corral. Se apropió del poco dinero líquido que encontró, de un abrecartas de ámbar y de una perla salvaje montada en un pendiente que había pertenecido a la madre de Przepiórka. Helmut no tocaba nada, pero iba de habitación en habitación apuntando al aire con el arma. Era el más nervioso de los tres *Feldgendarmen*. Como no comprendía por qué no se levantaban Przepiórka y Dov, Hermann también empezaba a ponerse nervioso, no tanto como Helmut, pero sí lo bastante para repetir la orden gritando. Przepiórka, que seguía tan impasible como un bonzo, percibía la angustia del joven Dov, pero prefirió ignorarla, aunque solo fuera para enseñar a su alumno que lo importante era aquella partida, puesto que lo demás ya no dependía de ellos, sino de aquellos tres hombres a los que les habían quitado los ojos, el cerebro, el corazón y el alma.

Helmut, que no estaba dispuesto a esperar, le dio una patada a la mesa y la volcó. Las piezas de madera rodaron por el suelo, junto con las cerillas y el poco té frío que quedaba en la tetera esmaltada. Przepiórka no movió un músculo. Aunque sí. Le dio una calada al cigarro, soltó una nube azul grisáceo y se volvió hacia el asustado estudiante.

—Nosotros tampoco necesitamos los ojos. Había jugado **Te7**.

Dov intentó hablar. Tartamudeaba.

—Sí, lo que da un gran vuelco a la partida.

—¿La has memorizado bien?

—Sí.

—Bueno, entonces vayamos adonde estos señores quieren ir y prosigámosla allí.

Przepiórka se levantó e invitó a Dov a imitarlo. Muy dignamente, se pusieron el abrigo y se anudaron el pañuelo alrededor del cuello. Helmut iba detrás de ellos, empujándolos un poco con la culata. En la calle los esperaban un camión Opel Blitz y más *Feldgendarmen*. Los hicieron montar. Helmut y Hermann se instalaron en los extremos de los bancos, en la parte posterior. Dov y Przepiórka estaban sentados uno frente al otro y, como si el tablero aún se encontrara entre ellos, jugaban mirando las puntas de sus zapatos. Botines de charol, en el caso de Przepiórka, y unos zapatuchos baratos y polvorientos en el de Dov. Si este no quería que la partida reflejara la discordancia entre el calzado de los jugadores, tendría que reaccionar y encontrar la respuesta apropiada a aquel **Te7**. El camión avanzaba a través de Varsovia, pero Dov no movió hasta el final del trayecto, cuando cruzaron el muro que rodeaba la prisión de Pawiak. Przepiórka parecía satisfecho de su respuesta. El resultado seguía en el aire. Decididamente, Dov hacía rápidos progresos. Grandes faroles iluminaban el patio. Los hicieron arrimarse a una pared. Les dijeron que esperaran. En la confusión, Przepiórka había quedado dos filas detrás de Dov. Volvió a mover su otra torre hacia delante, en el eje de la columna f.

Dov tardó aún más que antes. Ahora la partida se había inclinado claramente del lado de Przepiórka. Urgía encontrar el modo de darle la vuelta. ¿Cómo? ¿Con qué brillante jugada? Se acordó de las teorías sacrificiales de Spielmann, pero, quedándole tan pocas piezas como le quedaban, no veía ninguna posibilidad de jugar de esa forma, y ya era demasiado tarde para llevar a cabo una retirada, a la hipermoderna. No podía aprovechar nada de Nimzowitsch. Y de Rubinstein tampoco. En realidad, el jugador en el que debía inspirarse era ¡Alekhine! Sí, necesitaba una de esas combinaciones envenenadas que solo el campeón del mundo era capaz de elaborar.

Vinieron a buscarlos otros camiones. Como no tenía cerillas, Przepiórka daba chupadas al cigarro apagado, aunque solo fuera para impregnarse la saliva de tabaco. Para engañarlos sobre el objetivo de su viaje, les repartieron latas de carne en conserva y, en una escudilla, unas gachas que debían de ser avena y agua. Tendrían que comérselo por el camino. Por suerte, a Przepiórka y Dov les tocó en el mismo camión. Por supuesto, no probaron sus raciones. Aceptaban que los engañaran sobre el motivo del viaje, pero aún no eran coprófagos. Przepiórka mordisqueaba la punta del cigarro y el jugo de las hojas de tabaco le perfumaba la boca y lo deleitaba.

Rodaron una hora larga. La carretera era cada vez peor. Tras pasar por un pueblo llamado Palmiry, se dirigieron hacia el bosque de Kampinos. En el lindero, los hicieron bajar y les vendaron los ojos con telas negras completamente opacas.

—¿Qué te decía yo? —le susurró Przepiórka a Dov en son de broma—. Tarde o temprano todos los hombres acaban igualándose, Dov. ¡Ahora resulta que tampoco nosotros tenemos ojos!

Mientras el estudiante barajaba todas las posibilidades de su tablero mental para evitar el jaque mate, los guiaron hasta un claro. Przepiórka se emocionó al notar que una zarza se le enganchaba al pantalón y lo desgarraba. Los situaron de espaldas a una fosa excavada el día anterior por un batallón de las Juventudes Hitlerianas, un agujero que parecía un cráter producido por el impacto de un meteorito. En la medida de lo posible, se habían dicho en las altas esferas, era necesario que aquella fosa común no pareciera una fosa común.

—¿Juegas, Dov? No estoy seguro de que te quede demasiado tiempo...

Dov se rindió a la evidencia: su situación era desesperada.

—¡**Rg7**, maestro!

El talón izquierdo de Przepiórka estuvo a punto de resbalar.

—¡**Tg2+**! ¿Qué, Dov? ¿Abandonas?

La serie de secas detonaciones se acercaba a Dov. A cada una de ellas la seguía un ruido de caída, puesto que cada bala proyectaba un cuerpo hacia atrás. Acto seguido, este rodaba por sí solo hacia el abismo. Era ingenioso. Y también milimétrico, porque cada camión traía un número exacto de individuos, que formarían una capa uniforme. Mientras llegaba el próximo, espolvorearían los cadáveres con fosfato de calcio para acelerar la descomposición. A los siguientes, los ejecutarían del mismo modo, a bocajarro, con una Luger Parabellum.

Al final, una vez llena la fosa, bastaba con cubrir la última capa con tierra, plantar pinos jóvenes y esparcir terrones de humus, para el olvido y la preservación del paisaje. Nadie debía desenterrarlos un día ni acordarse de ellos mientras caminaba, jugaba, gozaba, hablaba, pensaba, etc. Más o menos al mismo tiempo, en Besarabia, con el mismo objetivo de favorecer el olvido, se arrasaban cementerios judíos con buldóceres y se quemaban archivos en las sinagogas.

En el bosque de Kampinos, ese día se trataba de polacos inteligentes, ricos o titulados, y en ciertos casos de polacos que combinaban esas tres cualidades. Si eran judíos, se debía al azar. Entre aquella gente había no obstante no pocos judíos, como Przepiórka. También había atletas, periodistas, artistas, científicos o estudiantes de Derecho no muy disciplinados, como Dov. Igualmente, había mujeres e incluso algunos niños pequeños.

A Dov le dio tiempo a gritarle a Przepiórka que abandonaba, que había sido un gran honor jugar con él. Después de Dov sonaron otros once disparos. Entre cada uno pasaban de cuatro a seis segundos. El verdugo tenía que ir de víctima en víctima, lo que hacía moviéndose de izquierda a derecha con uno o dos pasos laterales. Al octavo disparo, debido a la capacidad de la Luger, el ritmo de las ejecuciones se vio alterado en 7,65 segundos por la recarga. También intervinieron el cansancio muscular del brazo del tirador, causado por los repetidos retrocesos del arma, y la pausa de un minuto que se tomó. A Przepiórka le dio tiempo a repasar el desarrollo de la última partida de su vida mientras mordisqueaba la punta del cigarro como si fuera un palo de regaliz. Cuando la bala que le estaba destinada le atravesó la despoblada frente, se estaba diciendo que había jugado bastante bien.

15

Entretanto, en Estocolmo, Spielmann se avergonzaba de sí mismo. Se avergonzaba de ser un judío errante, un jugador de ajedrez de cincuenta y ocho años pobre, fugitivo y expuesto a la persecución. Se avergonzaba de haber abandonado a sus amigos en Viena. Se avergonzaba de haber abandonado a su hermana y su hermano en Praga. Se avergonzaba de los borborigmos que rompían el silencio del club en el que estaba jugando. Eran ridículos. Pero Spielmann tenía hambre. ¿Qué podía hacer para acallar su estómago vacío? Para rematar, su adversario engullía deliciosas tostadas de arenque en vinagre, una tras otra.

Antes de su proyecto, bastante desesperado, de viajar a América vía Inglaterra, por Suecia y después por Noruega, pese a los submarinos U-Boot y el acorazado Bismarck, Spielmann solía considerar el antisemitismo un cumplido. Los antisemitas le recordaban a esos hombres que insultan a las mujeres demasiado hermosas para ellos, a las que intentan vejar para resarcirse de la frustración de no poder estrecharlas entre sus brazos. Pero con los nazis y la guerra, con las leyes raciales y el Anschluss, el cumplido ya no era de recibo. Spielmann había tenido que huir y pasar vergüenza de forma sistemática. Había empezado a avergonzarse de todo y ante todos.

Había sentido vergüenza ajena al ver al canciller Hitler por primera vez en una pantalla de cine. ¿Cómo se atrevía a llevar el mismo bigote que Charlie Chaplin? Una semana antes, le había dado vergüenza tener que vender su maleta, aunque luego se le había olvidado mientras se comía las naranjas y la cecina. El invierno sueco era infernal. Spielmann llevaba sus dos últimas camisas una encima de la otra, bajo la chaqueta y el abrigo de paño. La corbata, la usaba a modo de fular. A Spielmann le daba vergüenza tener que esquivar a su casera porque no podía justificar el retraso en el pago del alquiler. Le daba vergüenza lavarse los dientes solo con agua y robar pastillas de jabón en los lavabos del club de ajedrez. Le daba vergüenza llevar tiras de tela en vez de calcetines y no lavarlos para economizar el jabón robado. De lo único que nunca se había avergonzado era de su talento. Como Capablanca, jugaba desde su más tierna edad (cuatro años). Como él, se movía por el tablero con una facilidad totalmente instintiva, por complicada que fuera la partida. Al revés: cuanto más complicada era, más cómodo se sentía.

La que estaba jugando en ese momento no lo era mucho. Spielmann había apostado sus últimas veinte coronas suecas. No tenía más remedio que ganar. Si perdía, se iría a la cama sin cenar. Y entonces ¿cómo iba a levantarse? El día anterior, en plena tarde y en medio de la calle, se había desmayado de pura hambre. «Dos días seguidos no», pensaba mirando la diagonal de su alfil negro. No soportaría dos días de privación consecutivos.

Si eliminaba aquel peón de la **b4**, perdería el alfil, pero abriría la columna **b**. Por la columna **b** se colarían su reina y sus torres. Spielmann se comió el peón de la casilla **b4**.

—¡Jaque!

Su adversario estaba obligado a responder capturando el alfil. Mientras masticaba, salivaba y resoplaba de gusto, el jugador sueco no se percató del fatal encadenamiento que había urdido Spielmann. Cuatro jugadas más tarde, su posición se derrumbaba y, con un tallo de eneldo asomándole entre los labios, asistía impotente a la aniquilación de su línea de defensa. Se comió las piezas secundarias que Spielmann le había dejado atrás para que se desfogara. Pero ya estaba, había perdido de todas todas.

—Maldito judío...

—Mucho gusto, me llamo Spielmann.

—¡Ha faltado poco para que te hiciera tragarte tus meteduras de pata, Spielmann!

Spielmann acababa de ganar veinte coronas, que el sueco arrojó con rabia al tablero. Al menos no intentaba escurrir el bulto.

—No lo creo. En realidad ha jugado usted toda la partida a mi dictado —respondió Spielmann recogiendo los billetes.

—¡Bobadas!

—No, Rudolf Spielmann. Mi nombre es Rudolf Spielmann. Decididamente.

El otro no estaba de humor para seguir escuchándolo. Se levantó y abandonó la sala dando un portazo. Spielmann se quedó solo ante el tablero en desorden. Contó el dinero con la cara iluminada, igual que un niño ante un regalo de Navidad, y se lo metió en un bolsillo del pantalón. Tenía una curiosa cabeza en forma de obús, los ojos saltones y los labios gruesos. Para los jugadores que estaban sentados en las mesas vecinas o consultando los manuales de la biblioteca, debido al ejemplo casi caricaturesco del tipo físico que ofrecía y que tanto concordaba con las representaciones de la propaganda antisemita, Spielmann era la encarnación de la palabra «judío» y del insulto «sucio judío». Todos lo habían visto guardar sus ganancias con un apresuramiento que respondía más al hambre que a la codicia tradicionalmente atribuida a su raza. Bajo sus miradas, se sintió avergonzado por enésima vez, pero también solo y desnudo. Tragándose su vergüenza, su soledad y su desnudez, se dirigió a ellos.

—Caballeros, como ya saben, me llamo Rudolf Spielmann. Soy uno de los mejores ajedrecistas del mundo y me persiguen los lobos. Todos los días apuesto mis últimas coronas en este club para pagarme una comida. Todos los días me juego la vida. Si gano, sobrevivo. Mañana, a cambio de veinte coronas, tal vez juegue contra uno de ustedes. No culpo a nadie por no apreciar al artista apátrida que soy. Al contrario, les agradezco que me permitan jugarme la vida sobre el tablero. Un artista debería jugársela siempre. —Spielmann se quedaba sin aire enseguida—. Mi vida es el juego. Hasta mi nombre significa «el hombre que juega» en alemán. Así que, ¿qué puedo hacer? ¿Acaso no estoy predestinado? Solo he escrito un libro, que quizá conozcan. Debe de estar en alguna de esas estanterías. Se titula *El arte del sacrificio*... Considerándolo bien, ¿no estoy siendo sacrificado yo mismo? A veces, las palabras tienen ecos crueles. Sí, ¿no soy la víctima propiciatoria de todos ustedes, la que se ofrece a no sé qué caprichoso dios para ganar no sé qué favor? Un chivo expiatorio, un cordero... ¿No es eso lo que soy para ustedes? —Puede que ya no fuera solo el cansancio lo que lo obligó a interrumpirse—. Pero debo confesarles, caballeros, que me resulta cuando menos doloroso comprender que hui de los lobos de Alemania y Austria para encontrar otros lobos aquí, en su maravilloso reino de Suecia... Porque ¿cómo ignorar los lobos de sus ojos? ¡Sí, sus ojos! Ustedes no los ven. Yo no veo otra cosa. ¿Por qué me tratan con tanta dureza? ¿No estoy solo, agotado y hambriento? —Otra pausa, otra larga inspiración—. Voy a compartir con ustedes el proverbio que no hace mucho tiempo compartí con ese endemoniado campeón del mundo llamado Alexánder Alekhine en la carta abierta que le dirigí en el *Wiener*

Schachzeitung: «La riqueza es un valioso cuchillo, quien lo tiene debe usarlo para repartir su pan, no para herir». Pero están ustedes jugando, no quiero aburrirlos más con mis sermones... Les deseo una magnífica velada, caballeros.

Tambaleándose, agarrándose a las esquinas de las mesas para no caer, Spielmann salió del club con ese buen deseo y se fue a cenar a un restaurante vienés. Se hartó de ensalada de patatas con mahonesa, que acompañó con abundantes rábanos e hizo seguir de un *Knödel* de chicharrones. De postre, pidió un *Kaiserschmarrn*. El exceso de calorías le dejó en herencia algunos dolores de estómago. En agosto de 1942, su cadáver fue hallado en su buhardilla, cuyo alquiler quedó impagado, junto a un borrador de sus memorias que no le interesaron a nadie y nunca fueron publicadas. Se había dejado morir de hambre.

16

Para los dos Waffen-SS, si lo que querías era hablar de mujeres, lo ideal era dar una vuelta en una Zündapp con sidecar. Tenías la caricia del viento y los ronquidos del motor. Tenías intimidad absoluta. Y además hacía un día estupendo. Durante la mañana había dejado de llover. El sol iluminaba los tejados de Bruselas, los charcos de sus aceras y los diversos postes eléctricos y telegráficos. Ernst conducía y Georg estaba sentado en aquella especie de huevo de acero fijado a la imponente y robusta motocicleta. Iban deprisa. Ernst era buen conductor y Georg tenía una confianza ciega en Ernst. Ernst no apartaba los ojos de la carretera, pero Georg tenía la boca vuelta hacia la oreja derecha de Ernst y nunca miraba hacia delante. Hablaba alto. En el desayuno, los dos se habían tomado varios comprimidos de pervitina, que era una versión alemana y superlativa de la benzedrina estadounidense, es decir, de la metanfetamina. La euforia los electrizaba.

Desde que habían salido del cuartel, Georg le explicaba a Ernst que se había comprado un nuevo aparato de la marca Voigtländer. Hablaba a voz en cuello y como una metralleta. Con aquella magnífica cámara, decía, había fotografiado su sexo en erección y hecho varias copias, que a continuación había enviado dedicadas a las amantes que lo esperaban en Wuppertal, para que pensaran con ganas en él hasta el próximo permiso.

La curva era cerrada y el neumático trasero de la moto chirrió sobre el asfalto mojado.

—Sabía que Helga y Lena se conocían, pero... —Estaban llegando al municipio de Uccle, rodeado de árboles y coquetos jardines—. ¿Cómo iba a imaginar que Helga le enseñaría la foto de mi polla a Lena! —Ernst había empezado a leer los números de las casas de ladrillo—. Y, claro, ¡Lena me reconoció! O sea, mi polla. Reconoció mi polla. —La moto redujo la velocidad... Bueno, ya estaban. Ernst frenó y se detuvo con suavidad—. Cuando me enseñó la foto con la dedicatoria a Helga al pie... —Ernst bajó de la moto. Georg saltó fuera del huevo—. ¿Sabes lo que dije, Ernst? ¿Sabes lo que dije? ¿Sabes lo que dije para defenderme? Dije: «¡No fui yo, Lena! ¡Te lo juro! No fui yo, en realidad... *¡fue mi polla!*

La idea de que la polla de Georg hubiera visitado clandestinamente a Helga, a espaldas del propio Georg, para dejarle su foto como recuerdo era desternillante. Soltaron la carcajada. Poniéndose tieso y dando saltitos con los pies juntos, Georg imitó a una polla dirigiéndose a una cita galante. Ernst había apagado el motor. Doblado por la cintura, se agarraba al manillar de la moto. Cada vez que movían el torso o los brazos para intentar contener la risa, sus impermeables crujían como papel estrujado.

Rubinstein no descorrió el visillo de encaje de la ventana del salón junto a la que leía para ver quién ladraba de aquel modo delante de su casa. Georg imitaba a su polla brincando por la acera. Seguramente, Rubinstein no habría entendido nada. Se hallaba a mil leguas de su histeria narcopolítica. Vestido con un traje de sarga, estaba tranquilamente sentado en una imponente butaca acolchada. Desde la muerte de su mujer, acaecida nueve años antes, no se lavaba ni se cortaba la barba, el pelo o las uñas. Había pilas de periódicos alemanes, franceses, belgas, rusos e ingleses repartidas por todo el salón. Estaban ordenados por idioma. Encima de los montones, para evitar que volaran con la menor corriente de aire, había objetos de todo tipo, en algunos casos de origen mecánico, pero principalmente tarros de fruta confitada o pepinillos enteros. Eran números de periódicos con una antigüedad media de diez años. Rubinstein vivía con el fantasma de la señora Rubinstein. No solo la oía hablar, también la veía y se dirigía a ella. En esos momentos, la señora Rubinstein estaba tratando de sacarlo de su apatía. Pero cuando Rubinstein leía, leía.

—¡Akiba, amor mío! ¡Los alemanes están en la puerta!

Ni una mirada para ella. Ni siquiera una mueca.

—¡Akiba, por favor, despierta! ¿Qué vamos a hacer?

Seguir leyendo, sencillamente.

¿Qué podían hacer?

Georg se secaba las lágrimas. Tras quitarse el guante derecho tirando de él con los dientes, sacó del impermeable la lista de judíos bruselenses que le habían enviado para preparar la redada del mes de enero. El nombre del jugador de ajedrez Akiba Rubinstein figuraba en ella, junto con su dirección y su estado civil: viudo.

—Ernst, ¿seguro que estamos en la rue du Château-d'Eau, 46, de Uccle?

—*Ja wohl.*

Georg se guardó la lista y se puso muy serio.

—¿Ernst?

—¿Sí?

—¿Quieres ver... mi polla?

Y volvió a montarse el gran jolgorio. Ernst iba a coger el fusil, pero se desplomó sobre la moto dando palmadas en el depósito. Georg pegó las manos a las costuras del pantalón y juntó los pies para adoptar la conocida posición de firmes. Dado el contexto, y para gran regocijo de Ernst, en realidad Georg estaba imitando a su polla por enésima vez. Tuvo que repetir la pantomima otras cinco antes de que dejara de ser divertida. Luego, sacudido por hipidos nerviosos, alzó los ojos hacia la casa.

Era un edificio de dos pisos con un mirador mediano en voladizo en el de arriba. La planta baja debía de albergar la cocina y el lavadero. Unos respiraderos sugerían un sótano, donde seguramente se guardaba el carbón. Iban a adoptar una actitud cordial. En vez de acribillar la fachada a balazos o derribar la puerta a patadas, se limitarían a llamar.

¡Riiiiing!

Al instante, Rubinstein cerró el periódico *Le Soir* del 9 de agosto de 1933, abrió la ventana, pasó las piernas por encima de la barandilla y se arrojó al vacío. Su imponente cuerpo aterrizó en el lecho húmedo del césped. Antes de que Georg y Ernst pudieran reponerse de la sorpresa, se levantó y precedió a Georg hasta la puerta de su casa, que evidentemente no estaba cerrada. Con el cuerpo encogido y la cabeza inclinada hacia delante, subió la escalera a toda prisa y volvió a su butaca y sus periódicos de otra época. El lado izquierdo de su chaqueta y de su pantalón estaba cubierto de briznas de hierba y barro.

—¡Haz entrar a esos señores, querida! ¡Diles que suban!

La voz de Rubinstein era suave y alegre. Los dos Waffen-SS, aunque bastante desconcertados, entraron. Ernst armó el fusil Mauser y Georg desenfundó la Walther P38. Al llegar arriba y descubrir la leonera, se detuvieron en seco. Luego, avanzaron zigzagueando entre las pilas de periódicos.

—¿Rubinstein? *Guten Tag!* ¡Somos de la funeraria judía!

Georg seguía teniendo bastantes ganas de bromear, y el errático comportamiento de Rubinstein no lo ayudaba a recuperar la seriedad. Decía «Rubinstein» acentuando la sílaba final, a la que daba una entonación ridícula y degradante, hasta hacerla sonar como la palabra *Schwein*. No perdió un poco de su innegable sentido del humor hasta que no estuvo a menos de un metro del tal Rubinstein.

¡Qué pinta!

Se parecía a las representaciones de san Juan Bautista o san Antonio en la pintura flamenca: desgreñado y sucio, con una larga barba negra y gris llena de porquería y unas uñas tan largas que parecían zarpas. Leía un periódico del año catapum. Su actitud no era la de alguien que acaba de tirarse por una ventana, sino la de un hombre que lleva un siglo sentado en el mismo sitio, sumido en el estudio de la iniquidad terrestre, pero aislado en su propio planeta, a varias decenas de miles de años luz de la Tierra.

Rubinstein se detuvo en una página, agachó la cabeza hacia ella y pasó nerviosamente de una línea a otra. La parte superior de su cráneo se movía de derecha a izquierda y de izquierda a derecha. Al cabo de unos segundos bajó las grandes hojas grises y dejó al descubierto su cara y sus ojos alucinados, que se clavaron en Georg, el Waffen-SS pornógrafo. Ernst permanecía en segundo plano. Ahora parecía asqueado por el abandono del lugar. Había visto unos calcetines hechos un rebujo en un rincón. Estaban cubiertos de pelusa y polvo.

—Has hecho bien abriéndoles, tesoro. ¡Buenos días, señores!

Georg se mantenía cauteloso.

¿A qué tesoro se dirigía?

—¿Eres Akiba? ¿Akiba Rubinstein?

Comprendiendo que el fulano era inofensivo, Georg puso el seguro a la P38 y la guardó en la funda.

—No, soy una cebolla. ¿Puedes dejarnos, palomita?

Ernst se colocó detrás de Georg para disimular su nuevo ataque de risa.

—¿Ah, sí? ¿Eres una cebolla, Rubinstein?

—Sí, llevo nueve años pelándome. Soy una cebolla y lloro...

Abriendo los brazos, Rubinstein abarcó el caos de papeles manchados y esparcidos a su alrededor, como si fueran sus peladuras. Georg decidió adoptar algunos elementos de su lenguaje de demente.

—¿Lloras, Rubinstein?

—Sí. Pelar cebollas hace llorar, como es bien sabido.

—¿No eres feliz en Bruselas?

—No.

—¡Pues estás de suerte, Rubinstein! Precisamente veníamos a proponerte un viaje...

—Ya ni siquiera tengo suficientes lágrimas, ¿sabe usted? No poder ni llorar, no tener ya nada por lo que llorar: si eso no es el colmo de la desgracia... Seguramente debería beber más agua, para hacer lágrimas.

—Vamos a mandarte a trabajar al Este... Allí te darán algo por lo que llorar.

—¡Excelente noticia!

Su locura ya no era divertida. Había algo en ella que daba miedo.

—¿Estás contento?

—¡Sí! ¡Viva Alemania! *Heil Hitler!*

Gritadas por Rubinstein, aquellas palabras parecían obscenas.

—Vendrán a buscarte pronto. ¿Tenías previsto irte?

—No, como acabo de decirle, me estoy pelando.

—¿Te ocupa mucho tiempo?

—Es mucho trabajo, señor, mucho sufrimiento.

Georg se volvió hacia Ernst y se llevó el dedo índice a la sien para indicar que sí, todo parecía apuntar a que aquel judío estaba completamente ido. Antes de marcharse, lo vieron desgarrar una hoja del periódico y clavar el pedazo con otros recortes en una aguja que tenía al lado, apuntando al techo. Rubinstein coleccionaba los problemas de ajedrez de *Le Soir*. Siempre estaban muy bien planteados, sobre todo cuando los firmaba Przepiórka. Rubinstein podía estudiar una posición de Przepiórka durante horas, mover las piezas mentalmente para encontrar la solución e incluso, una vez hallada, transformar el problema y crear otros. Era infinito. Aunque ya no jugaba con nadie ni recibía visitas, seguía estudiando las partidas de los grandes torneos y jugaba un poco por correspondencia, sobre todo con Euwe. Cuando recibía la jugada de su adversario, el problema siempre era echar al correo su respuesta, lo que implicaba salir a la calle y caminar por ella sin parecer el habitante de una cueva.

Había seguido la octava Olimpiada de Buenos Aires de septiembre de 1939 a través de la crónica del *Deutsche Schachzeitung*. Había celebrado el prometedor talento de Najdorf y la intacta combatividad de Alekhine, y lamentado la ausencia de Spielmann.

—Bueno, adiós, Rubinstein. Tenemos mucha faena...

—¡El trabajo es lo primero, señores!

—Eso es... Estate preparado para partir, ¿de acuerdo?

—¡Mi mujer y yo haremos las maletas hoy mismo!

—¡Bravo, Rubinstein! ¡Eres un campeón!

—¡Qué ganas tengo de empezar ese estupendo viaje!

—¡Todo llegará, todo llegará! La señora nos acompañará a la puerta, supongo...

—¡Cielo! ¿Los acompañas, por favor?

Rubinstein iba a tirarse por la ventana, pero Georg le salió al paso y, posando las enguantadas manos en los huesudos hombros del ajedrecista, mientras volvía la cara para no aspirar su hedor, lo invitó a sentarse de nuevo.

—No hace falta, Rubinstein... No queremos molestarla. Siéntate.

Rubinstein obedeció.

—Son ustedes muy amables. *Vielen Dank*.

Georg le hizo un gesto a Ernst con la cabeza. Dejaron a Rubinstein con sus peladuras. ¿Cuántos judíos más tenían que visitar? Un centenar de nada, solo ese día.

¿Sintieron Ernst y Georg lástima de Rubinstein?
Es poco probable.
¿Imaginaron el caos que su locura podía provocar durante la redada, que debía realizarse poco después y sin sorpresas?
Entra dentro de lo posible.
¿Alguien, en algún despacho, reconoció su nombre entre los 34.801 judíos bruselenses que estaban a punto de ser deportados?
Eso sí es bastante probable.
Desde más o menos 1914 hasta 1919 o 1920, Rubinstein había sido el aspirante más legítimo al título supremo. De no haber mediado la Gran Guerra, seguramente se habría convertido en campeón del mundo, justo antes que Capablanca y Alekhine. Después, los nervios ya no le permitieron jugar a su mejor nivel. Aún dio extraordinarias lecciones de ajedrez al mundo, pero ya no tenía la capacidad mental requerida.* Si se salvó, fue gracias a un jugador de ajedrez que tenía suficiente poder para protegerlo, un aficionado perteneciente a la administración de los campos de concentración, quizá un miembro de las SS... Nunca se sabrá. El caso es que no lo deportaron. En vez de llevarlo en camión a la ciudad de

---

* Existe una defensa que aún lleva su nombre: la defensa Rubinstein de la apertura de los cuatro caballos. Akiba Rubinstein la utilizó por primera vez contra Rudolf Spielmann en San Sebastián en 1912: 1. e4 e5 2. Cf3 Cf6 3. Cc3 Cc6 4. Fb5 Cd4... En *Los grandes maestros del tablero* (1930), Richard Réti se referiría a Rubinstein como «la piedra angular de su generación», en especial por esa aportación esencial a las aperturas de peón rey.

Malinas, clasificarlo y luego trasladarlo en un tren de ganado a Polonia para gasearlo e incinerarlo, volvieron a mandarle a Georg y Ernst. Los dos compinches regresaron dos días después en la misma motocicleta, bajo los efectos de la misma droga euforizante, que por entonces estaba siendo distribuida a manos llenas entre las unidades combatientes y exterminadoras alemanas. Como entraron sin llamar, la señora Rubinstein no tuvo que bajar a abrirles y Rubinstein pudo ahorrarse un nuevo salto al vacío. Esta vez se abstuvieron de practicar el humor negro. Tampoco se hizo mención de la pilila andarina. Le proporcionaron documentos de identidad en regla, cupones de racionamiento y mil *Reichsmarks* en billetes de cien.

—Cambio de planes, Rubinstein... Te quedas en Bruselas. Lo siento.

Para Rubinstein, aparte de su señora, allí no había nadie.

—¿Lo has oído, judío? Te quedas en casa.

No insistieron. Clavaron los valiosos documentos en la aguja destinada a los problemas de ajedrez del *Soir*, cerca de la poltrona en la que Rubinstein pasaba sus días y sus noches.

—Dejaremos que te pudras tranquilo. No es lo que hacemos normalmente...

Rubinstein falleció en 1961 en un asilo judío de Amberes. Tuvo una muerte apacible y silenciosa. Cuando entregó su alma, aún sujetaba la mano del fantasma de su mujer. Según el testimonio de aquellos y aquellas que se ocuparon de él, fue un paciente ideal y dócil, básicamente ausente. Sobrevivió diecisiete años a Georg y Ernst, que rodaron sobre una bomba de fabricación casera en la primavera de 1944, durante la batalla de

Normandía. Cuando la torreta del Panzer Tiger que tripulaban con otros tres compadres se abrió, un joven partisano de Trouville que había trepado subrepticiamente al casco arrojó una granada incendiaria artesanal al interior del habitáculo. Envueltos en llamas, los tanquistas chocaron contra las paredes como palomitas de maíz dentro de una cacerola y, por fin, perecieron.

17

—¡Se lo merecían!

—¿Doctor Alekhine? ¿Está consciente?

—Eran unos cerdos, ¿eh, Dawid?

—Doctor Alekhine, ¿con quién habla?

—¿Eh, Dawid? ¿No es así, Rudolf?

—Soy yo, el director del hospital instalado en su castillo...

—¿No estás contento, Akiba?

—No me llamo Akiba, doctor Alekhine...

—¡Que los quemen a todos!

Tras la visita de Brikmann, el médico jefe del hospital del castillo había aprendido a tratar bien a Alekhine. Cuando un enfermero le había comunicado que habían encontrado al ajedrecista inconsciente, con un traumatismo craneal leve pero fuertemente intoxicado, había acudido de inmediato a la cabecera de su cama. El coma etílico había sido largo. Ahora, tendido en una cama entre los heridos de una reciente incursión aérea y atiborrado de bicarbonato sódico, todo hacía suponer que despertaría pronto.

Y en efecto empezaba a despertarse, gritando nombres de resonancia judía e incitando al asesinato por el fuego.

—¿Dónde estoy?

—En su casa, en el castillo de Saint-Aubin-le-Cauf.

—Grace..., ¿lo sabe?

—¿A qué se refiere, doctor Alekhine?

El médico jefe lo dejó solo en cuanto cerró los ojos con la esperanza de dormirse. Una última imagen se grabó en su retina, la de un suboficial de la Luftwaffe al que un disparo de un cañón antiaéreo inglés le había seccionado una pierna a la altura de la rodilla. Era el ocupante de la cama de la derecha. Le habían vendado tan bien el muñón del muslo que parecía un almohadón. Desde su encuentro con Mross, la realidad se mezclaba con tal cantidad de pesadillas que Alekhine tomó a aquel herido por una de sus visiones. Cuando volvió la cabeza hacia el otro lado, vio el rostro en carne viva de un piloto quemado. El motor de su caza se había incendiado sobre Portsmouth y durante toda la travesía del Canal fue lanzando una cegadora humareda negra que acabó convirtiéndose en chorros de fuego. Las llamas fundieron el plexiglás de la carlinga y el cuero que rodeaba sus gafas de protección. Cuando el desventurado consiguió efectuar un aterrizaje de emergencia, pese a la rápida intervención de los mecánicos y los bomberos, no hubo más remedio que despegarle el casco de la cabeza arrancándole todo el pelo y tirar de la goma de la máscara de oxígeno, que se había derretido sobre sus labios, le había dilatado la boca y le había dejado al descubierto los dientes, dibujando un óvalo perfecto pero muy desagradable de ver entre la nariz y el mentón. Alekhine se durmió convencido de que aquel piloto desfigurado era él.

—Tisha, despierta... ¿Tisha? Casi es mediodía. Tienes que comer.

—Grace, ¿eres tú?

—Te he traído gulasch y un huevo...

En el hospital hacían un comistrajo a base de verdura y cerdo. Llamarlo «gulasch» era casi cómico.

—Grace, ¿eres tú?

—Sí, soy yo. ¡Come! Necesitas comer.

Le tendió la humeante escudilla de latón. De momento, Alekhine no tenía fuerzas para cogerla. Pero se apoderó del huevo, perforó la cáscara con un gancho del gotero de su vecino, se sentó y, arqueando el cuello hacia atrás, engulló el viscoso contenido, que no tardó en recubrir el fondo de su estómago.

—Qué contento estoy de verte...

—Tienes que recuperarte, Tisha. ¡Venga, come!

—Espera, tengo que contarte una cosa. Ha pasado algo horrible. Estaba en el despacho, me puse a beber, ¡y se me echaron encima! Tres contra uno, los muy cobardes. ¡Esos malditos judíos me molieron a palos! No te puedes imaginar la violencia con que me atacaron. Przepiórka me pegó en la cabeza con una tabla y, mientras estaba en el suelo y Spielmann me cubría de insultos, Akiba me agarró y empezó a lanzarme contra las paredes...

Mientras lo contaba, Alekhine se frotaba el hombro que había usado como ariete. Tenía un hematoma azul violáceo.

—Pero ¿de qué hablas, Tisha?

—De lo que pasó anoche, cielo... ¡Przepiórka, Spielmann y Rubinstein se colaron en el castillo! Al amparo de la oscuridad, los muy cerdos. ¿No oíste nada?

—No, Tisha.

—¡Qué suerte tienes!

—No ha venido nadie y lo sabes. Ni Dawid, ni Rudolf ni Akiba.

—¡Te digo que me dieron una soberana paliza!

—Esos golpes te los diste tú mismo. —Para Alekhine, siempre era doloroso que lo sorprendieran en pleno delirio. La vergüenza lo ahogaba—. Todo el hospital te lo puede confirmar. Volviste de París especialmente abatido. Te encerraste en tu despacho, bebiste más de la cuenta y empezaste a hacerte daño y a gritar sandeces.

—Grace estaba curada de espanto. Ya no sabía cuántas

veces había pasado aquello—. ¿Te acuerdas de cuando te heriste con un cuchillo? También habías bebido. Decías que alguien te había atacado en el pasillo del hotel para robarte las libretas con las jugadas, cuando lo único que pasaba era que no conseguías reponerte del correctivo que te había infligido Spielmann... Esa vez también fuiste tú. Te clavaste un cuchillo en el pecho tú mismo. Por suerte, la punta rebotó en una costilla. Usaste un cuchillo de carnicero, Tisha. Un cuchillo descomunal. Un cuchillo para descuartizar. ¿Te das cuenta de hasta dónde eres capaz de llegar? ¿Ves cómo puedes llegar a ponerte? Hubo que enseñarte aquel enorme cuchillo manchado de tu propia sangre para que lo admitieras. —Al dolor físico, recordó Alekhine, hubo que sumar la humillación. Bajó los ojos—. Eso es lo que pasó anoche. Y en vez de cuchillo utilizaste las paredes. Así de sencillo y triste.

—¿Y por qué los vi a *ellos*? A Spielmann, Przepiórka, Rubinstein... —dijo, como preguntándoselo a sí mismo.

Al cabo de un instante pareció comprender por qué, pero no se atrevió a expresarlo.

—Spielmann siempre te irritó.

—Lo he visto morir de hambre. Está en Suecia, ¿lo sabías?

—Mucho mejor para él si no está en territorio nazi, donde en estos momentos los tipos como él no lo tienen nada fácil. ¿Y no te dio que pensar? Ya sabes que Bernstein se ha marchado a la «zona libre» para pasar a España...

—Ese gordinflón judío... ¡No lo echaré de menos!

—Es judío y está gordo, sí..., pero sobre todo se ha visto obligado a cruzar a pie los Pirineos para escapar de nuestros coinquilinos.

—Vi a Przepiórka caer en un agujero y a Rubinstein volverse loco.

—Rubinstein siempre ha estado loco.

—Todos son judíos, Grace.

—No seré yo quien lo niegue...

—Brikmann me pidió que escribiera contra los judíos.

—¿Brikmann? ¿Ese idiota que se plantó en el jardín?

—Sí. Dice que es para protegernos.

—¿Protegernos?

—Sí, protegernos.

—Protegernos ¿de qué?

—De ellos mismos, de los alemanes...

—¿Te pide que escribas contra los judíos para protegernos de los alemanes?

Alekhine estaba demasiado agotado para continuar. El aspecto del quemado y el amputado que lo flanqueaban tampoco animaban a quedarse a Grace, que decidió emprender una retirada táctica hasta su habitación, el único sitio donde el ocupante no hacía sentir su presencia y en el que había reunido sus acuarelas y una multitud de objetos reconfortantes. Dejó que Alekhine volviera a dormirse. Mientras recorría los pasillos atestados de materiales diversos, tan pronto verde caqui como blanco azúcar y a menudo cubiertos de sangre negra, intentó reprimir el asco, que la asaltaba, por lo general, en la carnicería. Un soldado se apartó a su paso. Dos camilleros hicieron lo propio y dejaron caer la camilla vacía. Al llegar a su habitación, se sentó en la cama y se puso a cavilar. Al instante, su expresión se volvió porfiada y dura. Grace, jugadora consumada que había ganado numerosos torneos, admitía que esos artículos antisemitas, si Alekhine los escribía, les ofrecerían lo que se llama, en lenguaje ajedrecístico, «una ventaja posicional», es decir, que calmarían al ocupante y lo ablandarían.

¿Y si eso les permitía volver a París?

Habitualmente, Alekhine le costaba dinero. Durante los seis años que llevaban casados, ella había sido al mismo tiempo madre, nodriza y enfermera. Desde que se conocieron en Tokio, en aquel torneo femenino que había ganado ella y cuyo premio era un encuentro con él, el campeón del mundo había sido su compañero. «¡Menudo premio! Solo para mantenerlo... —rumiaba—. Tisha es tan caro y caprichoso como una bailarina. Al señor hay que vestirlo de cachemira y seda, invitarlo a un cóctel tras otro, transportarlo de palacio en palacio en primera clase...». Yendo más allá, comprendiendo que el análisis antisemita de un juego que debía lo esencial de sus progresos recientes a los judíos —hasta el punto de haberse convertido en una especie de deporte nacional judío— era un puro disparate, Grace sintió que el desprecio se imponía en su interior.

A partir de ese momento la pareja empezó a evitarse. Grace practicaba la elusión. Durante enero y febrero, Alekhine se quedó levantado hasta tarde, mientras que ella se acostó pronto. Si se despertaban más o menos a la vez, hacia mediodía, eso no era motivo para compartir una comida o un paseo. Grace permanecía encerrada en su habitación mientras, en su despacho, Alekhine pronosticaba «la derrota de la idea defensiva anglo-judía frente a la idea germano-europea de agresión».

Fue un invierno lluvioso y dañino. El castillo-hospital trató un flujo poco importante de heridos. La guerra tenía sus temporadas, y, como la batalla de Inglaterra se libraba en el aire, era cuestión sobre todo de maquinaria e industrias, de la maniobrabilidad del caza Spitfire frente a la potencia del Focke-Wulf. Lo humano pasaba a un quinto o un sexto plano. Contaba sobre todo para evaluar las herramientas.

En dos ocasiones, debido a la cercanía de una base de U-Boote, Grace sorprendió a submarinistas enfundados en una especie de camisas de fuerza. Como el único remedio que parecía poder curarlos de su mal era el consejo de guerra, un pelotón los fusilaba detrás de la garita recién construida a la entrada de la propiedad, cuya arquitectura pomerania se daba de bofetadas con el conjunto. Cuando los traían, a Grace le daba tiempo a reconocer el miedo desde la ventana de su habitación. Sabía que los ejecutaban para borrar ese miedo, para negarlo. No querían que se propagara. Verlo o nombrarlo equivalía a recuperar una idea desterrada y molesta, una idea que no ayudaba en absoluto a continuar la guerra. Todos los miedos eran acallados; se habían convertido en el silencio mismo.

Cuando sintió que la escapada era posible, con la complicidad del médico jefe, Grace le pidió a un oficial de enlace que la llevara a Ruán, donde cogió el primer tren a París. Avisó de su partida a Alekhine dejándole una breve nota en el secreter del pasillo del primer piso, entre sus dos habitaciones, debajo de un candelero. Iba a visitar a una amiga, le decía. Se alojaría en casa de esa amiga, precisaba.

«Hace bien —pensó Alekhine—. En invierno el estudio de Montparnasse es una nevera, con esa cristalera y sus viejas juntas de plomo. Y en los tiempos que corren no hay quien encuentre carbón para alimentar la estufita...».

A finales de febrero puso punto final a su trabajo racista. Si Grace se hubiera quedado en Saint-Aubin, ¿habría sido capaz de leérselo en voz alta? ¿Le habría aconsejado ella hacer algún cambio, sustituir algún que otro giro, como solía hacer cuando él tenía que redactar un texto? ¿Habrían retomado juntos las partidas que comentaba, para contagiarse de su sagacidad y beneficiarse de su saber? Incluso para él, era difícil no darse cuenta de que se trataba de un escrito totalmente distinto a los que había publicado hasta entonces, pues se alimentaba más de las emociones que del espíritu y perseguía no tanto la verdad como el enfrentamiento y la aniquilación del adversario. Contenía un pasaje especialmente cruel en el que ironizaba sobre el sueño de Rubinstein de jugar una partida de ajedrez que no fuera una lucha a muerte sino un abrazo.*

A mediados de marzo, «El ajedrez judío y el ajedrez ario» apareció en seis entregas en los periódicos *Pariser Zeitung* y *Deutsche Zeitung in den Niederlanden*. El *Deutsche Schachzeitung* publicó una versión más breve en abril, que fue reproducida por la revista londinense *Chess* en agosto y septiembre de 1941 (números 71 y 73, respectivamente). Alekhine consiguió averiguar el nombre de la amiga en cuya casa se había refugiado Grace: Adelaïde de C., una marquesa del Campo de Marte que parecía un cuervo.

Brikmann volvió a llamar. Alekhine tuvo que volar. No había tenido ocasión de volver a verla.

---

* «Durante los dos o tres últimos años de su carrera ajedrecística, tenía la costumbre de huir del tablero —¡literalmente!— en cuanto había realizado su jugada para ir a esconderse a un rincón de la sala del torneo hasta que volvía a tocarle mover. Lo hacía, como él mismo explicó, ¡para escapar de la perniciosa influencia del ego de su adversario! En estos momentos, Rubinstein está en algún lugar de Bélgica, muerto definitivamente para el ajedrez» (Alekhine, «El ajedrez judío y el ajedrez ario»).

18

Aunque lo peor del Blitz había pasado, Londres aún sufría tremendos ataques aéreos, como el de la noche anterior, que se había cebado con el barrio de South Kensington. Tartakower leía el número 71 de *Chess* detrás de un grupo de tres bomberos con los uniformes cubiertos de polvo y los cascos achatados todavía puestos. Observaban a un individuo que escalaba una montaña de escombros, ignorando el perímetro de seguridad y arriesgando tontamente su vida. Parecía estar recogiendo objetos diminutos, que se guardaba en el bolsillo. A aquella distancia, no se sabía qué eran. Tampoco era posible distinguir su tez rubicunda, el falso cuello de celuloide, de un blanco nacarado, la corbata de regimiento a rayas burdeos sobre fondo azul marino, elegantemente rozada, la cruz de plata con cinta malva (*Military Cross & bar*), el traje Norfolk ni el bigote con las puntas hacia arriba. Entonces ¿qué hacían con aquel coronel de infantería retirado? Porque, cuando no estaban guerreando o dando la tabarra a todo el mundo con sus recuerdos, ¿para qué servían aquellos tipos?

Los bomberos habían tomado el barrio nada más acabar el raid, hacia medianoche, y no habían parado hasta el amanecer, bastante fresco y anieblado por la humareda de las ruinas. Habían tenido que sacar de entre los cascotes a vivos y muertos, apagar incendios y desactivar las bombas que no habían explotado al tocar el suelo. Después de haber sido más que útiles, ahora estaban más que agotados, así que fumaban y bromeaban a costa del desconocido de los escombros.

—¿Será un alpinista?

—O un vecino del edificio, que quiere entrar en casa...

—Sí, puede que no haya entendido que los *krauts* lo han destruido todo.

—¡No encuentra su puerta!

—Ni su piso...

—Debe de estar llamando. No hay nadie, se dice.

—A lo mejor está buscando a su gato...

Uno de los bomberos tenía un gato en los brazos. Lo habían sacado de las ruinas.

—¡Con gato o sin gato, no debería estar allá arriba!

—Todo el mundo tiene derecho a morir como le apetezca.

En el número 71 de *Chess*, Tartakower encontró esta nota: «Si el doctor Alekhine ha escrito realmente esos artículos, ha debido de sufrir tremendas presiones. Vivimos tiempos muy tristes». Mientras leía aquella opinión, muy indulgente para su gusto, Tartakower oía rezongar a los tres bomberos.

—¡Pues yo no pienso ir a buscarlo!

—El gato y yo no volvemos ahí arriba. ¿Verdad, minino?

—¡No vuelve nadie, es demasiado peligroso!

—Parece viejo y bastante inseguro sobre las piernas. Acabará rodando hasta aquí.

—Lo recogeremos y se lo entregaremos a la poli, por pillaje.

—Es verdad, ¿qué será eso que recoge desde hace rato?

—¡Un ladrón de ruinas! ¡A comisaría!

—Va a pasar justo lo contrario que en la caza de alta montaña, muchachos... No sé si lo sabéis, pero, en la montaña, lo que hay que hacer es esperar a que la presa esté en la cima. Nunca le dispares a un jabalí o a un ciervo en una ladera, porque cuando haya rodado por ella te tocará subirlo desde el fondo del barranco. Y figuraos lo que pesa un bicho de esos, sobre todo muerto.

—Yo siempre he cazado en llano. Pájaros principalmente.

—En llano es mejor.

—Y los pájaros pesan menos.

El desconocido había llegado a lo más alto. Se sentó en una piedra erizada como una muela, colocó el bastón entre sus piernas y, con las manos entrelazadas sobre el pomo, miró a su alrededor como un excursionista que alcanza un saliente rocoso.

—¿Bajará o sacará el bocadillo?

—No vamos a esperarlo tres horas, me muero de hambre...

—Y tampoco vamos a ir a buscarlo.

—Nuestra obligación es ir...

—Yo ya he trabajado bastante, ¡que vaya Rita!

—No hay nadie más para hacerlo.

—Puede, pero, si no lo hacemos nosotros, ya lo hará alguien.

—Claro, no me cabe en la cabeza que lo dejen ahí.

—Lo suyo sería que los chucrut recogieran cada vez que montan estos pitotes. Que bombardearan, ¡pero que luego limpiaran!

—Seguro que se lo están pensando...

—¿Y si llamamos Chucrut al gato?

—El gato Chucrut...

El bombero extendió los brazos para sujetarlo en el aire. El animal no parecía tener opinión.

—¿Te llamas Chucrut, *old chap*? Como nombre de gato, no está mal.

—Yo me bebería unas pintas a la salud de Chucrut...

—La verdad, no me parece bien que llaméis Chucrut al pobre animal...

—Es verdad, encima de que le han destruido la casa...

El número 71 de *Chess* bajó y dejó al descubierto a un Tartakower idéntico al Tartakower del Palacio de Buenos Aires. Esa mañana de agosto de 1941, vestía uniforme militar. La guerrera no llevaba graduación, pero ostentaba una cruz de Lorena de falsa plata en el pecho, porque Tartakower servía en las filas de la Francia Libre, que en esa época aún era un concepto bastante abstracto en comparación con la Francia ocupada, desesperada, expectante o colaboracionista. Ninguno de los bomberos le había prestado la menor atención. Para ellos, era un vulgar soldado que estaba leyendo un vulgar periódico.

—Deberían llamarlo Edward o Teddy... —Los tres se volvieron a la vez. Tartakower sonreía; ellos fruncían el ceño—. Es el nombre del caballero de allá arriba. Coronel Edward Bromfield.

En lo alto de las ruinas, el coronel se levantó, saltó de cascote en cascote como si tuviera muelles en los zapatos o como si sus antepasados hubieran sido cabras montesas y llegó con bastante rapidez junto al grupo. Los bomberos percibieron en Tartakower algo que parecía admiración, algo irresistible, que no pudieron evitar sentir a su vez cuando el coronel se detuvo frente a ellos con los pies señalando las diez y diez y una sonrisa armada de dientes separados y amarillentos, que dejaron salir estas curiosas palabras:

—Esta bendita ciudad de Londres, ¿tiene el enorme placer de recibir la visita de mi muy querido amigo Orangután?

Tartakower le hizo un saludo militar que, dada la lentitud de su ejecución, fue más afectuoso que marcial.

—¡Así es, coronel!

Tartakower era famoso por haber creado la apertura del orangután, que era de lo más absurda, por no decir que estaba completamente contraindicada, teniendo en cuenta los principios de la apertura (control del centro, liberación de las piezas ofensivas y protección del rey). Su efectividad se basaba en la sorpresa. A Tartakower se le había ocurrido durante una visita al zoo del Bronx, tras observar con detenimiento a los grandes simios rojos de la isla de Borneo.

Bromfield se colgó el bastón del antebrazo y sacó la pipa. Sus ademanes eran teatrales y su acento, caricaturesco.

—¿**b4**, verdad? Nueva York, 1925.

Tartakower seguía en posición de firmes. Sus ojos chispeaban de alegría.

—¡1924, coronel!

La pipa de Bromfield era un objeto de madera tallada que representaba la cabeza de una mujer con el pelo ensortijado. La había esculpido en la culata de un fusil alemán un artillero muy mañoso, pulverizado en una millonésima de segundo por un obús en Ypres, donde la Honourable Artillery Company tenía instaladas sus baterías. Como de costumbre, cuando Bromfield encendió una cerilla, la fatídica explosión de su compañero de regimiento se reprodujo ante sus ojos. No era un recuerdo doloroso, sino más bien el eco de una especie de súbita y sublime apoteosis de un soldado que había muerto sin sufrir, con la plena satisfacción del deber cumplido.

—¿Los orangutanes han entrado en la guerra?

—¿Tenían elección, coronel?

—Una observación muy acertada. *¡Descanse!* ¿Al lado de los franceses?

—¡Los franceses libres del general De Gaulle, coronel!

—«Nunca se ha ganado una partida abandonando». Es suyo, si no me equivoco...

153

—¡Así es, coronel, lo escribí yo! Y puede que el general lo tuviera en mente cuando declaró que Francia había perdido una batalla, pero no la guerra.

—¡Pero usted es tan francés como yo chino!

—Francia se elige, coronel. Es una idea, no un país.

—Y dígame, mi querido amigo, ¿es agradable luchar por una nube? ¿No es un poco brumoso?

—La ventaja es que a esa nube puedes darle la forma que quieras. Además, coronel, lo de menos es bajo qué bandera se lucha, cuando todos tenemos el mismo enemigo.

—Muy cierto, una vez más. Como puede ver, esta noche el enemigo ha tenido la desfachatez de destruir nuestro club, así que no puedo invitarlo a jugar una partida saboreando un *cherry brandy*. Me temo que tendremos que ir a un pub que conozco, no muy lejos de aquí, para tomar la primera pinta... —Bromfield usaba un reloj redondo con esfera de nácar, que asomó en su muñeca. Iba a detallar la operación—. Caminando ligero, llegaremos a la puerta del local a la hora de apertura y podremos quedarnos hasta que anochezca, hacia las 17.30. Veremos cuántas pintas somos capaces de tomar sin caernos de la silla... A las seis, me acompañará a casa para que pueda cambiarme de zapatos, y seguiremos empinando el codo ante el fuego de la chimenea.

—«Después de las seis, el marrón jamás», ¿verdad, coronel?

En alguna parte estaba escrito que los zapatos marrones y la tarde no pegaban.

—Ah, ¿los orangutanes respetan la etiqueta?

—Al menos lo intentan, coronel.

—¿Tiene algo que objetar a este programa mi muy querido amigo Orangután?

—Su amigo Orangután encuentra el programa perfecto, coronel.

154

—Eso mismo pienso yo. Entonces, en dirección oeste, y a paso de marcha.

Como si tuviera una brújula en la cabeza, Bromfield señaló el oeste con su bastón guarnecido de hierro. Cuando Tartakower y él dieron media vuelta, uno de los tres bomberos los adelantó y se interpuso en el camino que el oficial retirado había elegido para ir al pub. Aquella coordenada **b4** y las alusiones a los simios le parecían sospechosas. Se preguntaba si los pequeños objetos que el coronel había recogido entre los escombros y se había metido al bolsillo no serían códigos nazis lanzados con las bombas nazis. Se preguntaba si Orangután no sería el nombre en clave de un espía alemán. Basándose en sus conocimientos lingüísticos y zoológicos, bastante escasos, opinaba que Orangután sonaba como «Wolfgang».

—¡Alto ahí, caballero, no tan deprisa! La policía no tardará en llegar. Y tendrá preguntas para usted y su compañero.

La tez rubicunda del coronel se volvió carmesí.

—¿*Preguntas?*

—Sí, preguntas.

—*Preguntas...* ¿Qué tipo de preguntas?

—Por ejemplo, qué recogía usted allá arriba, donde no se le había perdido nada.

—¿Ese tipo de preguntas?

—Sí, ese tipo.

—Y supongo que con esas preguntas la policía buscará *respuestas...*

—Posiblemente. Es lo que suele buscar al hacerlas.

—¿Ah, sí?

—Sí, hace preguntas para obtener respuestas.

—¿Así funciona?

—Así mismo.

—¡Estupendo! Entonces, si le doy las respuestas necesarias, podrá decirles a esos señores de la policía que se ahorren sus preguntas. Todas las respuestas están aquí, así que cualquier pregunta relacionada con ellas resulta superflua. ¿Ve usted a ese niño que llora?

—¿Cómo dice, caballero?

—Tiene que volverse, mi querido amigo. ¿Ve a ese niño que llora?

El bombero se volvió y, efectivamente, a unos diez metros vio a un niño pequeño en compañía de una enfermera con una cofia blanca que ostentaba una cruz. Sin abandonar la actitud del oficial que está pasando revista a un batallón, el coronel llamó al pequeño, que se estaba sonando en la falda de su acompañante.

—¡Kingsley!

Así pues, se llamaba Kingsley, y debía de tener cinco o seis años.

—Kingsley, ¿puedes venir un momento, por favor? —El niño se acercó arrastrando los pies. Era un rubiales muy guapo con mofletes y ojos azules—. ¿Me permite que le dé a Kingsley lo que he recogido allá arriba?

—No veo por qué no iba a permitírselo...

—Es usted muy amable.

—Pero siempre que pueda ver lo que es.

—Kingsley...

El coronel se puso en cuclillas. Sus botines de cordones crujieron. Se sacó un pañuelo de popelina del bolsillo y lo extendió en el suelo. Cuando tuvo los ojos a la altura de los del niño, abrió el bolsillo derecho de su chaqueta y dejó caer varias piezas de ajedrez de un modelo deportivo de baquelita rellena de plomo y con las bases protegidas con fieltro verde, de las que solo valen unos peniques y se usan para las partidas rápidas en los clubes. El juego no estaba completo, pero, como empezaban a comprender los bomberos, el coronel había puesto su vida en peligro para salvar aquel puñado de figuras. Cogió la reina blanca y se la mostró al pequeño Kingsley.

—Quiero decirte algo sobre eso tan terrible que ha pasado esta noche, Kingsley... —El niño se secó la nariz con la manga de la chaqueta—. El juego no acaba jamás. La vida continúa. Tienes que ser valiente.

Kingsley se puso de puntillas, abrió los brazos y se dejó caer sobre el coronel. Los sollozos lo sacudían de la cabeza a los pies. Para ahogar su llanto, pegó la boca a la guerrera del oficial, que le daba suaves palmaditas en la nuca. Eran un solo cuerpo. Una sola pena. Un mismo velo fúnebre había caído sobre sus cuatro ojos. Al cabo de unos instantes el coronel se apartó y le puso la reina blanca en la diminuta palma derecha.

—Es *ella*. Aún puedes jugar con ella. La he cogido allá arriba, para ti.

Kingsley miró la pieza. Estaba claro que le parecía maravillosa.

—Es la más fuerte, ¿verdad?

—Sí, es la pieza principal. La reina. La dama. Nueve puntos, ¿recuerdas?

—¿Se quedará usted conmigo, coronel Bromf?

—No, tu papá se ocupará de ti.

—Mi papá no juega al ajedrez y tiene que hacer la guerra en un barco.

—Cuando vuelva le enseñarás, ¿de acuerdo?

—Sí.

—Mientras tanto, vendré a visitarte pronto y jugaremos.

—¿Prometido?

—Prometido.

—¿Quién es su amigo?

—Mi amigo es un gran mono y el cuarto mejor jugador del mundo.

—¿De verdad es un mono?

—No, pero juega como un mono, así que lo llaman como a los monos.

—¿Y cómo llaman a los monos?

—De muchas maneras, Kinsgley. Señor Chimpancé, señor Macaco...

—¿Y a él?

—A él lo llaman señor Orangután. Tartakower Orangután.

—No es un nombre fácil...

—Prueba tú, a ver qué tal: Tartakower Orangután.

—¿Tarta Tan?

—Casi.

—¿Tártara Gotán?

—Mucho mejor. Casi lo tienes.

—Tiene unos ojos raros. ¿Por eso tiene un nombre tan raro?

—Sí, puede ser. Quizá sea por eso.

—¡Adiós, Tantover Gután!

Kingsley volvió corriendo junto a la enfermera. Lo vieron agitar la reina blanca en el aire y administrarle una serie de besos, que debieron de embadurnarla de lágrimas y mocos. La pareja desapareció detrás de la única manzana de South Kensington que seguía en pie. Iban bastante más lejos, al orfanato.

—Vivían en el edificio. Su madre y yo solíamos cruzarnos en la escalera. No entiendo por qué no corrió al refugio antiaéreo... —El coronel se levantó, plegó el pañuelo y volvió a guardárselo en el bolsillo, con el resto de las piezas—. Siempre les he tenido mucho cariño a ella y al pequeño Kinsgley...

Las miradas de los bomberos, muy duras, traslucían una emoción a punto de desbordarse. El cansancio los había ablandado. El que les había cerrado el paso se alejó en dirección a sus compañeros murmurando:

—No seré yo quien los retenga.

Era evidente que sus compañeros tampoco lo harían. La policía tendría que hacer sus preguntas al viento o a las moscas.

—Entonces ¿podemos irnos?

—Sí, coronel. ¡Londres es todo suyo!

Se separaron sin meterse en honduras. El coronel tuvo el detalle de acariciar al gato de las ruinas, que probablemente acabaría llamándose Teddy Bromfield, en homenaje al altivo y tieso oficial. Caminaba dibujando redondeles en el aire con el bastón. A su lado, Tartakower cojeaba entre las imponentes montañas de cascotes, porque acababa de estrenar los zapatos de reglamento. Cuando confesó que quería ingresar en los paracaidistas, el coronel lo previno sobre sus tobillos, que debían ser fuertes para soportar el aterrizaje. En todo caso, le recomendaba una unidad que utilizara planeadores.

Bromfield no era un ajedrecista excepcional, pero sí un excelente pedagogo y un compañero de copas formidable. Para él, la vida era un deporte y la bondad, un *fair play*. Sentía pasión por la historia del ajedrez y las biografías de los grandes jugadores. Llevaba al día sus direcciones en un libro de registro, que publicaba todos los años usando la misma compaginación que la del índice de su regimiento, la misma encuadernación en tela roja y las mismas letras doradas. Luego vendía el libro por correspondencia en todo el mundo. El vigor estilístico de sus notas biográficas lo había hecho famoso. Un jugador sin «su» Bromfield aún no era un jugador, y en los medios ajedrecísticos el *Bromfield Chess Players Index* pasaba por ser, junto con el *Hastings and St Leonards Chess Club Visitors' Book*, el *Who's Who* o el *Bottin mondain* del ajedrez.

Tartakower sabía que Bromfield había leído los artículos antisemitas de Alekhine. También sabía que había sido uno de los mayores admiradores del campeón del mundo, uno de los pocos comentaristas que había predicho su victoria sobre Capablanca en 1927, uno de los pocos que había señalado la formidable violencia de su estilo y vislumbrado, ya a principios de los años veinte, todo el potencial de su memoria y su capacidad de trabajo fuera de lo común. Tartakower guardó el número 71 de *Chess* hasta la tercera pinta. Luego dejó la revista entre los dos y plantó la mano en ella. El papel crujió sobre la barra. Una fugaz expresión de repugnancia asomó en el rostro del viejo militar, habituado a ocultar sus sentimientos.

—Me temo que no me apetece hablar de Alekhine, mi querido amigo.

Tartakower no insistió. Le dio otro sorbo a su pinta y volvió a dejarla en la barra.

—No me gustaría enturbiar la alegría de tenerlo en Londres...

A Tartakower le habría gustado recuperar la suya. Pero estaba la infame postura de su colega. Estaba aquel odioso arreglo.

—Espere y verá... ¡Yo también voy a publicar un artículo!

En septiembre, en el número 73 de *Chess*, los lectores tuvieron la dicha de leer la siguiente lección de humanismo:

«¡Su turno, doctor Alekhine!»
*Por el coronel Edward Bromfield MC**

Siempre he pensado que el valor de una victoria dependía más de la libertad de mi adversario que de la potencia efectiva de mi juego. Si él puede dar lo mejor de sí, yo puedo recurrir a todo mi talento. Y a la inversa: si mediante argucias, o debido a las circunstancias, mi adversario se ve obstaculizado del modo que sea, mi superioridad solo será una cuestión de puntos y perderá todo su valor. De ahí la grandeza de esos ajedrecistas cuyo espíritu caballeresco conquista los corazones. Pienso en Rudolf Spielmann, indudablemente. Esos jugadores, aunque no siempre ganen, encarnan un ideal sin el que ni el juego ni la vida misma merecerían la pena.

El doctor Alekhine acusa a los judíos de haber pervertido la esencia del ajedrez reduciéndolo a una mera búsqueda de la ganancia (provecho material). No discutiré la malignidad de tal afirmación. Me limitaré a señalar al doctor Alekhine que, si la interpretación supuestamente judía del ajedrez le parece ilegítima, impura o inferior, de todos modos tendrá que vencerla según las reglas, es decir, enfrentándose a ella. Para imponer el propio criterio, no se puede expulsar al adversario, como expulsan hoy los alemanes a los judíos de los torneos. ¿Qué idea superior niega a sus adversarios el derecho a existir? A mí, esa idea me parece más siniestra y mezquina que superior. ¿Tanto teme la confrontación? ¡Habrá que jugar, señores, y, en este caso, dejar jugar a los judíos!

El hatajo de salvajes con el que se ha juntado nuestro campeón del mundo no parece dispuesto a respetar ese principio, que sin embargo es elemental. No se pueden hacer trampas de ese modo sin traicionar el juego y atraer las iras de quienes lo aman. Porque, sin el justo y comprensivo respeto hacia el adversario, no hay juego. Sin adversario no hay juego. Me gusta pensar que ese adversario es un compañero, no un enemigo. Jugamos juntos y, en cada ocasión, obtenemos juntos, como recompensa, la belleza del juego. Recordemos esta máxima de un anónimo francés, que hice grabar en su día en el frontón de mi club: «El único que siempre vence, el que gana todas las partidas, es el propio juego».

En consecuencia, me solidarizo con esos judíos a los que se quiere reducir al silencio. Soy el anglo-judío del que habla el doctor Alekhine. No necesito ser judío para ser judío. Todos los auténticos jugadores de ajedrez son judíos. ¡Prepárese para una contundente respuesta de nuestra parte, doctor Alekhine! Porque los judíos se disponen a jugar. Nos toca mover. Y tenga la seguridad de que, una vez hayamos jugado, para hacer patente nuestra diferencia con usted y sus amigos, con toda la tranquilidad del mundo, le diremos: «¡Su turno, doctor Alekhine!».

Posdata: Los habituales del South Kensington Gentlemen Chess Club sabrán sin duda que el ataque aéreo del 9 de agosto redujo a la nada nuestra sede. El espíritu del club ha migrado al 25 de Baylis Road, en South Bank. Estamos recuperando pacientemente la biblioteca que nos ha hecho famosos. Recibiremos a los jugadores en el club respetando los horarios establecidos por el toque de queda. Las sesiones de ajedrez relámpago de los martes («Speedy Tuesday») se mantienen.

19

En la pista del aeropuerto, la lluvia que acababa de caer sobre Madrid todavía perlaba el plexiglás de la cabina del Taifun. Los dos se habían vestido para la recepción oficial que los esperaba en Múnich, en presencia del Reichsminister Goebbels y el Reichminister Frank. Brikmann lucía un uniforme de gala blanco con hombreras plateadas, al estilo Afrikacorps, en boga entre la Luftwaffe en otoño de 1941. Alekhine llevaba el esmoquin de lana y seda, que se le había ido quedando estrecho conforme avanzaba su cirrosis. Hacía un mes largo que estaba en España, donde había ganado diversos torneos. Málaga, Sevilla, Córdoba, Gijón y San Sebastián. La aparición de los artículos le había aflojado las riendas. Lo habían autorizado a reanudar sus viajes, aunque limitándolos a la zona fascista del mundo. Lo habían animado a actuar como si todo fuera absolutamente normal, como si la tierra girara tranquilamente alrededor de su eje, cuando estaba a punto de salirse de la órbita del Sol bajo la maléfica influencia de Marte, de precipitarse en la locura de Saturno y explotar en su anillo de meteoritos.

Grace no había podido acompañarlo. Debía quedarse en París (una idea de Mross). En todo el verano, no había contestado ni a los telegramas ni a las cartas de Alekhine. ¿Cuántas le había enviado? Incluso había intentado iniciar una partida con ella escribiendo un simple e4 en una postal. Cuando llamaba al hotel de la avenida Charles-Floquet donde se había instalado, siempre había «salido a hacer un recado». Hablaba con un mayordomo cuyo apuro era difícil de interpretar.

Sí, le confirmaba Brikmann sin dejar de trotar hacia el avión para realizar las últimas comprobaciones, claro que le daba tiempo a responder a las preguntas del periodista Valentín González, del periódico *Informaciones*.

—En Múnich, ¿cuáles serán los temas de su discurso, doctor Alekhine?

—La evolución del ajedrez en los últimos años y sus causas. Me gustaría proponer el estudio de las diferencias entre los jugadores judíos y los arios... De hecho, soy el primero que ha emprendido un análisis racial del juego. No hay más que leer mis artículos del *Pariser Zeitung* del pasado mes.

—¿Puede resumirnos el contenido de esos artículos?

—¡Nada más fácil! El ajedrez ario es esencialmente agresivo, mientras que el ajedrez que ha cedido al error semita espera obtener la victoria mediante la defensa. —Risita condescendiente—. Tengo que dejarlo, el doctor Goebbels me espera.

Brikmann agitó el plan de vuelo. Había que despegar.

—Doctor Alekhine, ¿cuál es el jugador al que más admira?

—Admiro a todos los jugadores. Pero, por encima de todos, nunca podré valorar en su justa medida el triunfo de Capablanca, que arrebató el cetro mundial al judío Lasker.

—¡Gracias por iluminarnos, maestro! ¡Buen viaje!

¡Iba a ser un viaje maravilloso, señor González! Para no mancharse la inmaculada guerrera, Brikmann se había enfundado un mono negro. Lanzó una sonrisa de azafata al campeón del mundo. Los flashes de los reporteros estallaban detrás de Alekhine. Llevaba una bolsa de viaje con mudas de ropa interior, una camisa con cuello esmoquin y pajarita, las tres botellas de orujo que le habían regalado en el torneo de Gijón, un coñac magnífico y todo lo necesario para la elaboración de su cóctel favorito en esos momentos, a saber, huevos frescos y miel de caña. Iba a subir con su equipaje cuando Brikmann le dijo que no, que meterían la bolsa en el compartimento *ad hoc*, que se abría así o asá y estaba justo a continuación del ala izquierda, detrás de los asientos de los pasajeros. Su capacidad era perfecta. Claro, con un ingeniero tan brillante como Willy Messerschmitt, en el mundo reinaba la armonía. Brikmann se había subido a un escabel, y Alekhine se quedó allí, balanceándose de un pie a otro y sin saber cómo hacer la embarazosa pregunta.

—Teniente..., ¿cuánto durará el vuelo?

—Yo diría que unas cuatro horas, doctor.

—Entonces, quizá convendría tener a mano...

Al dejar la bolsa, Brikmann había oído entrechocar las botellas.

—¿Algo para remojar el gaznate, herr doctor?

—Pues sí, ¡algo de eso! Olvídese del aguardiente y coja el coñac.

—¡A la orden!

—¡Bueno, cójalo todo! ¡Así podré preparar brandy flip para los dos!

—*Schön!*

Tras revolver el interior de la bolsa para sacar la botella de coñac, el sirope, los huevos, la coctelera y el estuche con las copas de martini, Brikmann invitó a Alekhine a rodear el ala de nuevo. Luego, accionó una palanca que dejó al descubierto bajo el fuselaje un gancho de hierro que servía para auparse hasta abrir la portezuela y, caminando por el ala, entrar en la carlinga. Como Alekhine ya estaba un poco achispado y las circunstancias excitaban su alma de niño, soltó un «¡oh!» de admiración que llenó de satisfacción a Brikmann.

Aquel Taifun era una maravilla. Puede que conviniera perder un poco de tiempo en describirlo, para que se viera *dónde* estaba Alekhine en ese momento de su vida. Puede que el aparato fuera una metáfora de su ceguera. Alekhine a cinco mil pies de altura, en aquella bonita burbuja de hierro y plexiglás nazi. ¿No lo decía eso todo? Pero al Taifun habría que añadirle su plan de vuelo, aunque no fuera más que para contrastar su aeronáutica belleza con las atrocidades que habían ocurrido, estaban ocurriendo e iban a ocurrir. Entre otras cosas porque, volando a 280 km por hora y encadenando deliciosos brandy flip, Brikmann y Alekhine concedieron cierto margen al placer de viajar. Sobrevolaron el pueblo de Guernica, donde la Legión Cóndor había probado las primeras bombas incendiarias; la ciudad de Vichy, en la que Philippe Pétain practicaba la sutil política del escudo, y, por fin, Lyon, donde la siguiente primavera Klaus Barbie se pondría al mando de la Gestapo. Antes de alcanzar la frontera alemana y Baviera, pasaron sobre el pueblo de Oradour-sur-Glane, donde la división Das Reich prendería fuego a la iglesia tras encerrar en ella a toda la población.

A veces divisaban vehículos que seguían la cinta de una carretera. Desde lo alto, en la oscuridad, parecían una columna de insectos luminiscentes. Es fácil imaginar a Brikmann y Alekhine en sus asientos de cuero rellenos de plumas de oca, excitados por el alcohol. Bromeaban hablando a gritos para ahogar los rugidos del motor Argus de doscientos cuarenta caballos. Sostenían las copas con el brazo extendido para que no los salpicaran cuando el avión daba un salto. Sorbían el delicioso líquido poniendo morritos. En cada cóctel, tras echar la clara a la coctelera, Alekhine arrojaba la yema dentro de su cáscara por una trampilla deslizante por la que se colaba un aire helado. Los dos reían imaginándose a la gente que, allá abajo, las recibiría en la cara y se preguntaría qué gallina era aquella que, milagrosamente, había aprendido a volar.

20

Luego, todo se desarrolló como si el Taifun se hubiera metamorfoseado en ataúd. A partir del aterrizaje en Múnich, desde el comienzo de un torneo del Reich en el que, como se puede imaginar, había banderas nazis a mansalva, Alekhine estuvo metafóricamente muerto. Durante tres años vivió en el Este, en territorios cercados por masacres, al lado de Hans Frank, velando junto al fuego ante un tablero y dándole consejos combinatorios.

El 7 de marzo de 1942, una hemorragia cerebral fulminó a Capablanca en el Manhattan Chess Club de Nueva York. Su cerebro implosionó, literalmente. Capablanca había dado sentido a la vida de Alekhine. Vencer a Capablanca para arrebatarle el título mundial. Huir de Capablanca para no correr el riesgo de tener que devolverle el título mundial. Sin Capablanca, ¿qué quedaba de vivo en él? Desaparecido Capablanca, estaba doblemente muerto. Triplemente muerto, habida cuenta de sus lamentables componendas con los nazis. Cuádruplemente, considerando las persecuciones que sufrían sus antiguos amigos.

No volvió a la vida hasta que, a principios de octubre de 1943, la mañana siguiente a una de sus noches llenas de pesadillas, en un hotel praguense de categoría media donde se recuperaba de un acceso de escarlatina, se produjo un milagro.

Esa mañana, Alekhine vio entrar a tres sombras en su habitación. Quizá fueran las mismas que lo habían agredido en Saint-Aubin, quizá no. Las observó y las escuchó. La primera se sentó en la silla colocada ante el pequeño secreter en el que el día anterior había empezado a escribirle otra carta a Lupi. Una carta que había tenido que interrumpir, porque las palabras habían empezado a mezclarse, deformarse y parecer georgiano o tailandés. Esa primera sombra era delgada, y una vez sentada ya no se movió. Solo que su pecho se hinchaba y deshinchaba con un ruido ronco que evidenciaba una respiración difícil y ansiosa. A continuación, la segunda sombra se sentó en el borde de la cama. Emanaba un calor asombroso. Como si tuvieran que mantener entre sí una distancia de confort, la tercera se acomodó en el suelo, junto a la cabecera de Alekhine. Llenó la habitación de un desagradable olor a almendras amargas. Fue la que alzó la mano para acariciarle la cara y luego le tapó la boca con ella y le impidió respirar.

En ese momento, Alekhine se despertó como quien despierta dentro de un sueño, es decir, sin despertar. Casi no se movió. No podía, porque las formas negras se habían arrojado sobre él y lo aplastaban con su peso. Aquellas sombras ocupaban el vacío como si fueran densas, casi sólidas. Alekhine tenía la impresión de que habían saturado el espacio. Sentía una opresión en el pecho, algo pesado e insistente, que acabó hundiéndole las costillas.

El dolor lo despertó del todo, en el preciso instante en que las tres sombras, fundidas en una inmensa y única materia viscosa, acababan de sepultarlo bajo el barro. Para su sorpresa, se oyó gritar. ¿No le habían tapado la boca? ¿No le sujetaban la lengua? ¿Cómo es que podía gritar?

Alekhine encontró la habitación desordenada. Sobre el secreter de pino rígido, el amanecer checo iluminaba el intento de carta a Lupi, sus libretas de juego y una edición alemana de los recuerdos de guerra del capitán Ernst Jünger. Sobre todo, vio el jarrón azul del zar. Fuera se oyó el ruido de un hipomóvil y el traqueteo de sus ruedas de hierro sobre los adoquines. Puede que también un tranvía. Alekhine se había levantado. Dio unos pasos torpes hacia la carta, se limpió las pegajosas manos en el pijama e intentó reescribir lo que creía haber querido expresar a Lupi en medio de la ebriedad y la fiebre. Una vez más, no pudo. En vez de palabras, le salían borrones o explosiones. La tinta le recordó las sombras de su pesadilla. Desparramada por el folio, parecía sangre en la nieve. Rabioso, Alekhine rasgó todas las hojas y corrió a vomitar al bidet del aseo, que confundió con el retrete y en el que dejó una papilla rojiza. Un poco más entonado, observó su rostro en el espejo picado de manchitas negras. La escarlatina se lo había enrojecido aquí y allí, pero el cansancio y el abatimiento mantenían la cadavérica palidez de su tez. Acercó la mano derecha a su imagen.

—El honor me exige...

Una bocanada de calor le inundó la garganta, y tosió para aclarársela. Tenía la sensación de que los ganglios lo estaban estrangulando. Apoyó la palma de la mano en el espejo para recoger un poco de su frescor y se lo aplicó en la frente, que le ardía. El efecto fue mínimo. En su reloj eran las ocho pasadas. En menos de media hora, Brikmann vendría a buscarlo para llevarlo al casino. Tenía que recuperarse.

—Voy a recordarle quién soy...

Salió de la habitación gritando a los pasillos vacíos del hotel que el mundo no lo respetaba lo suficiente para su gusto, que insultaba a las más altas esferas del espíritu y faltaba a los deberes de la cortesía más elemental. Lo pagaría caro, muy caro. Estaba en juego un cierto equilibrio universal y la prueba de la existencia de Dios.

Cuando llegó al vestíbulo con su elegante pijama turquesa ribeteado de lila, descalzo y con el pelo revuelto, ignoró la educada mirada de desaprobación del recepcionista, empujó una puerta batiente con ojo de buey y entró en las cocinas. Estaban hirviendo repollo. Limpiando escarola. Carbonizando lonchas de panceta en la parrilla. El recepcionista, que lo había seguido, gesticulaba a su alrededor.

—No puede estar aquí, doctor Alekhine...

—Quiero un bloque de hielo.

—Doctor, con mucho gusto tomaré nota de su pedido en recepción...

—Quiero un bloque de hielo.

El recepcionista se azoró. Alekhine, que hasta ese momento se había expresado en alemán, gritó «hielo» en checo, ruso, francés e inglés. Las cocineras consideraron su petición; luego, intercambiaron miradas impasibles y se encogieron de hombros.

—¡Un bloque de hielo o hago que las ametrallen a todas!

Una mujer con trenzas rubias recogidas en un moño se acercó a él. Tras una mirada de desaprobación, como la que se le lanza a un marido que vuelve tarde y borracho, le hizo señas para que la siguiera. Recorrieron cuartos atestados de provisiones. Pasaron junto a una sonriente cabeza de cerdo colgada del techo mediante un gancho y los regimientos de apetitosas salchichas elaboradas a partir de sus entrañas. Pasaron junto a un barreño lleno de sangre temblorosa. Serviría para hacer morcillas. La cocinera llevó a Alekhine a un rincón y abrió un arcón frigorífico que contenía peces de río, entre ellos un lucio y una perca. Sus relucientes cuerpos estaban atrapados entre bloques de hielo. Alekhine cogió uno con las dos manos, lo sacó del arcón y se lo llevó bajo el brazo. El agua le empapó el pijama y empezó a resba-

172

larle por el costado y los muslos. Dejó un gran charco en el ascensor y un reguero en la moqueta del pasillo. De vuelta en su habitación, lanzó el hielo a la bañera sin contemplaciones. El hierro esmaltado tronó. Utilizando el pie de una lámpara, Alekhine empezó a golpear el bloque con rabia. El hielo cedió. Cuando los fragmentos cubrieron todo el fondo de la bañera, abrió el grifo del agua fría y se quitó el pijama. Luego se sumergió de golpe, cabeza incluida, y contuvo la respiración cuarenta segundos.

Le dio tiempo a ver de nuevo las sombras de la noche.

El grito de liberación que soltó al salir del agua fue salvaje. En cueros, con las carnes y el sexo encogidos, encendió un cigarrillo. Mientras se lo fumaba, se peinó delante del espejo y se echó brillantina. Seguramente nunca se había parecido tanto a Bela Lugosi, el actor húngaro que encarnaba a Drácula en el cine.

—Me lo exige el honor.

Su traje de día era gris antracita con un sutil estampado de cuadros verde caqui, hombros caídos y un pantalón amplio. Frank había puesto a su disposición a su sastre personal, que lo había orientado hacia el corte llamado «Goebbels». La doncella había planchado el traje. Alekhine no soportaba ningún pliegue superfluo. Mientras se hacía el nudo de la corbata burdeos, seguía refunfuñando.

—¡Se van a acordar!

Llamaron a la puerta. Le daba tiempo a perfumarse. Es lo que hizo. Arrojó la colilla a la bañera que acababa de resucitarlo y fue a abrir. Era Brikmann, siempre puntual. No lo invitó a entrar. Con una mano, le indicó que esperara. Cogió los cigarrillos, las libretas de juego, un lápiz y el libro del capitán Jünger, que hablaba del júbilo que produce la ultraviolencia, cuando el individuo se disuelve en el ímpetu de la carga, en la masa de la tropa, en el estruendo de las explosiones de los obuses, y que daba algunos consejos muy útiles para los duelos con granada. Se metió al bolsillo un objeto compacto que a Brikmann le pareció un revólver. Desde luego, dejarlo en la puerta era bastante descortés por parte de Alekhine, pero, en fin, por las mañanas el mal humor ajeno es un poco más disculpable. Con paso rápido y charlando, los dos amigos de circunstancias se dirigieron hacia las escaleras de servicio.

—Bueno, doctor Alekhine, ¿cómo se siente?

—Estupendamente.

—¿Y esa escarlatina?

—Vencida.

—Entonces ¿está listo?

—Por supuesto que estoy listo.

—Son las personas a las que dedicó los libros ayer. Lo están esperando.

—Son veintidós, ¿verdad?

—Sí, veintidós oficiales. Son aficionados serios, pero, salvo dos, no están licenciados. Han vuelto del frente del Este. Frank ha organizado esta simultánea para que se relajen, y de paso estimular sus valiosos instintos de estrategas... Como sabe, nuestras tropas están teniendo algo más de dificultad de lo previsto frente a los ejércitos judeo-bolcheviques. Tras el revés de Stalingrado y la cobarde rendición de Von Paulus, no diría que esos caballeros estén inquietos, pero sí concentrados en su tarea, y son muy conscientes de la responsabilidad que pesa sobre ellos.

Pasaron ante el recepcionista, que parecía un niño al que le han gastado una novatada. Alekhine no le hizo el menor caso. Brikmann se preguntaba a qué se debería la actitud retraída del campeón, que se mostraba taciturno, tenso, incluso contrariado. Por lo general, con unas cuantas zalamerías, no tenía ninguna dificultad en manejarlo, pero esa mañana, por primera vez, algo no funcionaba.

—Por cierto, doctor, no sea demasiado duro, por favor.

—¿Cómo?

—Esos magníficos soldados vienen a respirar antes de volver a la lucha...

Fuera, tras pasar la puerta giratoria, Alekhine se detuvo en seco.

—¿Qué intenta decirme usted, teniente Brikmann?

—No sea demasiado duro, doctor. No hay nada en juego. Es pura diversión.

—¿Demasiado duro?

—Sí, haga que se lo pasen bien...

—Teniente Brikmann, no soy ni una prostituta ni una cama elástica.

—No he dicho eso, no se lo tome así...

Los aguardaba un Mercedes, con dos motos como escolta.

—¿Me esperan en el casino?

—Sí, en el casino. ¿Subimos?

—Iré andando. Conozco el camino y además necesito tomar el aire.

—Doctor Alekhine, las calles ya no son muy seguras...

Los praguenses se las veían y se las deseaban para sobrevivir y vestían como podían, a excepción de los que, como Alekhine, habían apostado por los alemanes. Un alma caritativa habría podido surgir de una esquina y acabar con él, pero Alekhine caminaba sin pensar en el peligro, con cara de pocos amigos, repasando la lista de ofensivas que había puesto a punto. No sin orgullo, justo el día anterior había pulido su defensa estrella, la que llevaba su nombre. En el bolsillo izquierdo empuñaba y apretaba con fuerza el revólver que había entrevisto Brikmann. Era un Remington de jugador de póquer cuyo alcance apenas sobrepasaba el diámetro de una mesa de juego. Durante aquellos tres años de muerte moral, Alekhine se había apretado el cañón de aquella arma diminuta contra el corazón muchas veces, para imaginar el alivio que representaría su muerte física.

Llegó al casino sin atentado ni suicidio. En la gran sala, habían retirado las ruletas y el black jack para instalar unas mesas de banquete que formaban una U. Sobre ellas habían dispuesto veintidós tableros. Detrás, habían sentado a sendos oficiales. La Wehrmacht, verde, estaba sobrerrepresentada, seguida por la Waffen-SS, negra, y la Luftwaffe, turquesa. La Kriegsmarine brillaba por su ausencia. Ante el espectáculo de aquellos espléndidos uniformes cubiertos de medallas y cruces germánicas, para su sorpresa, Alekhine no sintió la menor emoción estética; en cambio, quedó hipnotizado por un detalle prosaico: los cortes de pelo. Aquellos hombres llevaban las sienes afeitadas al rape, pero en la parte superior de la cabeza conservaban una mata de pelo que, en muchos casos, el uso de la gorra había aplastado y vuelto grasa.

—¡Sois unos fantoches y habéis perdido!

Como buen maestro de ceremonias, Brikmann se acercó en el preciso instante en que Alekhine mascullaba esa frase para presentarle a cada uno de los militares y resumirle tal o cual proeza guerrera en este o aquel desgraciado rincón de Europa. Alekhine no lo escuchaba, porque estaba madurando la idea de hacer sudar de vergüenza a aquellos peleles. Tenía el propósito de destruir hasta la menor partícula de esperanza que subsistiera en ellos. Una fuerza inmensa crecía en su interior.

—Me lo exige el honor.

Terminada la ronda de melifluas presentaciones, Brikmann designó el tablero en el que debía comenzar la primera partida. El oficial sentado ante la mesa número uno se había calado las gafas de carey, había cruzado los brazos y estaba inclinado sobre sus piezas, con la gorra y los guantes gris ratón a un lado. Estaba listo. Alekhine dejó pasar unos segundos crueles. Por fin, en vez de empujar un peón o levantar un caballo, retrocedió para que todos pudieran verlo y alzó la voz para que todos pudieran oírlo.

—¡Caballeros, jugaré con ustedes simultáneamente... y a ciegas!

Hubo un rumor que expresaba sorpresa e indignación. Hubo miradas que se interrogaban sobre el significado exacto de aquella declaración. ¿Se estaba burlando de ellos? Hubo algunos gestos nerviosos por parte de Brikmann y muecas de incomodidad. Eso no estaba previsto. Ese no era el plan. Eso no era lo que el gobernador general Frank tenía pensado.

—Si me traen un sillón, me sentaré de espaldas a ustedes. —Dicho y hecho: Alekhine les dio la espalda—. Esperaré a que me informen de sus jugadas.

Contra los veintidós, sin tablero, sin ninguna forma sólida, sin ningún objeto tangible o delimitado. Ni madera ni formas geométricas definidas. Ya no existían ni siquiera los crispados rostros de los oficiales ni sus curiosos cortes de pelo. Para visualizar las veintidós partidas, Alekhine imaginaba unas luces eléctricas arrojadas a un océano negro. Todo era movedizo. Todo era agua y niebla. Las piezas de los tableros se habían transformado en unas lucecitas cuya intensidad y cercanía cambiaban según su valor ofensivo. Ese caballo en **h5**, por ejemplo... Como estaba en un lado y no participaba en el combate, le parecía apagado. En cambio aquella reina colocada en **d3** resplandecía como un faro, porque formaba parte de una combinación fatal. Cuando movía una pieza, le quemaba en el vientre.

Se fumó una cantidad increíble de cigarrillos. No comió prácticamente nada. Una pera, en determinado momento. Más tarde, la galletita que el camarero había añadido a su taza de café. Con el hambre, Alekhine entraba decididamente en un estado cercano al trance o la embriaguez, el sonambulismo o la alucinación. El mundo se había transformado en una amalgama de líquido negro y humo azul. En el interior de ese mundo, su cuerpo se había fundido con las partidas en curso, así que Alekhine pasaba de la una a la otra barriendo el juego de sus adversarios como una poderosa corriente de aire.

Habían pasado seis horas. Solo quedaban dos oficiales. Alekhine había eliminado a los otros veinte.

Brikmann le cantaba el número de mesa y la última jugada de su contrincante. Alekhine respondía casi al instante, a menudo masajeándose los ojos con los dedos. Si necesitaba pensar unos segundos, le daba un sorbo al café o unas caladas al cigarrillo. Cuando enunciaba su jugada, Brikmann movía la correspondiente pieza. Así que el Oberleutnant se veía en la difícil tesitura de dar mate a sus superiores. Al no poder hablar con Alekhine y hacerle notar que su comportamiento resultaba ofensivo, no tenía más remedio que continuar. De modo que continuó, con un malestar que fue convirtiéndose en vergüenza, hasta que un nuevo jugador se dio por vencido...

—¡Herr doctor, el Hauptmann Bartmer (mesa número 16) abandona!

Todas las partidas habían acabado del mismo modo. La hecatombe era total.

—¡Ja! ¡Gire el tablero, Brikmann!

Brikmann prefirió no imaginarse las intenciones de Alekhine. Tampoco quiso dar importancia al hecho de que se hubiera permitido dirigirse a él sin mencionar su graduación. Por primera vez. ¿Qué se había torcido? ¿Había sido la escarlatina? ¿Una mala noche?

—Vamos, Brikmann, voy a darle un segundo repaso al capitán Bartmer...

Bastó con hacer girar el tablero, de lo que se encargó Brikmann muy a su pesar. De pronto el Hauptmann Bartmer, que había jugado la partida con blancas, se vio ante las negras, en una posición que creía indefectiblemente ganadora. Alekhine lo derrotó en siete jugadas. La humillación era patente. Bartmer, una espingarda con bigotillo gris y nariz aguileña, regresó a su unidad de artillería de asalto con la moral por los suelos.

—Queda el Standartenführer Eisen, mesa número 5, que aún resiste...

En realidad, el SS Panzergrenadier Eisen perdía a cámara lenta. Era un jugador sin imaginación al que Alekhine había sometido a un largo desmantelamiento, cambiando pieza por pieza, pasando un peón al campo contrario y asegurándose de dejar la reina para el final. Bastó una veintena de acometidas para que Brikmann exclamara:

—¡El Standartenführer Eisen pierde tras una lucha formidable!

Alekhine no abrió los ojos de inmediato. Oía el rumor de las conversaciones a su alrededor. En la sala se había congregado una muchedumbre admirativa. Los aficionados civiles se mezclaban con los buenos perdedores, retenidos por la curiosidad, porque los demás oficiales, empezando por Bartmer, se habían marchado, disgustados o heridos en su amor propio, para entregarse a actividades menos cerebrales, como la fornicación o la bebida, antes de volver a su rutina de barro y sangre. También estaba allí Bogoliúbov, el viejo colega de Alekhine, que se alojaba en el mismo hotel. El rumor del combate contra los veintidós lo había atraído al casino. Y, por último, estaba Brikmann, plantado en medio de las mesas en U y de los cientos de piezas esparcidas por ellas. La escena recordaba el final de un banquete o la mañana siguiente a una francachela. En esas circunstancias, traía a la mente del público la imagen de una cena interrumpida por una alerta aérea, aunque lo más acertado habría sido compararla con la mañana siguiente a una batalla.

Alekhine apagó el cigarrillo que acababa de encender en el fondo de la taza. Al oírlo chisporrotear, abrió los ojos. El resplandor de las arañas lo hizo parpadear. Hundió la barbilla en el pecho. Tenía las piernas tan flojas como si fueran de mantequilla. ¿Sería capaz de levantarse? Sus párpados volvieron a cerrarse lentamente, casi como si estuviera agonizando.

—Ya está, he lavado mi honor...

Consiguió despegarse del sillón. La gente se apartó para dejarlo pasar. La salida del casino apareció ante él en forma de inmenso rectángulo luminoso. Así que, una vez fuera, lo sorprendió encontrarse con la noche y una ciudad architenebrosa. Apenas había dado unos pasos por la plaza cuando entrevió tres sombras furtivas, a su derecha. Avanzaban arrimadas al muro. Ahora había una a su izquierda; las otras dos debían de haberse escondido para rodearlo. Efectivamente, las tres se lanzaron sobre él a la vez. Mientras intentaba alejarlas manoteando, las sombras llegaron hasta él arrastrándose por las losas del suelo. La más delgada se abrazó a su cintura, y luego descendió hasta los tobillos y lo hizo caer. Las otras dos lo agarraron del cuello. Alekhine no tardó en quedar tendido boca arriba formando un aspa, inconsciente.

Al verlo en un estado tan penoso, todo el mundo sintió una mezcla de fascinación y lástima. Su proeza lo había llevado al límite de sus fuerzas. Había superado todas las barreras de la mente y el cuerpo. Nadie se atrevió a correr a su lado para reanimarlo. Daba miedo hasta tocarlo. Nadie se atrevió a decir nada durante unos minutos que se hicieron eternos, aparte de Brikmann, que dio órdenes discretas a un subordinado. Sujetándolo uno por los brazos y otro por las piernas, dos Feldgendarmen lo cargaron sin miramientos en una Zündapp, lo llevaron a la habitación del hotel y lo lanzaron a la cama, desde donde hizo temblar las paredes con sus ronquidos durante veinticuatro horas.

Quien lo despertó no fue Brikmann sino Bogoliúbov. Sus puñetazos contra la puerta parecían golpear las paredes de su propio cráneo. Alekhine se deslizó fuera de la cama con un movimiento de reptación bastante digno de una oruga. Tenía el pelo revuelto y la cara abotagada. Unas ojeras negras acentuaban su palidez cadavérica. Todo su cuerpo evidenciaba una depauperación lamentable. Al echarlo en la cama, los Feldgendarmen no lo habían desnudado y, como se había debatido furiosamente en sueños, el traje Goebbels estaba hecho un trapo.

En cuanto le abrió la puerta, su colega le lanzó una pulla.

—¡Estás hecho una preciosidad, Sasha! ¿Me permites entrar?

Bogoliúbov había nacido en Tarascha, cerca de Kiev. Alekhine y él tenían la costumbre de hablar en una mezcla de ruso y alemán. El ucraniano se dirigía a él usando el diminutivo de su nombre de pila.

—¡Bueno! Ya has conseguido que larguen a Brikmann con tus gilipolleces... Es una pena.

Se sentó junto al secreter de pino, cruzó las piernas y empezó a balancearse en la silla. Bogoliúbov se ponía cómodo allá donde fuera. Hasta cierto punto, era una caricatura de Alekhine. Un Alekhine más gordo y más zafio. Un Alekhine sin tercer ojo. Un jugador que apestaba a garito. Por cerebral y desinteresado que sea, el ajedrez sigue siendo un juego, y una parte nada despreciable de la población ajedrecística tiene el carácter febril y venal de los jugadores de fortuna. Rara porción del mundo que escapa a la tiranía del azar, el ajedrez posee no obstante un efecto hipnótico bastante parecido al que producen la ruleta o el black jack. En su propio terreno, el jugador de ajedrez adolece de los mismos vicios y tiene idénticas obsesiones: arde en deseos de ganar *siempre* y *definitivamente*.

¿Cuántas partidas habían jugado juntos?

Cientos.

Bogo le había regalado a Alekhine una de sus victorias más dulces.* En 1934, con el apoyo económico de Frank, lo había desafiado por el título mundial y había tenido la amabilidad de perder. En 1941, en el torneo del gobierno general, en Varsovia y luego en Cracovia, Alekhine había quedado primero y Bogo tercero. En Lublin, en 1942, idéntico resultado. Bogo era el rival perfecto, lo bastante bueno para resistir la comparación con él, pero no lo suficiente para ocupar su lugar. Sus partidas eran reñidas, pero estaban ganadas de antemano.

—A los señores de la guerra no les ha hecho ninguna gracia que los ridiculizaras en el casino. Anoche, el pobre Brikmann recibió la orden de trasladarse a una base de Baviera. Por tu pifia, muchacho. ¿Tu mamá no te dijo nunca que no hay que morder la mano que nos da de comer? Ni siquiera Frank ha podido evitar que reasignaran a Brikmann al servicio activo. Al parecer están hartos de los oficiales emboscados y necesitan carne fresca. ¡Pobre Brikmann! ¿Qué va a hacer en ese agujero? Me ha dicho que iba a trabajar en un nuevo caza secreto ultrarrápido que cambiará el curso de la guerra... Parecía creérselo, acabo de dejarlo. ¡Ha despegado en su bonito

---

* Véase nota de la página 38.

182

Taifun plateado! ¡Cómo farda con sus aviones! —Con esas palabras, Bogo descruzó las piernas y apoyó los pies en la cama. Repantigado de ese modo, se sacó una petaca del bolsillo—. Será una gilipollez, pero me gustaba Brikmann. ¿Quieres un poco?

Alekhine lo necesitaba. Se sentó junto a los zapatones de Bogo, le cogió la petaca y se echó al coleto un lingotazo de aguardiente que volvió a ponerle en orden las ideas. Tras la bruma del despertar, recuperó la cólera y el orgullo, la rabia y la voluntad, es decir, los carburantes de su máquina.

—Los boches han perdido. Tú lo sabes, yo lo sé. Y lo que es más: ellos lo saben. Estamos en el lado equivocado.

Bogo esbozó una sonrisa nihilista que, en esencia, quería decir: «¿Y a nosotros qué nos importa que pierdan o ganen? Nosotros jugamos. ¿Dejará de girar el planeta por eso? ¿Dejará de jugarse al ajedrez? Con la paz, todo el mundo empezará a aburrirse y volverá al rey de los juegos como a una antigua amante».

Alekhine le devolvió la petaca a Bogo, que se premió con un trago y chasqueó la lengua contra el paladar para mostrar su satisfacción.

—Francamente, en lo que a nosotros respecta...

Olvidaba o fingía olvidar que Alekhine no estaba en la misma posición que él. A él, el tufo nazi se le iría; a Alekhine se le había pegado al cuerpo.

—¿A cuántos estamos, Bogo?

—Hoy es 9 de octubre de 1943. El cielo está despejado. Tengo cupones de racionamiento. No me quejo.

—¿He dormido mucho tiempo?

—Dos días.

—¡Dos días!

—Bueno, después de la paliza que les diste, no me extraña que necesitaras recuperarte... ¡Jesús, no dejaste ni uno!

Alekhine no le habló de la visita de las tres sombras que había precedido a la simultánea contra los veintidós. Ni tampoco de aquella vez en que, tras una larga noche de charla con Frank en su palacio de Cracovia, había visto a su propia sombra crecer desmesuradamente en una de las paredes del cuarto de baño y tragárselo, como una ola.

—Entonces qué, ¿solo has venido para tener noticias mías?

—No, muchacho, he venido a dártelas. Le ha pasado algo al SS de París, el que medió para que Brikmann pudiera ocuparse de ti sin pasar por Himmler ni dar cuentas más que a Frank, o como mucho a Goebbels, pero en ningún caso a Goering...

—¿Mross?

—Ahora que lo pienso... Estos alemanes no paran de hablarnos de orden y de jerarquía, pero fíjate en el cirio que tienen montado ellos. La verdad, a veces me pregunto quién es el jefe. Todos aseguran obedecer al Führer mientras él no está, así que cualquier fulano puede decir que tiene una orden especial suya o la interpretación de su sagrada palabra. Es el líder milenario, ¿comprendes? Lo que él dice es el evangelio. Pero resulta que no hay dos que interpreten sus órdenes de la misma manera. Así que cada cual arrima el ascua a su sardina, como decimos nosotros. En fin, que he venido para anunciarte que han botado a tu protector. Tu acuerdo con...

—¿Botado? ¿Qué es eso de que han botado a mi protector?

—¡Las cosas han cambiado, Sasha! ¡Todo ha cambiado para ti!

Bogo volvió a darle al aguardiente.

—Bogo, déjate de misterios, ¡necesito claridad!

—Echa un trago, eso siempre ayuda.

—El SS del que hablas ¿se llama Mross?

—Podría ser.

—Intenta acordarte. ¿Obersturmführer Mross?

—Creo que Brikmann no ha dicho su nombre. Tenía que salir pitando.

—¿Qué te ha dicho exactamente?

—Cuando ya tenía un pie en su maldito avión, me ha hablado de un SS del servicio de inteligencia de París. Me ha dicho: «Ya no existe». ¿Qué culpa tengo yo de que haya dicho eso? No pienso llevarme una bronca porque otro hable con acertijos...

—¿Mross está muerto?

—¿No te digo que no sé si el fulano se llama Mross o Stumpf o es Hindenburg que ha vuelto de los infiernos? Brikmann no ha sabido o no ha querido decírmelo. Sí, tu SS favorito está muerto o ha caído en desgracia. Puede que se haya ido nadando a Inglaterra. Puede que simplemente haya cambiado de opinión sobre ti. O que Brikmann haya soltado la correa y al perro con ella, no sé si me entiendes... La cuestión es que el SS ya no es una pieza del engranaje. Ya no cuenta. De repente, todo tu montaje se ha venido abajo. Ni más ni menos. ¿Está claro? Demonios, Sasha, sabes cuánto te aprecio, pero esos tejemanejes políticos no van conmigo... Yo juego al ajedrez. Gano parné con el ajedrez para dar de comer a mis mocosos y comprarle medias de nailon a mi mujer. Por cierto, ¿qué es de la tuya?

—Llevo sin verla desde...

Bogo le tendió la petaca, en parte para interrumpirlo y en parte para reconfortarlo. Sabía más o menos cómo estaban las cosas entre Grace y Alekhine. Arrepentido de haber sacado el tema, volvió al ajedrez.

—¡Voy a prepararme para el torneo de Krynica-Zdrój! Estoy convencido de la debilidad de la columna **f** contra el enroque corto y, para estimular el magín, estoy releyendo las partidas del chiflado de Rubinstein... Ya sabes que las reeditaron justo antes de la guerra. El tipo tenía un talento del demonio. Es una pena que no haya seguido jugando. ¿Tienes noticias suyas? ¿Sabes qué ha sido de él? Parece que vive en Bruselas. Hay quien dice que está en Amberes, con los majaretas. Otro al que la guerra le dio la puntilla. Y encima, para su desgracia, es judío. Bueno, basta de sensiblerías, yo tengo que seguir empollando. Lo de Krynica-Zdrój es dentro de dos meses y, como tú no estarás, ¡tengo posibilidades!

A Alekhine el aguardiente le subió de golpe.

—¿Cómo que yo no estaré?

—Quieres largarte a España, ¿no?

—Nunca dejarán que me vaya...

—Ya te he dicho que todo ha cambiado, Sasha... —Bogo se sacó del bolsillo unos billetes de avión para Madrid y un *Ausweis* liberador. Parecía que enseñara un póquer de ases—. ¡Mira, un regalo de Brikmann!

Tras vaciar la petaca, los dos hermanos de armas se despidieron con una solemnidad que sorprendió a ambos. Bogo cogió de los hombros a Alekhine y posó los ojos en los suyos. Se miraron en silencio durante interminables segundos. No volverían a verse y quizá lo intuían.

Final de partida

21

—¡No te quedes ahí parado! Tráeme la pistola, ¡rápido!

Un hombre desnudo con un palo de escoba metido en el culo estaba a cuatro patas en el suelo. Tenía la cabeza atrapada entre los muslos de una mujer. Ella sujetaba el palo con ambas manos y tiraba de él hacia sí, como si fuera una palanca. Su torso estaba inclinado sobre la espalda del hombre y su pelvis, pegada a sus omoplatos. Según el momento, los pechos le colgaban como odres o descansaban sobre su estómago. No solo debía preocuparse de que el palo no se saliera; también tenía que hacer fuerza con los abductores para mantener inmovilizada la cabeza del hombre. Era un esfuerzo tremendo. Tenía la cara roja y los músculos en tensión.

—¡Eh, Jacques! ¡Espabila! ¡La Luger! ¡Junto a la mesa, allí! —Arcanel la miraba boquiabierto. Parecía lelo—. Por favor... No voy a poder aguantar mucho más...

Arcanel salió de su estupor. Rodeó los cuerpos ensamblados y se acercó al velador, junto al galán de noche. Vio el uniforme negro de Mross y, a sus pies, las botas negras. El cinturón estaba enrollado alrededor de la pistolera, al lado de la gorra. Desenfundó la semiautomática, pero se quedó allí plantado.

—Tiras del cerrojo hacia atrás... y le metes una bala en el cráneo. ¡Date prisa! —Ushi comprendió que no haría nada—. ¡Vamos, dámela, nulidad! ¡Dame la fusca!

Arcanel le tendió la pistola por el cañón. Para liberar su mano izquierda y cogerla, Ushi dio un brusco impulso a todo su cuerpo. Se arqueó, echó la barbilla hacia atrás y, con un giro de muñeca, hundió el palo aún más en Mross, que soltó un fuerte gemido. Desde que Arcanel había cruzado la puerta, las quejas del oficial no habían cesado. Con la boca amordazada por el sexo de Ushi, los sonidos que emitía consistían en gritos más o menos agudos, sobre un fondo de gruñidos y succiones. Era imposible saber si expresaban dolor o placer. En su situación, puede que la diferencia ya no existiera.

—Cálmate, Max. Ya está. Enseguida acabamos. Tranquilo, mi amor... —Sin soltar el palo, Ushi montó la Luger con una facilidad inquietante, como si estuviera manejando una jeringa—. Bueno, listo. Ahora mamá te va a pinchar... ¡Preparado! A la una, a las dos...

Disparó a la de tres. El cuerpo de Mross se desplomó en la alfombra. Ushi se dejó caer encima de él. Tenía el pecho salpicado de materia orgánica. Se puso boca arriba y miró el techo de la alcoba. Un tragaluz permitía ver el cielo. No había luna, pero sí estrellas. Su aislamiento intersideral la puso melancólica. Trató de recordar cómo habían llegado a amarse de aquella forma tan curiosa Max y ella. Se acordó de un paseo en velero por uno de los lagos de Hamburgo. Volvió a oírse hablando con él de vivir algún día en una de aquellas grandes casas blancas de armador a orillas del Elba. En sus recuerdos, Max era frágil y hermoso. Los sueños que habían compartido también eran hermosos. Arcanel se asustó al verla sonreír.

—¿Qué, te ha gustado la lección de historia alemana?

Jacques no sabía qué quería decir. Ni siquiera podía creer lo que veía.

—¿Sabes? Los chicos como Max, que aman a la madre patria, que la aman tanto que están dispuestos a hacer cualquier sacrificio por ella y ya no encuentran placer más que en la inefable belleza de su nombre, olvidan que antes de que les ofrezcan una buena ocasión para morir, su preciosa mamaíta les dio la vida. ¿Y qué hacen con esa vida, eh? ¡Esa es mi pregunta! ¡Convertirla en muerte, Jacques! Max ya no hablaba de la vida. Vivía para morir y matar. Su boca y sus sueños estaban llenos de muertos, y cuando hablaba del pasado o del futuro siempre era el mismo manto de muertos, la misma promesa morbosa. Jamás le perdonaré su conversión. Jamás regresaré a Hamburgo. No volveré a poner los pies en Alemania en toda mi vida. Me largo a Brasil o a Groenlandia. Ya veré dónde acabo. ¿Tienes la guita?

Arcanel sacó el dinero de su cazadora balbuceando algo que parecía un «sí». Era una suma considerable. Había marcos y francos. Era el precio del uniforme de un Obersturmführer de la SD, que estaba impecable y se utilizaría en una operación destinada a liberar a un grupo de prisioneros a punto de ser deportados. A base de hacer entregas, Arcanel se había ganado la confianza de la red Chang. A base de ver a Ushi en la ventana de su cuchitril amarillo, había acabado juntándose con ella en el patio para fumar y charlar. Ushi hablaba bien el francés y Arcanel le dejó libros. A base de ver a Mross visitarla dos veces por semana y a la misma hora, acabó planeando matarlo con ella. Ushi quería poner fin a la espiral de un amor mortífero; él quería impresionar a la red. Los términos de su acuerdo no requerían demasiada imaginación.

—Diles a tus amigos que te lo has cargado tú... Aprovecha para quedar como un héroe. ¡Miente! ¡Miente descaradamente!

Se estaba lavando la cara. La sangre que la cubría tenía la consistencia y el color de la mermelada de ciruela. Parecía directamente salida de una época heroica, pensó Arcanel. Una guerrera amazona tan temible como excitante. Una princesa caníbal tan deseable como peligrosa, en la que el guionista de cómics erótico-gore se inspiraría muchos años después para dar emoción a historietas publicadas en revistas clandestinas.

—Porque te aseguro, Jacques, que la SS no va a mover un dedo.[*]

---

* Oficialmente, el Obersturmführer Mross murió, arma en mano, en una emboscada terrorista. Fue condecorado a título póstumo con la Cruz de Guerra de primera clase. Heinrich Himmler nombró al Obersturmführer Günther Hoppenrath para que lo sucediera. Hoppenrath era una mole con un estilo completamente distinto al del apuesto Mross. Su rostro, alcanzado por la explosión de una bomba casera en el gueto de Vilna, estaba cubierto de finas cicatrices rosáceas y abultadas. Lo primero que hizo fue colocar un pastor alemán de bronce en lo alto del armario reservado a sus colaboradores. Lo segundo, abrir el armario y leer los lomos de los archivadores uno tras otro, empezando por el *A. A. A.* de Alekhine. Hoppenrath no iba a dar demasiada importancia a la colaboración cultural que Mross había convertido en su especialidad. La situación general era preocupante. Por todas partes, el enemigo sentía que las fuerzas del Reich se desmoronaban. A lo largo de 1942 y hasta principios de 1943, las derrotas militares en África del Norte y en el Este habían tenido una incidencia psicológica innegable en los territorios ocupados. Los movimientos de resistencia planeaban golpes cada vez más audaces. En esas circunstancias, Hoppenrath se centró básicamente en la represión. El ajedrez ya no importaba. La *Deutsche Schachblätter* no se publicaba desde marzo del 43, y el único que aún mostraba interés por el juego era Frank, no sin provocar inquietud entre sus colegas. El 20 de agosto de 1942, Goebbels escribió en su diario: «Frank practica una política que no es en absoluto la recomendada por el Reich. Me han mostrado cartas de su puño y letra en las que ordena a los polacos que preparen un seminario de ajedrez en Cracovia. Por supuesto, es algo de gran importancia en un momento en que el Reich necesita organizarse al milímetro para aprovisionarse de alimentos. A veces Frank parece estar medio loco. Han llegado a mis oídos ciertos incidentes relacionados con su trabajo, y, francamente, dan miedo» (*Goebbels Tagebuch*, II, 5, citado por Edward Winter).

22

Los nazis tenían mucha tela que cortar. Se olvidaron de Alekhine y de su arte. En otoño de 1943, los rusos apretaban fuerte. En la línea del frente, pero también detrás, en los bosques de los alrededores de Pskov, entre los pueblos de madera y las iglesitas atestadas de imágenes santas.

En la noche del 24 al 25 de octubre, cuatro agentes del NKVD saltaron en paracaídas sobre la zona para preparar la integración de un famoso grupo de partisanos en las filas del Ejército Rojo. Estaban acostumbrados a las misiones especiales y secretas. Tres de ellos tenían un aspecto bastante parecido, mientras que el cuarto no llevaba uniforme, sino un mono de camuflaje gris que le estaba grande. No era alto y fuerte como los otros tres, sino anormalmente delgado. Tenía la cara picada de viruelas. Caminaba detrás de los otros, con la funda-culatín de madera de una Mauser C96 colgada a través del pecho. Fumaba cigarrillo tras cigarrillo. Poco antes del despegue, se había reunido con ellos en el avión, sin prisa. Eso los había intranquilizado, antes de que lo hicieran su cuello, huesudo y nervioso, y luego sus manos, que expresaban algo enfermizo y a la vez poderoso. Durante el vuelo, observándolo e intentando hablar con él, habían caído en la cuenta de que había otra cosa que los inquietaba. Aún no sabían qué. Solo se había dignado darles su nombre. «El tal Zabvev —se decían— no ha venido a ayudarnos, sino a echarnos mal de ojo». Así que, mientras caminaban entre los árboles, lo señalaban como a un depredador.

—No me gusta ir delante de Zabvev...

Se guiaban por el ruido. Se dirigían hacia un rumor, más allá del bosque de abedules. Su nerviosismo era palpable.

—¡Os he dicho que no quiero ir delante!

Una especie de arroyo de barro endurecido por el hielo cedió bajo sus botas. Se hundieron en él hasta las pantorrillas. Franquearon el obstáculo con dificultad, salieron de él maldiciendo y se quitaron el fango de las botas con ramas secas. Cuando buscaron a Zabvev con la mirada, lo descubrieron en un promontorio cubierto de arbolillos desnudos, fuera del alcance de sus voces y en terreno seco. Él había rodeado el cenagal.

—Zabvev no anda como nosotros...

—¡Ya os he dicho que lo hiciéramos ir delante!

—Yo no tengo miedo. No le tengo miedo.

—No es cuestión de miedo. Lo malo es no comprender. El miedo viene después.

—Sí, no sabemos cómo es ni lo que nos tiene preparado. Eso es lo que pasa.

—Además, ¿cómo puede andar sin ponerse perdido?

—Zabvev no está vivo, así que no toca el suelo. Si fuera agua, pasaría lo mismo.

—Sí, cuando nos hemos lanzado... juraría que Zabvev volaba.

—¿Qué quieres decir?

—No caía como nosotros, planeaba como un gavilán...

—Como un demonio.

—Ha caído igual que nosotros.

—Pero no se ha manchado el pantalón como yo.

—En el avión, me ha dado la sensación de que no tenía cara... Lo veía y no lo veía.

—Lo que decís no tiene sentido, muchachos.

—Tiene el sentido del miedo, eso es todo.

—Yo he pensado: «¡Este tipo es un muerto!».

—Nos estamos acercando, callaos...

Se callaron. Las otras voces se concretaron. Eran muchas y se mezclaban. Estallaban de pronto. Aunque aún resultaba difícil captar alguna palabra o identificar el idioma, ya era posible sentir la gran intensidad emocional. Estaba pasando algo. Aún no se sabía qué. Los tres agentes avanzaron agachados, por cautela y para asegurarse de que, efectivamente, se trataba del grupo de partisanos que buscaban y no de una columna de Feldgendarmen o Fallschirmjäger.* Habían desenfundado las Tokarev. Pendientes de las voces, no prestaron suficiente atención al flanco derecho, en el que se ocultaba un chico muy joven tocado con una gorra de terciopelo demasiado grande para su cabeza. Iba armado con un subfusil con cargador de tambor.

—¡Manos arriba!

Pasada la sorpresa, los agentes se relajaron y lo miraron con severidad. ¿Distinguía los parches rojos de sus cuellos? ¿Veía el azul de sus pantalones y el marrón de las guerreras? ¿Era lo bastante espabilado para reconocer a unos agentes de la dirección principal de la seguridad del Estado? Iban a enfundar, pero el chico se tensó. El miedo los hizo sudar a los tres. No tendría más que trece o catorce años. No necesitaba más que una fracción de segundo para apretar el gatillo. Y un solo minuto para vaciar su cargador camembert de novecientas balas.

—¿Quiénes sois?

—Venimos a ver al Zaporogo.

—Sabemos que su verdadero nombre es Vitali M. Lapko. Sabemos que es el jefe.

El chico no se relajaba en absoluto.

---

* Unidad paracaidista de élite de la Luftwaffe.

—Yo soy de su estepa —dijo—. No seréis espías fascistas, ¿eh?

—No. Somos espías comunistas.

—¿De dónde venís?

—Del despacho de Stalin, del salón de Beria. Somos el destino. Hemos caído del cielo.

—Sí, venimos de allá arriba, chaval.

El chico se esforzaba en pensar. Se mordía el labio inferior. Puede que lo más seguro fuera matarlos.

—Entonces ¿se puede saber por qué tenéis Alemania detrás?

—Porque nos han lanzado en paracaídas, ¡no te fastidia! Estamos en misión secreta, ¿comprendes?

—Y no vamos a tolerar que nos interrogue un mocoso.

Mocoso o no, el chico no perdía el aplomo. El arma lo envalentonaba. Tenía más preguntas.

—¿Y quién me dice que es verdad?

—Llévanos hasta el Zaporogo, ¿de acuerdo? Él sabía que veníamos. Estábamos citados.

—Nos espera. El Zaporogo nos espera.

—Nosotros guardamos nuestras armas y tú la tuya, ¿de acuerdo?

—¿Cómo te llamas, chaval?

Iván, se llamaba Iván y se estaba preguntando cómo llevar a aquellos tres sospechosos ante el Zaporogo sin dejar de apuntarles. ¿Les ordenaba que arrojaran las pistolas al suelo para recogerlas y guardárselas en los bolsillos o les permitía enfundarlas muy despacio, casi a cámara lenta? En ese momento, notó el frío acero de un cañón en la sien y el chasquido de un percutor. Aflojó las manos alrededor del arma y cerró los ojos. Zabvev le cogió el subfusil, se lo colgó al hombro y, agarrándolo del cuello de la guerrera, le dio un golpecito en la mejilla izquierda con el culatín de la Mauser.

—Vamos a ver al Zaporogo, chico. Detrás de ti.

Así pues, Iván encabezó la marcha, seguido por los tres agentes, que ahora ya no se fiaban de las sorpresas que pudieran depararles los árboles y los matorrales. Zabvev iba el último, fumando, con el cigarrillo en la comisura de los labios. Caminaron un centenar de metros y luego pasaron las piernas por encima de unos sedales de los que pendían campanillas de cobre. Aquellos hilos delimitaban el territorio del Zaporogo, lo que sus hombres llamaban «la estepa», un sotobosque acondicionado como campamento. Se veían viviendas improvisadas y armeros llenos de fusiles. A un lado, una choza de troncos con un trozo de tanque a modo de tejado. Al otro, unas ramas de abedul colocadas en forma de tipi que albergaban lo que parecía ser una despensa. Aquí, una vaca que mascaba agujas de pino. Allí, una cerda con una cruz gamada pintada en el vientre y las ubres colgándole hasta el suelo.

Un poco más lejos, el grueso de la tropa rodeaba al Zaporogo y el Standartenführer Eisen, que, acodados en una mesita plegable, jugaban al ajedrez. El hecho de que el Zaporogo y el último derrotado de las simultáneas de Praga estuvieran jugando juntos era el resultado de una emboscada tendida al amanecer.

Hacía unas horas, poco antes de que saliera el sol y mientras los agentes se lanzaban en paracaídas, quince partisanos curtidos se habían escondido en las cunetas de una estrecha carretera. Cubiertos con helechos y hojas secas, habían esperado a que se hiciera de día. Iban armados con *Maschinenpistolen* robadas. Unas ondas de radio captadas dos días antes en la estepa les habían anunciado el paso de un oficial Waffen-SS que volvía de un permiso. Con fuego cruzado, mataron a sus agentes de enlace y su escolta. Tras un tiroteo desigual, comprendiendo que estaba rodeado y dado que solo le quedaba una bala, Eisen intentó suicidarse, pero un gorila que respondía al nombre de Russlan lo derribó de un culatazo en la nuca. Eisen quedó inconsciente en el asiento posterior del Volkswagen. Pudieron registrar su equipaje y encontrar, aparte de mudas de ropa interior y una caja de granadas de mango, un magnífico juego de viaje de cuero junto al libro de Alekhine *Mis mejores partidas, 1908-1927*, que llevaba la siguiente dedicatoria y la siguiente firma:

Für Standartenführer Eisen,
mit all meiner Freundschaft und Bewunderung!

Dr. A. A. Alekhine
Prag, September 43[*]

La consigna del Zaporogo era recoger las armas tras las emboscadas, llevarle a los oficiales vivos y despojar a los cadáveres de las eventuales cruces de guerra, de las que tenía una buena colección. Las llevaba todas prendidas en el ancho pecho, formando tres hileras de axila a axila, lo que producía, con cada movimiento de su sable curvo con vaina de acero, un cascabeleo que recordaba el de una máquina tragaperras cuando sale la combinación ganadora. Para satisfacer a su jefe, tras guardar el juego de ajedrez y el libro en su zurrón, Russlan se echó a Eisen al hombro. Los partisanos volvieron a internarse en el bosque de abedules, entre la bruma y las trampas para lobos, para regresar a la estepa. Russlan dejó caer al des-

---

[*] «¡Para el Standartenführer Eisen, / con toda mi amistad y mi admiración! / Dr. A. A. Alekhine / Praga, septiembre de 1943».

vanecido Eisen a los pies del Zaporogo, que estaba desayunando una cebolla con pan caliente. También le entregó el libro y el ajedrez.

—¡Uy! ¿De dónde habéis sacado estas maravillas?

Cuando recobró el conocimiento, sin saber si estaba muerto o vivo, Eisen vio sobre él la imponente figura del Zaporogo, es decir, del hombre que había visto a la bestia y no había tenido miedo. Llevaba una larga vestidura que le cubría el pantalón y las botas como una túnica. Aunque rara vez montaba a caballo, unas espuelas de estrella le adornaban los talones. Tenía un pañuelo de seda roja anudado alrededor de la cintura. Dos cartucheras se cruzaban en equis sobre su pecho. Llevaba las pistolas en un bolsillo central a la altura del estómago, adornado con cruces ortodoxas e iconos del tamaño de una uña. Las culatas asomaban fuera. Había una Luger y un viejo Nagant que había sido de su padre. Un gorro de astracán le cubría el cráneo, afeitado al cero. Su nombre significaba libertad y arrojo. Debido a la barba, durante unas milésimas de segundo, Eisen lo tomó por san Pedro. Pero no era san Pedro. Ni mucho menos. Era el Zaporogo.

Le espetó al SS que no, que aún no estaba muerto, pero que en vista de que ahora era su prisionero no tardaría en estarlo. Como era evidente que Eisen no entendía una palabra de ruso, el Zaporogo pidió que llamaran a Petia. En su día, los rudimentos de alemán de Petia habían impresionado al Zaporogo, que lo había convertido en una especie de secretario-consejero-intérprete. Petia era feo y bizco. Los demás recelaban de su posición y lo consideraban un lacayo o un intrigante. Petia transmitía las órdenes del Zaporogo. Lustraba las botas del Zaporogo. Probaba las comidas del Zaporogo y se comía las sobras. Engrasaba las armas del Zapogoro. Lo único que no hacía era combatir. En realidad, sabía muy poco alemán. Sencillamente, hacía mucho tiempo había memorizado unas cuantas frases de un manual escolar. Así que, en cada ocasión, se inventaba las conversaciones, temiendo, más que decir sandeces, parecerle inútil a su señor.

EL ZAPOROGO

Petia, pregúntale a este capullo cómo es que conoce al campeón del mundo.

PETIA
(*En alemán*).
¿Ha visto a mi hermana?

EISEN
(*En alemán*).
¿Su hermana? No, yo no conozco a su hermana...

PETIA
(*En ruso*).
Dice que no lo conoce.

EL ZAPOROGO
Entonces ¿de dónde ha sacado este libro dedicado?

PETIA
(*En alemán*).
¿Ha traído flores?

Mientras se terminaba la cebolla, el Zaporogo hojeaba el libro de ajedrez, en el que volvía a leer, complacido, aquellos nombres que tanto admiraba: el genial Capablanca, el cara dura de Bogoliúbov, Euwe el matemático, Lasker el psicólogo, el astuto Spielmann, el amable Przepiórka, el parsimonioso Réti, el artista Rubinstein, el brutal Alekhine, etc. Antes de la revolución, el Zaporogo había servido en casa de un conde georgiano muy aficionado al ajedrez. Con él había viajado a Viena, Baden-Baden y otras ciudades ajedrecísticas de Centroeuropa como Carlsbad o Mannheim, para asistir a torneos.

EISEN

(*En alemán*).

No entiendo lo que dice.

PETIA

(*En ruso*).

Dice que no quiere decírtelo.

EL ZAPOROGO

(*En ruso*).

¿Ah, sí? Pues que tenga cuidado conmigo...

PETIA

(*En alemán*).

¿Por qué?

EISEN

(*En alemán*).

¡Porque no sé de qué habla!

PETIA

(*En ruso*).

Dice que quiere jugar contigo. Si gana, tienes que respetar su vida.

EL ZAPOROGO

(*En ruso*).

Dile a ese desgraciado que como se le ocurra ganar la partida le pego un tiro en la cabeza.

PETIA

(*En ruso*).

¿Y si la pierde?

EL ZAPOROGO

(*En ruso*).

Si la pierde, haremos un círculo de bravos, lo pondremos en medio y lo quemaremos vivo. Sin gastar demasiada gasolina, porque la necesitamos para el tractor (Volodia ha montado una torreta blindada encima de él, y tengo que confesar que es muy práctica), así que tardará en morir. De todas formas, asado o crudo, dile que se convertirá en la manduca de Eva...

El Zaporogo se refería a la cerda de la cruz gamada, que era la mascota de la estepa. La alimentaban exclusivamente de oficiales alemanes. Para evitar intoxicaciones de la ideología nazi, a pesar de su apetitosa gordura, estaba prohibido comérsela.

PETIA
(*En alemán*).
Las flores azules están de viaje y el perro le ladra al coche. ¿Qué le gusta más, las caminatas por el bosque o las salchichas con comino?

EISEN
(*En alemán*).
Pero ¡dice lo primero que se le ocurre!

PETIA
(*En ruso*).
Dice que está de acuerdo.

EL ZAPOROGO
(*En ruso*).
Dile que lo ducharán y le traerán una silla.

PETIA
(*En alemán*).
Tarta de manzana.

En vez de la tarta de manzana, Eisen vio aparecer un taburete y dos cubos de agua con brotes de conífera en infusión, que habían traído del баня *(bania)** y cuyo contenido le arrojaron a la cara. Entretanto, el Zaporogo, que había sacado el tablero, colocaba tranquilamente las piezas de madera. Esta vez el SS no necesitaba traducción. Comprendía. Echaron a suertes los colores. A Eisen le tocaron las blancas. La partida estuvo equilibrada. La

---

* Sauna tradicional rusa.

apertura fue tensa pero cautelosa, porque ninguno de los dos jugadores deseaba una confrontación demasiado directa. El Zaporogo jugó la defensa Pirc (d6) y Eisen respondió con el ataque austriaco de los tres peones (d4 e4 f4), que es la variante más eficaz contra la Pirc. En el medio juego hubo bastante acción, con algún que otro intercambio de golpes, en especial cuando el Zaporogo sacrificó su reina, lo que le permitió capturar la de Eisen tras otras dos jugadas. Esa ingeniosa maniobra no modificó fundamentalmente el resultado de la partida.

Cuando los cuatro paracaidistas llegaron siguiendo al jovencísimo Iván, el Zaporogo estaba a punto de perder. La culpa era de una cierta debilidad posicional, de una cierta impetuosidad durante el medio juego que no casaba con el estilo impuesto por la Pirc. Al Zaporogo se le había ido un poco la mano. Había usado la brocha en vez del pincel. Casi toda la estepa presenciaba el duelo. Muchos desconocían las reglas del ajedrez, pero sintieron llegar la derrota de su jefe antes de que se consumara. El Zaporogo gruñía y pateaba el suelo. El mate de Eisen fue un hábil dueto de la torre y el alfil. Cuando el alemán movió la última pieza y sentenció al rey de su adversario, el Zaporogo torció el morro y, a regañadientes, sacó lentamente el viejo revólver de su bolsillo central y dejó seco al SS de una bala entre los ojos. Mientras se llevaban el cadáver en dirección a la cerda sagrada, el Zaporogo se preparó una pipa. Había visto a los agentes del NKVD, en especial a Zabvev. Sabía más o menos quiénes eran.

—¡Demonios, no me gusta perder! ¿Tenemos gente nueva?

La tropa se partió en dos y dejó pasar a los cuatro desconocidos y al joven Iván.

—¡Hola, Vanushka! ¿Venís de lo alto, camaradas?

En vez de responder afirmativamente, cuadrándose como el buen soldadito que era, uno de los agentes hizo aparecer un sobre rojo y se lo tendió al Zaporogo. En su interior, una pomposa carta felicitaba a los partisanos por sus acciones y la inminente fusión con las irresistibles fuerzas del socialismo en su cruzada contra la hidra fascista. El papel estaba firmado por un pez gordo del que el Zaporogo había oído hablar vagamente.

—¡Sí, la unión de sus fuerzas con las del camarada general Vatutin!

—¿Y por qué no íbamos a quedarnos aquí, defendiendo nuestros pueblos contra esas víboras? —preguntó el Zaporogo.

—¡La coordinación de las tropas es la clave de la victoria!

—Coordinarme, de acuerdo. Pero ¿fusionarme?

—Zaporogo, ¿me permite una observación?

—¡Claro, no te cortes! En la estepa todo el mundo es libre. Sobre todo yo.

—Al ejército soviético jamás se le ocurriría desperdiciar el talento de un jefe como usted. Al contrario: se creará un cuerpo de élite, motorizado y, según el principio de los cuerpos francos, transferido a los puntos de ruptura del saliente.

—No entiendo ni papa de lo que chamullas, camarada.

—Podría llegar a coronel...

—Eso me importa un rábano. Según tú, ¿ahora qué soy?

—El jefe de una banda...

—No, camarada, soy un rey.

Zabvev aún no había dicho nada. En cuanto abrió la boca, ya no hubo nadie más.

—Lo que le propone el general Vatutin es un encuentro.

—A ti, a ti quería oírte... ¿Tú quién eres?

—El mensajero —respondió Zabvev con naturalidad—. El general Vatutin preveía su negativa a unirse a la línea del frente con sus tropas. Respeta su independencia y querría preparar su ofensiva con usted. Tratar de igual a igual con un general..., ¿es un honor que se rechaza?

—Vas a hacer que me ruborice. ¿Y dónde quiere que nos veamos tu general?

—Yo soy el único que lo sabe. Debo llevarlo hasta allí.

—Y con lo que dicen estos tres, ¿qué hago?

—Nada.

—¿Tú qué eres respecto a ellos?

—Creían que traían el mensaje. Traían al mensajero.

—Para partirse... ¿Cuándo quiere que nos veamos tu general?

—El encuentro debe celebrarse esta noche. Tenemos que marcharnos ya.

—¡Eh, para el carro! ¿A cuánto está eso?

—A un día de marcha.

—Sigue.

—No puedo adelantar más.

—¿Tengo cara de que me guste andar? Soy flojo. Me ahogo enseguida.

Petia le susurró algo a su jefe.

—Sí, Petia tiene razón. Cogeremos los caballos. ¿Sabes montar?

—Sí, sé.

—¿Los tres chistosos vienen con nosotros?

—Se quedan. Se los regala el general...

—Eso es, se quedan. ¿Habéis oído, regalos? ¡Os quedáis!

—Si es necesario, podrán ayudar con las maniobras. Tienen mapas del frente.

Petia volvió a aconsejar al Zaporogo, otra vez susurrando.

—Me llevo a Petia. Será mi paje.

—No hay inconveniente.

—Así me gusta. ¿Cómo te llamas?

—Stanislav Borisóvich Zabvev, pero puede llamarme Stas.

—No pareces fiable, Zabvev. Tú cabalgarás delante.

—Usted es el rey. Usted manda.

Y, efectivamente, el Zaporogo mandó como un rey.

Sin moverse de su trono, con las piernas abiertas y la tripa caída sobre la entrepierna, empezó a hacer señas. Entre los que lo rodeaban, una campesina y un mozo de cuadra se pusieron en movimiento. La mujer volvió con un chal floreado, que usó para envolver el juego de ajedrez y el libro de Alekhine: como el general le había regalado tres hombres y los mapas, el Zaporogo tenía que corresponderle con lo más valioso que poseía en esos momentos. Luego la campesina trajo un bonete y, como si el Zaporogo hubiera sido una cacerola y su ushanka la tapadera, destapó al Zaporogo, le caló el bonete y volvió a dejar el ushanka tal como lo había encontrado, es decir, inclinado hacia la izquierda, al estilo cosaco. «Cuando el Zaporogo se descubra ante él —decía para sus adentros la astuta campesina—, será superior al general. Un alma grande debe ir doblemente cubierta —pensaba—, o el viento la dispersará como a un vilano». Aquella buena mujer cuidaba del Zaporogo como una beata de la estatua de un santo. Si le hubieran preguntado por qué tantos miramientos con quien al final solo se los agradecía con insultos y echándoles mano a las nalgas, habría respondido: «Porque el Zaporogo es una idea viviente».

El mozo trajo tres caballos. El del Zaporogo tenía una piel de vaca rojiza a modo de manta para la silla y hebillas de cinturones alemanes en las riendas y los bocados. Un partisano se arrodilló para ofrecer la espalda a las botas del Zaporogo a modo de estribo. Si el Zaporogo montaba en una silla inglesa de cuero heredada de ya no se sabía qué incursión, Zabvev y Petia tuvieron que conformarse con una superposición de pieles sujetas con una correa, y sin estribos. Petia transportaba el juego de ajedrez y el libro en una especie de portapliegos con las armas de un regimiento de húsares zarista disuelto hacía mucho tiempo.

—Muchachos, voy a ver al general para hablar de negocios... —El Zaporogo picó espuelas y el caballo soltó una coz—. ¡Volveré esta noche, no os olvidéis de darle de comer a Eva!

Cuando abandonaron la estepa eran las diez y media. Cabalgaron hacia el este. Atravesaron al paso el bosque de abedules, pero se lanzaron al galope al llegar a campo abierto, inclinándose sobre el cuello de sus monturas para minimizar la fuerza del viento. Hacia mediodía, cerca de un sauce, el Zaporogo se quejó de hambre y Petia sacó la manteca de cerdo, las manzanas ácidas, la sal, las pipas de calabaza y el pan negro. Comieron sin desmontar. Compartieron las viandas. Fumaron y luego reanudaron la marcha, Zabvev en cabeza y el Zaporogo detrás, con Petia a su derecha. Como en los tiempos heroicos, el sonido de los cascos era un redoble de tambor y la travesía del bosque recordaba los lances de amor y honor de los cuentos medievales. A su alrededor, los rayos del sol se reflejaban de un modo fantástico en las placas de escarcha. Aunque le daba una interpretación totalmente distinta, Zabvev fue sensible a esa magia. Para él era la prueba de que el poema del Zaporogo estaba maduro. Había llegado el momento de recogerlo...

A primera hora de la tarde, Zabvev picó espuelas súbitamente para empujar su montura lejos de Petia y su jefe. Tras varios minutos a galope tendido, subió a un montículo, le quitó un fruto de lampazo de las crines al caballo y dejó que recuperara el resuello. Desde allí podía atisbar lo que había venido a ver. Sorprendido por su escapada, el Zaporogo tiró de las riendas. Su caballo se detuvo.

—¿Qué le ha picado a ese zombi para salir disparado de ese modo? ¿Un tábano? ¿Crees que podemos fiarnos de él? —Petia no respondió—. ¡Dame *kvas*!

Petia le tendió la calabaza y el Zaporogo bebió. Petia se sacó del bolsillo un alambre espinoso provisto de dos empuñaduras de madera amarillenta. Cuando el Zaporogo bajó la calabaza, se arrojó sobre su espalda, le pasó el alambre alrededor del cuello y le rodeó la cintura con las piernas. Petia soltaba grititos de chica. El Zaporogo se puso rojo. Sus ojos se hincharon. Escupió el *kvas* que no se había tragado e intentó introducir los dedos bajo el alambre, sin conseguirlo. Se dejó caer hacia un lado y empezó a rodar por el suelo como un epiléptico. Petia no lo soltó. Tiraba con todas sus fuerzas para apretar el alambre, que desgarraba la piel del Zaporogo con sus dientes de metal. La vista de la sangre lo enardecía. El ushanka y el bonete del Zaporogo rodaron por el suelo húmedo, entre los vagos recuerdos de hojas que se pudrían en el humus. Con los ojos llenos de lágrimas, el Zaporogo se arrastró durante unos instantes, mientras Petia cabalgaba sobre él jadeando. El estrangulamiento fue largo. Cinco minutos, quizá seis o siete. A Zabvev le dio tiempo a fumar.

Aunque ya había muerto, el Zaporogo aún no estaba inerte; se sacudía con estremecimientos sobrecogedores. Petia seguía apretándole el cuello, tirando del alambre cada vez más y hundiéndolo en la carne abierta. Por supuesto, la idea de soltar a su señor aún vivo lo aterraba. Zabvev tuvo que sacar la Mauser, apuntar con cuidado y perforarle el hombro para conseguir que soltara las empuñaduras y se derrumbara sobre el viscoso barro, tan característico de los suelos arcillosos de la región. El dolor físico puso fin a la histeria de Petia, pero le provocó otra. Empezó a maldecir en un idioma desconocido para Zabvev y le lanzó una mirada de ira teñida de desconcierto.

—¡Aaah, joder! ¡Maldito desgraciado! ¿Por qué me disparas? —Zabvev trotó hasta él y bajó del caballo—. ¡Creía que estábamos de acuerdo!

Zabvev sacó una granada de mango del saco de tela atado a la silla del Zaporogo. Se acercó a Petia y lo volvió boca arriba para asegurarse de que la herida no era grave. No, le había atravesado el hombro limpiamente. La bala había salido por el otro lado; la sangre no manaría en abundancia porque solo estaban dañados los músculos. En unos días, apenas quedaría una cicatriz.

—Para que te crean, Petia. —Zabvev contempló el claro, pensativo. La granada iba y venía por la palma de su mano—. A pie, llegarás a la estepa en cuatro horas. Cinco, todo lo más. Te quedarás escondido en el bosque. La niebla te ocultará. Llegarás exangüe, con el hombro ensangrentado. Contarás que una patrulla enemiga nos sorprendió mientras cruzábamos el campo y abrió fuego sin darnos el alto. Insistirás en la forma en que el Zaporogo se mantuvo erguido en la silla, tras las ráfagas y la muerte. Dirás que su caballo siguió galopando, que solo se detuvo al llegar a los árboles, al misterio del bosque, a la paz del recuerdo de las grandes almas, junto a los antepasados de la madre patria. Dirás llorando que, en tu opinión, el alma del Zaporogo sigue combatiendo pese a haber abandonado su cuerpo, porque la has visto trepar por los troncos hasta el cielo, donde vela por nosotros desde el día de hoy y por los siglos de los siglos... ¡Ahora, corre! ¡Corre tan deprisa como puedas!

Petia obedeció. Corrió agarrándose el hombro herido. Corrió en diagonal y luego enderezó el rumbo. Zabvev dudó. Era un blanco tentador. Le habrían bastado unos segundos para apuntar. Pero su muerte habría sido contraproducente. Habría puesto en peligro la transustanciación del Zaporogo.

«Hace falta alguien para recitar su poema».

Zabvev se volvió hacia el cadáver. Se arrodilló y lo escrutó largo rato. La piel del rostro no estaba arrugada, sino curtida por el sol y el viento. Los plieguecillos de las comisuras de sus ojos y sus labios eran los vestigios de sus carcajadas. Tenía la barba manchada de manteca y un babero de sangre salpicado de *kvas*, como espuma marina sobre la arena de una playa.

«El Zaporogo ha sido feliz. Larga vida al Zaporogo».

Con la punta de los dedos, Zabvev le cerró un párpado y luego otro. Se levantó y sacó del portapliegos el libro de ajedrez que con tanto mimo había empaquetado la campesina de la estepa. Lo abrió, pero no pasó de la dedicatoria. Tenía camino por delante y una misión que cumplir. Se preguntaba qué haría el nombre de un ruso en un envío a un oficial de la SS. ¿Sería la prueba de alguna traición? Metió el libro en un bolsillo de su traje de faena, desenroscó el detonador de la granada con mango de haya, la deslizó bajo el cuerpo yacente del Zaporogo, cubierto de quincalla, y se alejó contando, uno por cada paso, los quince segundos que separaban al glorioso combatiente de su ascensión a los cielos. La explosión se produjo cuando Zabvev se estaba subiendo al caballo. Del gran guerrero solo quedaban un cráter y unas raíces al desnudo. Asustados, su caballo y el de Petia se habían alejado, y ahora pastaban, ilesos, agitando las orejas. Zabvev desenfundó la Mauser C96.

—Ahora, todo lo que queda de su paso por este mundo tiene que desaparecer. Nada debe retenerlo en la tierra. Tiene que alzar el vuelo. Tiene que desvanecerse y transformarse en recuerdo. Si ha de brillar, lo hará como una estrella... —Con estas palabras, Zabvev extendió su brazo armado y mató al caballo, que, con los arneses llenos de amuletos, se derrumbó doblando noblemente las patas en medio de un ruido de vajilla rota—. Sí, el Zaporogo ha de convertirse en palabra de una frase.

Zabvev reemprendió la marcha hacia el este, primero al trote y enseguida al galope.

—¡Un nombre tan lejano e incandescente como una estrella!

Esa mañana, en los bosques, el Zaporogo corrió la misma suerte que poetas como Yesenin Mayakovski Gorki Jarms Tsvetáyeva Mandelstam Bulgákov Meyerhold Gumiliov ....

....

....

....

....

....

....

....

....

....

....

....

....

....

....

....

....

La lista es infinita. Nombres, millones de veces más numerosos que estos puntos. Como buen fabricante de estrellas, Stalin sabía que la poesía florecía en el martirio. Así que poetizaba al máximo.

—El Zaporogo...

Al repetirlo, Zabvev comprendió hasta qué punto aquel nombre vivía dentro de él. Al caer la noche y aproximarse a las líneas alemanas, algo del partisano del bosque lo ayudó a pasar. Mató a cuchillo a los ocupantes de un puesto de avanzada. Tras arrojar varias granadas de humo, corrió agachado y atravesó la tierra de nadie. Ante los sacos terreros rusos, le bastó un santo y seña. Tres días después llegaba en tren a Moscú. En la Lubianka* le hicieron saber que el grupo de partisanos llamado «del Zaporogo» se había integrado en el Ejército Rojo y formado un batallón, bajo el mando de un tal Petia. Esos refuerzos explicaban en parte la esperanzadora evolución del frente septentrional.

Zabvev entregó el libro de Alekhine en la correspondiente oficina. Había leído algunos pasajes. Entre coordenadas incomprensibles, había encontrado comentarios agudos, momentos inspirados que lo habían hecho sonreír. Alekhine escribía con humor y rabia. En numerosas ocasiones, el sicario se había dicho que aquellas páginas hablaban de la vida misma, no de un simple juego. Todos aquellos consejos, todos aquellos pensamientos y cálculos tenían un campo de aplicación mucho más amplio que la cuadrícula del tablero. A Zabvev no le costaba imaginar la maravillosa estrella en la que podría transformarse Alekhine.

---

* Cuartel general del NKVD.

23

—¡Una estrella como él! ¡Un monumento viviente!

Alekhine escuchaba el discurso del director del club de ajedrez de Zaragoza resoplando. Se impacientaba, casi rabiaba. Porque siempre eran las mismas memeces. Aquella gente hablaba de él como si estuviera muerto, como si se estuviera muriendo o como si ya hubiera hecho todo lo que tenía que hacer en este mundo y solo le quedara morirse.

La pedorreta de un clarín interrumpió los aplausos, dando al ridículo acto un intolerable toque grotesco. Era la señal, al parecer. Nueva para Alekhine, pero la señal. Iban a empezar a jugar, de modo que tocaban el clarín. Bajo una banderola turquesa con flecos dorados que daba la bienvenida al campeón del mundo, lo esperaban sesenta jugadores. Todos eran bastante viejos y personas notables, todos muy respetuosos y ciegos como topos en lo que al tablero respectaba. Por una cantidad módica, Alekhine iba a jugar una partida tras otra. Condenado a una repetición que cada vez le resultaba más matadora, Alekhine «giraba» de ciudad en ciudad como un animal de feria. Actuaba en casinos, pero también en teatros y salas de fiesta. Lo mismo habría podido bailar con un *hula hoop* o amaestrar lagartos. Ya había estado en Gijón, Oviedo, Melilla, San Sebastián, Cáceres, Santander, Almería y Santa Cruz de Tenerife. Hoy tocaba Zaragoza. Pasado mañana, otra vez Gijón.

En notas sueltas, intentó llevar un diario. Lo hizo para él y nada más que para él, para tener una imagen de su alma, ciertamente fragmentaria, sepultada bajo las anotaciones de las partidas que jugaba o estudiaba, pero fidedigna en cuanto a sus sufrimientos. La embriaguez que condicionó la redacción de sus notas no se debía únicamente al consumo de alcohol, sino también al exceso de desesperación, soledad, ira, rencor, delirio y frustración. Alekhine estaba solo hasta el punto de pensar que no había nadie más que él sobre la faz de la tierra. No tenía dinero, certezas, comida y a veces ni una mísera habitación en la que pasar la noche. Era como uno de esos náufragos que consiguen llegar a una isla e intentan hacerse amigos hasta del cangrejo más pequeño.

Gijón, 25 de noviembre de 1943

Hoy le he dado mis diez últimos peniques de zinc a un estanquero (dos monedas de cinco con la figura de un águila). Ahora que he dejado el Reich, puedo despedirme de recibir mi sueldo de ochocientos marcos en calidad de *Fachberater für Ostfragen* (asesor para asuntos orientales). ¿De qué voy a vivir?

Yo creo que el estanquero no ha aceptado los diez peniques por su valor monetario. Creo que los ha considerado *souvenirs* históricos. Hay gente que confunde los peniques y los recuerdos. Yo tengo mi jarrón, y dentro, mis recuerdos. No son unos míseros peniques de zinc. Son invisibles y etéreos. Son inestimables. Son hadas. Desde luego, no son peniques de zinc con la cruz gamada. Bueno, al menos me ha dado el tabaco.

Ya me había vuelto cuando me ha preguntado cómo iba la cosa *allí*. Le he dicho que no lo sabía. Me ha preguntado si estaba allí. Le he dicho que no.

Oviedo, 27 de febrero de 1944

La pasada noche estuve soplando en el jarrón hasta muy tarde. Cuando soplo el humo en su boca puedo ver las escenas que contiene mi memoria. Son como los cajones de un secreter, solo que no puedo elegir cuál abro. Mezclo en mi interior el alcohol y el tabaco y espero con la cabeza inclinada sobre la boca del jarrón. Si espero lo suficiente, veo. Si espero demasiado, me caigo.

Después de once cigarrillos y una botella de coñac, he visto a un hombre vestido con una especie de frac tendido boca abajo en el suelo, en lo que parecía la entrada de una pequeña estación de tren rusa, en provincias. Me he acercado. Me he inclinado hacia él. He observado su rostro. Era mi padre. Mi propio padre. Me he tumbado a su lado. Me he arrimado a él. He respirado a la vez que él. Le he suplicado que despertara, pero no se ha movido, y me he dormido...

Escribo esto al despertar.

Ayer, cuando llegué, el sol ya se había ocultado. Son las nueve, estoy en ayunas. Descubro la ciudad a través de la ventana de mi habitación. Es la primera vez que vengo a Asturias. Pienso muy seriamente en lanzarme al vacío.

Santander, 6 de marzo de 1944

Me he dado cuenta de que la boca del jarrón y la boca del cañón de mi Remington, aunque no tienen el mismo tamaño, son igual de negras. Contengo las ganas de abandonar la partida. Me pregunto si, con el cráneo reventado, flotaría en la negrura de mis recuerdos, feliz como una estrella en el firmamento.

Paquebote Isabella, 1 de abril de 1944

Nací para viajar. Es innegable. Si no estoy sentado o tumbado mientras me transportan a algún sitio, me muero de asco. Para mí, navegar por el Mediterráneo, atravesar el estrecho de Gibraltar para participar en el goloso torneo de Melilla (ciudad española situada en la costa marroquí), es como volver a la vida. ¡Las olas te dan ganas de ser ola! ¡El viento te da ganas de ser viento!

El doctor Martínez Moreno (radiólogo) también viaja a bordo. El otro día, tras pasarse la velada mirándome, insistió en examinarme, así que fuimos a su camarote. Diagnóstico: «Tensión arterial de 28, depresión, riesgo cardiaco, arterioesclerosis, gastritis crónica e inflamación del duodeno».

¡El doctor Moreno es un pusilánime!

¡Un pusilánime y un duodeno!

El gran Tolstói no creía en la medicina y murió casi centenario. Ganaré el torneo de Melilla. Los venceré a todos, especialmente al doctor Moreno. Sí, voy a pisotear al doctor Moreno y veremos quién tiene la última palabra.

San Sebastián, 2 de noviembre de 1944

Mi aplastante victoria en Melilla ya está lejos. Barrí al doctor Moreno en veinte jugadas. Pero la alegría de esa victoria se evaporó en medio de la desgracia. Me han hospitalizado de urgencia. Estoy en una clínica, sometido a mil vigilancias, manipulado constantemente por individuos cuya blancura vestimentaria me revuelve el estómago.

(Escribo estas líneas a escondidas. Me han prohibido escribir).

San Sebastián, 22 de noviembre de 1944

Aquí, en la costa cantábrica, no hay ninguna diferencia entre el invierno y la primavera. Ninguna. Los dos son lluvia, lluvia, lluvia, lluvia, viento y lágrimas. El carácter redundante y hostil del clima solo puede compararse con mi vida diaria en la clínica, igual de repetitiva y solapada. Me han obligado a dejar de beber y me han envuelto en sábanas blancas, olor a lejía y bicarbonato de sodio. Maldigo esta insulsez.

Un editor ha venido a mostrarme las pruebas del libro que llevará mi firma. Otro me ha nombrado redactor jefe de su revista, *Ajedrez*. Supongo que estas personas ganan dinero, pero no parecen muy dispuestas a dármelo. Aunque jamás lo admitirán, sé que preferirían que estuviera muerto. Con los muertos todo es mucho más fácil. Su trampa infernal se cierra a mi alrededor. Lo noto. He leído el periódico y he visto la desastrosa evolución de los combates. Alemania retrocede tanto en el este como en el oeste. ¿De dónde he sacado la idea de que mi destino está unido al de ese país, de que una parte de su ruina será mi ruina? ¿Qué habrá sido de Brikmann? ¿Y de Frank? Ya no tengo noticias de esa parte del mundo y de mi vida. Solo sé que Bogo quedó primero en el torneo de Krynica-Zdrój.

¿Por qué no contesta Grace a mis cartas? He probado todos los tonos, todas las formas. Nada sirve. ¿Es posible que los alemanes intercepten su correo? ¿Y si se tratara, una vez más, de un complot para destruirme, en este caso, para alejar de mí a la única persona que me ha importado en vida, a la única persona a la que he conseguido amar, aparte de a mí mismo?

¡Decidido! Quiero salir de esta clínica y luchar hasta agotar todas mis fuerzas. No quiero que sean ellos los que me maten. Quiero ser yo quien no pueda más. NO ME IMPORTA QUE SEA MI ERROR, PERO NO SOPORTARÉ QUE SEA SU TRIBUNAL.

San Sebastián, 26 de diciembre de 1944

Juego contra la muerte. Si gano, será por muy poco. Tengo que calcular bien. Y, sobre todo, no precipitarme. Tengo que pensar en aguantar. Y para eso debo dejar esta horrible clínica. Me acaban de anunciar que van a autorizar mi salida. Es maravilloso.

San Sebastián, 27 de diciembre de 1944

Antes de cruzar definitivamente la verja del hospital, me he vuelto hacia ellos y los he saludado inclinando el torso hacia delante. Sonreía disimuladamente. Siempre he creído que el juego del ajedrez era, en esencia, moral. Es muy útil para corregir el exceso de confianza y las certezas demasiado absolutas. Hace justicia. Castiga a los impúdicos. Los veía agitar los brazos a derecha e izquierda. Veían al *muerto* o al *dado por muerto* en mí, mientras, muy para mis adentros, yo celebraba mi victoria anunciada. Que aprendan que para vencerme hay que hacerlo tres veces: una en la apertura, otra en el medio juego y otra, al final de la partida. Estoy dispuesto a admitir que nos encontramos en la fase final. Estoy dispuesto a admitir que el medio juego me ha sido desfavorable. Pero ¿quién puede decir que me ha vencido? ¿Quién se atreve?

No veo a nadie.

Santa Cruz de Tenerife, 28 de marzo de 1945

Nueva carta a Grace (¿la número mil?).

¿Y si la desaparición de Mross la hubiera puesto en peligro? ¿Y si los alemanes la hubieran detenido? ¿Y si la hubiera encarcelado su sucesor (Güttenrath o Hoppenrath, ya no recuerdo cómo se llama), del que ayer me hizo un retrato aterrador un jugador austriaco? Creo que preferiría esa hipótesis a su desprecio. Grace y yo, piense lo que piense y cuente lo que cuente ella, estamos conectados. Grace está bien, lo presiento. Pero yo la estorbo. Preferiría que no existiera. Y yo preferiría que ella estuviera en las últimas en una húmeda mazmorra, acurrucada contra un muro cubierto de inscripciones desesperadas. Este deseo es quizá la forma más perfecta de mi amor por ella. ¡Sí, preferiría saber que sufre a saber que me está olvidando! ¿Cómo puede olvidarnos? ¿Por qué no me manda dinero? Un poco de dinero. Un poquito de dinero. Una mujer tiene que proteger a su marido. ¡Sobre todo si este se ha consagrado a la altas esferas del arte y contribuye a la expansión del territorio del espíritu humano! Para que conste, copio el contenido de la última carta que le escribí:

> Amor mío:
> La falta de dinero me tortura. Pronto, no tendré más remedio que malvender el jarrón del zar, que, como bien sabes, es más valioso para mí que mi propia vida. Si me separo de él, ya no tendré más posesión que la Remington. Y, como también sabes, esa pistola nunca ha tenido más que una palabra que decir: «¡Bum!».
> Tisha

En el fondo, vender la Remington sería la mejor forma de impedirme a mí mismo abandonar. ¿Alguien puede imaginar que me ahorque? ¿Morir yo como un vulgar robaperas? Esa posibilidad de la venta de la pistola, me guardé mucho de mencionarla en la carta a Grace, como me guardé de confesar que conservaba el reloj de pulsera. En realidad, puede que no me mate. Voy a jugar la partida hasta el final. ¡Me da igual su silencio! Con o sin jarrón, con o sin ella, Alekhine no abandona. Alekhine gana. Alekhine está condenado a ganar.

Almería, 2 de abril de 1945

La situación de Alemania es desesperada.
¿No se lo advertí a Bogo ya en 1943?
(Nueva prueba, por si no había suficientes, de mi clarividencia).

De nuevo Gijón, 13 de abril de 1945

Lupi participa en este torneo. Estoy tan contento de volver a verlo. Al menos, él no parece quererme muerto. En él no percibo más que amistad y respeto. Me ha dicho que podía facilitarme el exilio en Lisboa. Me ha dicho que, a diferencia del generalísimo Franco, el régimen del presidente Salazar no extradita a los colaboradores. No veo que eso me concierna. De hecho, le he respondido: «¡No sé qué tiene eso que ver conmigo!». Me ha hablado de mis artículos del *Pariser Zeitung*. Le he contestado que yo no había escrito ni una sola línea. He añadido enseguida que, si habían aparecido con mi firma, había sido contra mi voluntad, bajo las peores amenazas y en razón de la ley del más fuerte.
(¿No me he contradicho?).

Gijón, de nuevo y siempre, 13 de abril de 1945

Visita a mi amigo el doctor Casimiro Rugarcía (nada que ver con el flojo del doctor Moreno). Le he pedido que me dijera cómo estoy. Ha hablado de cirrosis. Me ha dicho que el hígado me llegaba hasta la tetilla derecha. Lo que constituye un récord, ha precisado. Me ha declarado incurable. Ante semejante estupidez, he estado a punto de soltar la carcajada, pero me he contenido. Lo venía venir.

No me equivocaba: después de asegurarme que tenía los días contados, tras soltar las sandeces habituales de los médicos, me ha pedido que deje de beber. Ahí, justamente ahí, habría podido dar rienda suelta a mi risa. Pero me lo he tomado con filosofía. Quería explotar gradualmente su error para darle una buena lección.

—Todos sus colegas me dicen lo mismo...

—Claro, maestro, porque con cada copa se destruye usted un poco más. Literalmente. Si no lo deja de inmediato, morirá en poco tiempo.

—Y, si lo dejara hoy, ¿cuánto tiempo me quedaría?

—Con una vida ordenada y cuidándose..., algunos años más.

En ese instante lo he leído en sus ojos: ha visto venir mi jugada. Ha comprendido que mi respuesta sería letal y su posición, perdedora. Ganar por sorpresa y con estrépito es un placer, pero sentir, como en esos momentos, que la conciencia de la derrota se impone en la mente del adversario no es un placer menos intenso.

Me he puesto en pie, he cogido el abrigo y, antes de salir de la consulta, tras dejar que su reloj marcara unos segundos, le he lanzado una mirada de triunfo.

—¿Realmente cree que merece la pena dejar de beber por unos cuantos años más de esta horrible vida?

¡¡¡Mate!!! +

Madrid, 8 de mayo de 1945

CAPITULACIÓN DE ALEMANIA

(Cuento los imperios que he visto derrumbarse a lo largo de mi vida. El imperio zarista, el imperio austrohúngaro, el imperio otomano y el imperio nazi. Queda el mío, mi imperio de sesenta y cuatro casillas. ¿Cómo no ser testigo de la propia caída? ¿Cómo no morir?).

Madrid, 20 de septiembre de 1945

He recibido una invitación de Walter Hatton-Ward, del *Sunday Chronicle* de Londres, para participar en el torneo Victoria de Nottingham. Estarán todos allí, los mejores jugadores de ajedrez del mundo (nada que ver con los empujadores de piezas de madera de este maldito país). ¡Podré recordarles quién soy!

¿No se merece eso una buena curda, Casimiro? ¿Y si me ventilara una botella de fino en una terraza y le enviara la nota, eh, querido doctor? Creo que tengo ganas de salir con mi jarrón esta noche. ¡Que sean tres botellas! ¡Mi jarrón tiene aún más aguante que yo!

Lisboa, 5 de enero de 1946

No me disgusta en absoluto haber llegado a Portugal, y eso no tiene nada que ver con la así llamada «depuración» que ha tenido lugar en Francia. Esas histerias políticas no me conciernen. Lástima que sea invierno. Aquí la humedad es insoportable. Todo enmohece. Todo se ampolla y todo suda. ¡Cuánto daría por una buena ola de frío! ¡Algo así como el viento de enero en la estepa helada! ¡Algo como Vorónezh en Navidad!

Lisboa, 6 de enero de 1946

Ha habido una recepción en casa del doctor António Maria Pires (primer campeón de ajedrez de Portugal), en Cascaes. Habían organizado contra mí un equipo formado por los mejores jugadores del país: Carlos Pires, el doctor Gabriel Ribeiro, el doctor Mário Machado y dos individuos de origen inglés llamados Shirley y Russel (¿o era Purdey y Wiesel?), además del excelente doctor Rui Nascimento.

Habían dejado una botella de vodka en un velador de la habitación de al lado, para brindar cuando acabara la partida. He aprovechado sus deliberaciones entre las jugadas para bebérmela a la chita callando. Ellos preguntándose cómo ganarme, y yo atizándome el vodka a sus espaldas... Cuando les he dado mate, han ido a la otra habitación para beber y se han quedado de una pieza. ¡La botella estaba vacía, vacía!

¡Una vez más, el campeón del mundo había tenido más vista que nadie! Les he dedicado a esas almas de cántaro una sonrisa sarcástica, les he dado las buenas noches en francés y he vuelto al hotel andando. Creo que me he caído por el camino. Me parece que unos desconocidos me han traído hasta la puerta, pero ya no me acuerdo de nada.

Lisboa, 7 de enero de 1946

Esta mañana, la recepción me ha entregado un nuevo telegrama de Hatton-Ward informándome de que al

223

final no podré participar en el torneo Victoria. Los jugadores judíos han dicho que no tomarán parte en ningún torneo que me abra sus puertas. Han dicho que tampoco jugarían contra nadie que haya jugado contra mí, aunque solo sea una vez. Me hacen el vacío, he pensado. Vacían el vacío.

¿Participa Grace en su complot?

¿Se han atrevido a atacarme hasta en mi matrimonio?

Napoleón también corrió esa indigna suerte. Lo sometieron a la misma mezquina persecución. Su María Luisa y su rey de Roma fueron tomados como rehenes por intrigantes de la corte, por insectos rastreros. Han secuestrado a mi Grace. Estoril es tan húmedo y ventoso como la isla de Santa Elena.

Lisboa, 8 de enero de 1946

Como medida de precaución, voy a meter la cabeza en la boca del jarrón. Así me servirá de yelmo. No quiero que las sombras vengan a torturarme esta noche. Necesito descansar. Estoy agotado. ¡Pero el jarrón me protege! Me sirve de casco contra las sombras. Si pudiera, me metería en él entero, como esos crustáceos con pinzas, cuyo nombre he olvidado. Tengo la sensación de que las paredes de este hotel se están cerrando a mi alrededor como mandíbulas. ¿Con qué derecho me priva de la vida toda esa gente? ¿Con qué derecho me confiscan el corazón?

Lisboa, 9 de enero de 1946

Como no podía más, he tramado una cosita para hacer salir del bosque a Grace. Hoy he puesto en práctica la estratagema. En el restaurante, Lupi me hacía una reflexión sobre mi situación financiera, negándose a pagar la cuenta con la excusa de que yo había bebido por cuatro y él casi no había tomado nada. He aprovechado para manifestarle que al emperador Napoleón le había pasado lo mismo. Fue expoliado, privado de su amada. (He detenido ahí mi comparación, porque no habría sido sensato hablar mal de mi país de acogida haciendo un paralelo entre Estoril y Santa Elena. Los portugueses son muy orgullosos. Su orgullo es más disimulado que el de los españoles, pero igual de intenso y estúpido). «El alcohol es mi último amor —he añadido cuando Lupi ha sacado la cartera—. ¡Me han arrebatado todos los demás, incluida mi esposa, mi querido amigo!».

Lupi ha pagado y luego me ha preguntado cómo estaban las cosas con Grace exactamente. Le he confesado que no había respondido a ninguna de mis cartas en tres años, si no más. Me ha parecido que eso lo conmovía. Aprovechando la ocasión, le he hecho prometer que la Federación Portuguesa de Ajedrez escribiría al castillo para expresar su preocupación por mi absoluta falta de recursos. A ver si a ellos les responde.

Lisboa, 11 de enero de 1946

Hablo y fumo en el jarrón, pero ya no me cuenta nada. Él también me abandona. Debido a la rabia, he estado a punto de arrojarlo al suelo y romperlo en pedazos. Lo he levantado en vilo e iba a lanzarlo a mis pies, pero me he arrepentido en el último momento. Él no tiene culpa de nada. Soy yo quien ha perdido facultades y ya no sabe escucharlo. De hecho, mis partidas se resienten de ello. Ya no busco la sorpresa. Evito la brusquedad. Son las señales de la vejez y la degeneración.

No van bien ni mis lecturas. Aquí me tienes, leyendo este libro de poemas ñoños que quizá solo compré por el título: *Hacia el exilio*. Yo, el eterno exiliado, yo, que he vivido una vida de azares y aventuras y no he parado de zigzaguear entre las calamidades. ¡Y esas calamidades, ahora puedo darme cuenta, han acabado dándome alcance! Lo han destruido todo a mi alrededor. Todo. Mi casilla está vacía. ¡Forcejeas en el vacío, Alekhine! Sin país, sin juego, sin jugadores, sin dinero, sin Grace, sin gatos... ¡Anda, ahora me da por hacer la lista del vacío! Podría poblar el vacío con las palabras del vacío. Es una idea. Nombrar lo que falta. Animar el silencio con las palabras de mis carencias. Dar apariencia de plenitud al vacío de mi vida con esas palabras.

24

La idea era una última tarde campestre en el castillo. El chófer de Adelaïde de C. las dejó en Saint-Aubin. Grace ya había puesto en venta la propiedad hacía un mes. El cartel se veía desde la carretera. Estaba dispuesta a firmar por una suma mucho menor y, en vista del caos que reinaba en Francia, había puesto la transacción al amparo del consulado estadounidense. A lo largo del paseo, hablaron de los abundantes eléboros de los sotobosques y de la hiedra, que invadía peligrosamente el manzanar. Habían dejado atrás un depósito de gasolina destrozado por una explosión. Al pasar junto a un manzano especialmente afectado, Adelaïde alzó las cuidadas manos, cubiertas de joyas, sobre el ala de su pamela para arrancar una rama de la planta invasiva. Fue una tarea ardua. Roja de rabia bajo el amplio sombrero, frunció los bermejos labios. El recuerdo de la guerra no asaltó a las dos amigas hasta que atravesaron el puentecillo sobre el riachuelo y llegaron a los alrededores del cuerpo principal de edificios.

—Y esos corderos tuyos, con esos cuernos tan curiosos, ¿dónde están?

—Se los comieron los alemanes durante las navidades del 42.

—¡Bandidos!

—Tuvieron suerte de durar tanto...

—¡Qué lástima!

—Eran unos corderos muy poco corrientes, ¿sabes? Unos corderos de colección que un loco del ajedrez le regaló a Tisha antes de la guerra... Hubo que ir a buscarlos a Dieppe en una camioneta. Nos los trajeron en un yate de tres mástiles. Creo que procedían de la isla de Man. Aún me parece oír el golpeteo de sus pezuñas en el embarcadero. Les habían puesto grandes cintas de seda alrededor del cuello. Cintas de color rosa. Tenías que haber visto la cara de los dieppenses cuando esas extrañas bolas de lana bajaron la rampa...

—¿Tienes noticias de él?

—¿Noticias de quién?

Adelaïde la miró de reojo, pero no consiguió adivinar lo que pensaba. Sus ojos tenían la capacidad de velarse, y entonces eran tan impenetrables como piedras.

Aunque la hierba estaba mojada y abundaban las toperas, sus pasos se aceleraron. En el ala oeste del castillo había un cobertizo de madera adosado al muro. Antaño había sido blanco, pero ahora la pintura estaba salpicada de moho. Su oscuro interior contenía un revoltijo de herramientas y muebles de jardín. Se entreveían un motor y un tonel, redecillas para proteger los cerezos y las higueras de los pájaros y una fumigadora a presión que ya no debía de funcionar. Aquellos objetos dibujaban formas amenazadoras en la penumbra. No obstante, Adelaïde y Grace iban en esa dirección, pegadas una a la otra. Grace dirigía la marcha. Cortaron por una zona de césped, llevadas por una curiosidad creciente. ¿Seguirían allí las colmenas, que tenían forma de isba, por deseo de Alekhine? Grace y él las habían guardado dentro para que el ocupante no las convirtiera en leña. Las dos amigas se detuvieron en el umbral. La puerta estaba fuera de sus goznes. Grace se asomó dentro sin sacarse las manos de los bolsillos. Reconoció las siluetas de las colmenas y algo de sus vivos colores. La grisácea luz del día dibujaba un rectángulo pálido en la tierra batida. Ese rectángulo estaba cubierto por una alfombra de cadáveres de insectos, secos como hojas caídas.

—¿Qué trasto de pesadilla buscas ahí dentro, Grace?

—Mis colmenas...

—Todo esto está más que muerto, querida. ¿Volvemos?

—Te equivocas, los enjambres duermen. Volverán a salir en primavera.

—¿De qué hablas?, ¿de las moscas que cubren el suelo?

—No son moscas, Adelaïde, son abejas.

—Pues tus abejas no están en muy buena forma que digamos...

—Zánganos, para ser exactos. Abejas macho. Las obreras están bien calientes con su reina, su miel, su jalea real y sus larvas. Siguen vivas. Se ocupan del infinito y de la supervivencia.

—Hacen bien. Vamos a tomar el té, ¿te parece?

Volvieron bordeando el edificio. Grace intentó enderezar una jardinera de piedra en la que, pese a todo, sobrevivía un rosal Ronsard. Pero pesaba demasiado y Adelaïde no la ayudó, así que se resignó a dejarla como estaba. Grace se había puesto el abrigo de visón de pelo corto sobre una falda recta de cachemir. Adelaïde llevaba la pamela de fieltro y un pantalón de pinzas. Habían venido desde París. Pensaban volver al caer la noche.

—Las obreras cerraron el acceso a la colmena a los machos después de que se hartaran de miel y polen y les destrozaran las valiosas celdillas con su brutal comportamiento... Lo dieron todo por ellos, para luego dejarlos morir de hambre y frío. Debían de tener el corazón roto. Si no, ¿de dónde habrían sacado las fuerzas para matar a los hombres a los que amaban?

—A veces haces unas preguntas...

—Yo soy esas abejas, Adelaïde. En lo que respecta a Tisha, soy esas abejas.

—¡Y te comprendo, querida! Ese patán, ese gigoló, esa sanguijuela...

—Mi corazón se rompió. Mi amor se apagó. Me quitó demasiado. ¿Tienes frío?

—Al revés, voy demasiado abrigada...

Apoyado en el Delage D8, el chófer con librea aprovechaba los escasos rayos de sol mientras fumaba tabaco negro. Al acercarse su señora, se irguió y se mantuvo expectante, casi en posición de firmes.

—Yo tomaría el té en la escalinata. La vista es preciosa.

—Sí, eso haremos, querida. ¿Lo ha oído, Bastien?

—¡Sí, señora condesa! ¡Enseguida, señora condesa!

Bastien abrió el maletero del coche y sacó una elegante cesta de pícnic.

—Además, Adelaïde, el interior está destrozado, ¿sabes? Me costaría reconocer mi propia habitación. Creo que ya me he ido de aquí y no tengo el menor deseo de volver.

—Querías ver el parque por última vez...

—Sí, para decirle adiós.

—¡No te dé pena, querida! ¡Deshazte de él! Los castillos necesitan demasiado mantenimiento... Dan muchos quebraderos de cabeza, empezando por la calefacción...

El mantel a cuadros quedó extendido entre las dos. Unas tazas, un bizcocho anglosajón y un gran termo ocuparon sus puestos en él. Todo hacía juego. Oficiaba Bastien.

—¡París es cien veces mejor! —exclamó la condesa—. Muchas gracias, Bastien.

El lacayo iba a volver al Delage a mirar las musarañas y seguir leyendo el *Paris-Match* mientras las señoras tomaban el té, departían sobre su celibato y se comían el *cake*... El conde Hélie de C. había sucumbido a la gripe española en 1919 y le había dejado a Adelaïde su palacete de la avenida Charles-Floquet. Allí, Grace había retomado la acuarela. Desde que se había marchado de

Saint-Aubin, había acabado tres gatos y un desnudo femenino muy inspirado en Marie Laurencin. A petición suya, Bastien había ido varias veces a su estudio de Montparnasse para traer tal o cual objeto, especialmente el caballete. Ella no había vuelto en persona. Como las abejas en invierno, las dos amigas se habían ausentado de un mundo que los hombres se empeñaban en destruir. Habían vivido la liberación de París con los postigos cerrados, jugando a localizar los disparos en el Campo de Marte.

—Bastien..., ¿sería tan amable de ir a vaciar el buzón, por favor?

Bastien regresó con un telegrama de Lisboa.

25

Lisboa, 12 de enero de 1946

Grace ha contestado al telegrama con otro telegrama: «No quiero volver a tener nada que ver con él».

Lisboa, 13 de enero de 1946

Como no puedo más, he lanzado el jarrón al suelo. Ha estallado en mil pedazos. Al verlo destrozado, me he echado a llorar. Creo que había tantos añicos como lágrimas he derramado. ¿Cuánto hacía que no lloraba de esa manera? Habitualmente, las lágrimas brotan en mi interior y no salen afuera. Esta vez me han empapado el cuello de la camisa. He cogido un trozo del jarrón y lo he mojado con mis lágrimas. Lo guardaré como si fuera una reliquia de una época antigua y gloriosa, tan valiosa como esos fragmentos de cerámica griega expuestos en el Louvre. Este oirá lo que yo tenga que decir. Contará que fui un rey. Recordará todas las palabras de mi vacío. Tendré que andar con ojo para que el servicio no lo tire a la basura. Todos pueden irse y desaparecer; él no.

Lisboa, 18 de enero de 1946

Esta noche, por primera vez desde que llegué, no soy el único cliente del hotel. Hay uno nuevo. ¡Hurra!

¡Hurra! Y no un cliente cualquiera, ¡un violinista! Me gusta el sonido del violín, aunque aún me emociona más el violonchelo. Está en la misma planta que yo, en una habitación muy cercana (la número 40). Desde que ha llegado, no ha parado de ensayar. Y con qué arte...

Lisboa, 19 de enero de 1946

Ayer me conformé con oírlo desde mi habitación, sin salir. Pero esta noche he decidido acercarme más. Me he sentado en el suelo del pasillo, con el oído pegado a su puerta. Estaba magnetizado, arrobado, subyugado. ¿Cómo explicar lo que ocurría en mi interior? ¿Cómo expresar adónde me transportaba esa música? Ha debido de notar mi presencia, porque al cabo de unos minutos ha dejado de tocar y ha abierto. Me he presentado (mi nombre, mi título) y no he podido evitar confesarle que por las noches, y a veces a lo largo del día, unas sombras asesinas intentan asfixiarme, salvo cuando él toca su maravilloso instrumento.

—Si usted toca —he añadido enseguida—, se van y me dejan en paz. Crecen en el silencio, ¿sabe? ¡Temen a la música como el moho teme al sol!

Se ha reído mucho. Yo he conseguido sonreír.

Me ha hecho pasar y, a petición mía, ha tocado a Chaikovski, Rimski-Kórsakov e incluso a Borodín, mi preferido. He vuelto a ver la Filarmónica de San Petersburgo, con su mármol rosa y crema. Por unos instantes, mis ojos han sido otra vez los ojos maravillados del niño que era al despuntar el siglo. Creo que, mientras las notas de su violín revoloteaban por la habitación como mariposas, he visto pasar toda mi vida.

Pero cuando ha dejado el violín y ha dicho que se llamaba Newman, Philip Newman, he sentido una violenta crecida de las sombras ante la simple mención de ese apellido de resonancias judías. No podía quedarme ni un minuto más. Tenía que irme cuanto antes. Tenía que protegerme. Me he despedido de él y he vuelto a mi habitación corriendo. Ha bastado que pronunciara ese nombre hebreo para que las paredes y el techo se cerraran sobre mí y me agarraran del cuello. La música de ese Newman era un cebo. Él mismo debía de ser una de esas trampas dentadas para osos que utilizaban los mujiks de las tierras de mi padre. Me he encerrado en la habitación. Escribo estas líneas temblando. Aprieto los dientes. Aquí, ¡el rey está enrocado, protegido! ¡g8-h8!

¡No volveré a moverme de mi casilla ni por todos los Borodines del mundo! Tengo la Remington en la mano, ¡alto ahí! Tengo el trozo de jarrón, cortante como un sílex, ¡mucho cuidado!

¿Qué decís ahora, eh? ¡Venid a buscarme!

¡Venid con toda vuestra chusma! ¡Estoy preparado!

26

En Londres, el coronel Edward D. Bromfield estaba acabando de leer la carta que Alekhine había enviado a la Federación Inglesa. La voz del coronel quería ser impersonal e imparcial. Sin embargo, temblaba. Todo el mundo escuchaba muy serio.

... la devoción por mi arte, el respeto que siempre he mostrado hacia el talento de mis colegas, en suma, toda mi carrera profesional anterior a la guerra, deberían indicar al público que las fantasías del *Pariser Zeitung* no son otra cosa que fraudes. Lamento particularmente no poder viajar a Londres para reafirmarlo en persona.

Cada cual intentaba hacerse una opinión cuando Bernstein gritó la suya.

—¡El fraude es él!

—El caso de nuestro colega el doctor Alekhine es muy complicado...

—¡En absoluto, coronel! ¡Está meridianamente claro! ¡Alekhine es un gusano!

Debido a su destrucción, el South Kensington Gentlemen Chess Club no solo había ocupado las dependencias del 25 de Baylis Road; a finales de enero de 1946, cuando acababa de celebrarse el torneo Victoria, se había convertido en una especie de tribunal supremo. Bromfield encarnaba el papel de venerable juez.

—Prevengo a mis colegas contra una condena demasiado emocional.

—Antisemita, colaboracionista... «Gusano» es más corto. Yo hablo poco. No me gusta malgastar saliva. Con «gusano» me basta y me sobra.

Así pues, Bernstein se encargaba de la acusación.

—Si nos hemos reunido aquí, caballeros, es para evitar lo más corto.

—¡Se equivoca, coronel! ¡Es para llegar a lo más corto, pero por el camino más largo! Una manera de actuar que, en otros tiempos y entre otra gente, no se habría dudado en calificar de judía... ¿Realmente es necesario pasarse la tarde discutiendo sobre un individuo considerado un criminal de guerra en su propio país, la URSS, y en su país de adopción, Francia? ¡Ni su mujer quiere saber nada de él! ¿Acaso el hecho de que hoy se pudra a crédito en una pensión portuguesa debería conmovernos? ¡Así reviente!

Bernstein la había emprendido con toda la concurrencia. En las mesas cuadriculadas, colocadas en semicírculo, una treintena de jugadores le daba vueltas a la cabeza mientras escuchaba al tribunal, entre ellos el orangután Tartakower, el profesor de matemáticas y excampeón del mundo Euwe y el campeón de Estados Unidos, Denker. Por todas partes se veían papeles, periódicos y libros en desorden, ya fueran los artículos del *Pariser Zeitung* reproducidos en el número 71 de *Chess*, los testimonios más o menos indulgentes que recordaban el carácter impulsivo de Alekhine, algunos datos vagos de las pesquisas sobre el asesinato de Przepiórka en Polonia o el suicidio por hambre de Spielmann, índices *Bromfield* encuadernados en tela roja o fotografías de Frank y Alekhine jugando juntos en Cracovia. Esos documentos pasaban de mano en mano como elementos de prueba en un juicio amateur.

—En vez de beneficiarse de la indulgencia del coronel, ¿no debería estar Alekhine en estos momentos al lado de su amigo Frank, en el banquillo de los acusados, en Núremberg? ¡Así podrían jugar una partidita juntos, justo antes de que los cuelguen! Una partida muy alemana, sin rastro de judaísmo. ¿Una variante dragón, quizá? ¡Desde luego, nunca una defensa nimzo-india judionegroide! ¡Sí, una buena variante dragón, aria a más no poder! ¿Quién se opondría? ¡Yo no! Yo se lo concedo. Perdonen mi blandura. Perdonen mi buen corazón.

La réplica del coronel no se hizo esperar. Fue tan hiriente como flemática.

—¿Le gustaría quizá al señor Bernstein ahorcarlo él mismo?

—¿Y por qué no?

—Muy digno del espíritu deportivo al que debemos nuestra reputación... Así el señor Bernstein tendrá una segunda calificación. Será jugador de ajedrez y verdugo. Creo que nuestra distinguida asamblea debería felicitarlo por sus muchos talentos...

—Perdón, pero olvida usted uno. ¡El mejor de todos, coronel!

—¿Ah, sí?

—El de ser un «gordo judío»... De hecho, me lo descubrió el propio doctor Alekhine, ¡tan talentoso él! ¡Figúrese si lo valoro!

Para dar más contundencia a su réplica, Bernstein se había puesto en pie. Ahora se abría paso por la sala para abandonarla empujando las mesas, porque estaba llena y él, bastante metido en carnes. No quería decir nada más. Dejaba a aquel tribunal la tarea de decidir el destino de Alekhine. Por su parte, opinaba que, tras el deshonor, solo le quedaba la muerte. Todo el South Kensington Gentlemen Chess Club guardó silencio. Aquella estrepitosa salida marcaba un hito triste. La despreocupada alegría del juego había pasado a la historia. Bernstein no era ni el único ni el principal culpable. Nadie podía reprocharle su ira. El coronel Bromfield intentó recuperar la compostura atusándose el bigote y se volvió hacia Lupi, que aún no había dicho esta boca es mía.

—Señor Lupi, usted trata a Alekhine en Lisboa, ¿verdad?

—Sí, coronel.

—¿Cuándo lo vio por última vez?

—Justo antes de viajar aquí.

—¿Sabía adónde se dirigía usted?

—Sí, sigue con atención la actualidad ajedrecística.

—¿Qué opina él de las acusaciones que se le hacen?

Lupi tartamudeaba en cada final de frase.

—Bueno, yo diría... No las entiende, o más bien no tiene la capacidad de entenderlas. Vive en otro mundo. Lo que hizo... no lo hizo. Lo hicieron en su nombre. Como mucho, se reprocha... Sí, se reprocha haberse equivocado de bando. Si se hubiera quedado en Sudamérica, Frank podría haberse llamado Eisenhower o Churchill. Creo que Alekhine es tan indeciso en la vida real como implacable sobre el tablero. Todavía piensa en Sudamérica, como si necesitara a toda costa volver a Buenos Aires y a su coronación de hace veinte años. No se da cuenta de que semejante viaje es imposible. No me refiero solo a su implicación con los nazis, sino también a su falta de dinero, al hecho de que su mujer haya cortado los lazos con él... Cuando habla de Capablanca, lo hace como si el maestro cubano no hubiera fallecido en Nueva York. Creo que Alekhine desea morir. Creo que, en cierto modo, ya se siente muerto. Sí, cuando estoy con él tengo la sensación de estar con alguien ausente. Todo esto es muy confuso, lamento no ser capaz de explicarme mejor... Alekhine está destrozado.

Cayó una nueva losa.

Un silencio incómodo, una vez más.

Tras las palabras de Lupi no se añadió gran cosa, salvo que, para volver a jugar de manera oficial, Alekhine tendría que defenderse ante las autoridades francesas. Se habló un poco del título. ¿Qué hacer? ¿Se le podía retirar? Y, en tal caso, ¿en quién recaería? Nadie querría tenerlo sin haberlo ganado. El coronel Bromfield se inclinaba por dejar que el tiempo actuara. Tartakower argumentó, sin pasión, que las convicciones antisemitas de Alekhine estaban muy arraigadas. Conocía al personaje desde hacía bastante tiempo como para afirmarlo. Denker objetó que ese tipo de convicciones estaban bastante generalizadas, en Europa y en todo el mundo, y que a menudo tenían que ver con cosas ajenas a los propios judíos. Eran la expresión de la impotencia y la paranoia. La voz de la amargura y la ignorancia. Sí, repuso Tartakower, pero, a partir de ahora, la gravedad de los crímenes nazis hacía imposible cualquier banalización del antisemitismo. Cierto, admitió Denker, sin más.

A nadie se le ocurrió nada que añadir. Habían examinado el problema desde todos los ángulos, y seguía ahí. Alekhine era a la vez genial y lamentable, magnífico y odioso, indiscutible y despreciable. Euwe opinaba que ya era hora de poner en marcha una federación mundial de ajedrez capaz de resolver los conflictos relacionados con el comportamiento de sus afiliados. El coronel Bromfield sería un presidente magnífico, añadió.

Por fin, se deliberó sobre el «premio a la brillantez» del torneo, es decir, sobre la elección de la partida más creativa. Tenía donde elegir. Los duelos habían anunciado aires nuevos, un innegable progreso teórico, una especie de madurez un tanto fría pero muy prometedora para el futuro del juego. Ironías del destino, los votos premiaron una defensa Alekhine. Tartakower lo hizo notar. Estuvieron a punto de desdecirse, pero no. Puede que Alexánder Alexándrovich Alekhine se estuviera muriendo de cirrosis y vergüenza en Lisboa, pero su fantasma seguía danzando sobre las sesenta y cuatro casillas.

Entretanto, Bernstein caminaba por South Bank. Le zumbaban los oídos. Rodeó la estación de Waterloo. El desescombro de la ciudad distaba de haber acabado. Así que avanzaba en medio de un estruendo de excavadoras, carros, buldóceres, sierras para metales y gritos de obreros, que no eran lo más adecuado para apaciguar su cólera. Puede que Bernstein maldijera para sus adentros demasiado fuerte y que el alboroto fuera demasiado grande, pero el caso es que no se fijó en el individuo que había salido del club pisándole los talones, un chico que no había cumplido los veinticinco, lucía una gran pelambrera crespa y tenía la cara chupada, la tez morena y unos ojos rasgados que traían a la mente el Asia central.

El astroso desconocido se acercaba a Bernstein andando pesadamente con las manos metidas en los bolsillos. Al llegar al tenderete de un librero de viejo donde el jugador hojeaba un librito de poemas de Vita Sackville-West, se pegó a él. Olía a tabaco y a sudor. Puede que hubiera dormido al raso. Había nacido en Vilna y luchado en el gueto y, más tarde, con los maquis durante toda la guerra. Sabía de qué cuerda colgar a Alekhine.

—Si me paga el ferry a Calais, caballero, iré a París a comer en un chino.

Bernstein alzó un rostro desconcertado.

—¿Cómo dice, joven?

—No tengo dinero para el ferry. Y estoy hambriento.

—Pero bueno, ¿a qué viene eso?

—Lo he oído hablar en el club. Y también lo he observado con atención. Estaba fanfarroneando. Su ira se apagará sola, caballero. La mía necesita sangre. Está acostumbrada a la sangre. Usted podrá olvidarse de mí y retomar su vida donde la guerra la ha dejado, pero ¡deme algo! Me llamo Yaich, señor Bernstein. No está obligado a acordarse de mí. En París, sé de una red que se reúne en un restaurante chino. Secuestraron a un SS al que conozco bien y, con él, un armario lleno de nombres de cerdos, entre ellos el de Alekhine. Mientras estamos hablando, ellos me esperan. Pertenezco al grupúsculo judío que matará a seis millones de alemanes en represalia por los seis millones de hermanos y hermanas nuestros gaseados como ratas, señor Bernstein. Pero resulta, señor Bernstein, que no tengo dinero para cruzar el charco y no sé nadar. Deme algo. Por favor... Deme dinero para que pueda llevar a cabo su *nakam*...

—¿Mi qué?

—Su *nakam*, señor Bernstein.

—No conozco esa palabra... Parece hebrea.

—Y lo es, caballero. Significa «venganza».

27

Zabvev había preparado una comida fría que le parecía apetitosa. Había una lata de huevas de salmón, eperlanos ahumados, pan negro, un pack de cervezas Jiguli y, en un cuenco metálico, guisantes con abundante mahonesa. Él también se sentía apetecible. Llevaba un traje de espiguilla negro y gris, una camisa amarillo pálido y una corbata con estampado de piel de leopardo. Tenía la misma mala cara de enfermo que en los bosques de Pskov, o sea, demacrada y salpicada de agujeritos minúsculos, que quizá fueran cicatrices de la viruela o de un acné crónico.

Durante la espera, en más de una ocasión tuvo que espantar a alguno de los numerosos gatos con los que compartía piso de un manotazo. Intentaban dar lametones a las viandas, sobre todo a los eperlanos y las huevas. Como la impaciencia del sicario crecía por momentos, desmontó la Mauser, volvió a montarla y, por fin, la guardó de nuevo en su bonito estuche-culatín de madera. R. se presentó al fin. Llegaba media hora tarde. Tenía el impermeable cubierto de agua. Zabvev dedujo que llovía. No se había percatado.

—¡Podía usted arreglar el timbre, camarada!

Por toda respuesta, Zabvev abrió dos cervezas contra el borde de la mesa y empujó una de ellas hacia el comisario-inspector, que no parecía estar para fiestas. Le recordó a Zabvev que no había venido a tomarse una cerveza. Ni tampoco a comer.

—¡Maldita sea! He estado esperando un cuarto de hora a la orilla del canal y, si no llegan a abrirme esa vieja y su chucho, ¡aún seguiría allí! Sí, voy a sentarme. Bueno, ya estoy sentado. No, no tengo hambre. Esto está lleno de polvo y tiene usted demasiados gatos. Hay que limpiar de vez en cuando. Y dejar de adoptar gatos compulsivamente...

En la Lubianka, R. había oído que Zabvev tenía la costumbre, después de cada trabajo, de adoptar tantos gatos como gente había matado. Los conseguía en los cementerios, donde nunca faltaban. Era un rumor inquietante. Tanto más cuanto que no se sabía nada sobre los orígenes de Zabvev. Había aparecido en medio del caos de la guerra civil y se había impuesto como uno de los asesinos más discretos y fiables. Se decía que no bautizaba a los animales, sino que los llamaba a todos «sus estrellas».

—¿Y esa corbata, Zabvev? ¿Qué se cree que es, un artista? Va a tener que cambiar, camarada. Es importante mantener un perfil bajo. Pero cada cosa a su tiempo... Antes, voy a explicarle la situación a grandes rasgos. No necesita saber los detalles. Usted interviene en lo muy particular, pero debe permanecer inmerso en lo general. Razón de Estado.

El pueblo soviético continuaba la guerra por otros medios. La hidra fascista había sido vencida. El nuevo enemigo era la hez imperialista capitalista. Las armas de destrucción masiva habían cambiado las cosas. Ahora, los enfrentamientos entre las dos superpotencias serían indirectos o simbólicos, es decir, que se financiarían conflictos lejanos en países subdesarrollados o se participaría en todo tipo de competiciones deportivas de élite, como la Vasaloppet.* En ese contexto, y en la categoría de competiciones de élite, el ajedrez tenía una importancia capital.

¿Lo seguía Zabvev?

----

* Carrera de esquí de fondo de noventa kilómetros que se celebra anualmente en Suecia durante el mes de marzo.

No lo parecía.

Estaba desmenuzando un eperlano con los dedos.

—¡Si tenía hambre, no haberme esperado! Habíamos hablado de un encuentro ultraconfidencial, no de un ágape de enamorados. ¿Qué estaba diciendo? Sí, el ajedrez como irradiación revolucionaria. ¡El juego del ajedrez, como prueba de la superioridad intelectual soviética! Ese es el reto. La URSS tiene en sus filas al próximo campeón del mundo. Se llama Botvínnik. Está rodeado por un equipo de analistas y preparadores físicos, cuenta con discípulos y cheques en blanco del Kremlin, pero...

Zabvev estaba chupando una aleta, lo que no le impidió interrumpir a su invitado.

—Ya hay un campeón del mundo. —Alrededor de sus labios había escamas translúcidas, aceite reluciente y pringue amarillenta del ahumado. Iba a absorber el interior de una cabeza que tenía unos ojos siniestros—. Se llama Alexánder Alexándrovich Alekhine.

Un gato acababa de apoderarse de otra aleta. Se escabulló hasta un rincón para zampársela.

—¡Vaya! ¿Le interesa el ajedrez?

—No mucho, pero he leído un libro suyo. Una vez, digamos que por casualidad. Durante una misión en un bosque. Un libro muy bueno, muy profundo. Fue en Pskov, creo. No, fue en el tren entre Pskov y Moscú, pero en Pskov o en los alrededores de Pskov. Imagino que tengo que eliminar a Alexánder Alexándrovich...

—No. Pero Alexánder Alexándrovich debe morir...

A Zabvev le encantaban ese tipo de sutilezas.

—Si hace falta, puedo salir esta noche.

Empezó a chupar la cabeza del eperlano agitando la lengua en la cavidad. ¿Lo hacía a propósito?

—¡Saldrá esta noche! ¡Destino, Lisboa! Aquí está su pasaporte. Le concretarán su cobertura mientras hace escala en Berlín. Siempre cuesta un poco construir una buena tapadera, pero no hace falta que le diga que lleve ropa más normal... —Zabvev había cambiado el pescado por el cuadernillo rojo que acababa de tenderle R.—. Utilice su nombre. No hemos tenido tiempo de inventar otro. ¡Esto urge, Zabvev! ¡Es vital y ultrasecreto! ¡Manos a la obra, camarada! —Se levantó para irse—. Anteayer, el camarada Botvínnik envió su desafío por telegrama a través de la Federación Inglesa. La partida será arbitrada por un esnob de allí que se llama Bromfield. Nos costará la friolera de dos mil quinientas libras. El camarada Stalin nos ha dicho que, a ese precio, Botvínnik debe convertirse en campeón del mundo. Le hemos respondido que para eso tiene que vencer a Alekhine... Pero Stalin no ha parecido comprendernos. Nos ha repetido que Botvínnik debe convertirse en campeón del mundo.

R. se puso el impermeable. Se disponía a salir.

—Hemos pensado que es mejor que esa partida no se celebre.

28

Como el jarrón había pasado a mejor vida, Alekhine le leyó el desafío del soviético al único y diminuto pedazo que conservaba. En voz alta, se dirigió al trocito triangular de porcelana. Para reflejar la ampulosidad del texto, Alekhine hizo una infinidad de muecas y aspavientos. Por ejemplo, no dejó de ajustarse maquinalmente las gafas para burlarse del empollón de Botvínnik. Frunció los labios y habló con voz de pito para remedar la juventud del campeón. Alekhine no paró de gesticular mientras leía una y otra vez el mismo telegrama oficial al mismo pedacito de jarrón...

Moscú, 4 de febrero de 1946

Doctor A. A. Alekhine:

Siento que la guerra impidiera la celebración de nuestra partida en 1939, pero le ruego reciba por la presente mi nuevo desafío para el título de campeón del mundo. Si está usted de acuerdo, una persona designada por el Club de Ajedrez de Moscú y yo mismo realizaremos las negociaciones con usted o su representante sobre las condiciones de dicha partida, en especial la fecha y el lugar en que se celebrará.

A ser posible, estas cuestiones serán supervisadas por la British Chess Federation. Espero su respuesta, que confío incluya sus sugerencias sobre la fecha y el lugar en que podría desarrollarse nuestra partida. Le ruego que la telegrafíe, con una confirmación postal dirigida al Club de Ajedrez de Moscú.

Mijaíl M. Botvínnik

... Imposible determinar el número de relecturas. Sus palabras se fundieron en un parloteo burlón. Se convirtieron en dengues y balbuceos. Luego se transformaron en una risa lo bastante potente para repercutir en los pasillos de su planta, rodar escaleras abajo y despertar al recepcionista, que se había quedado traspuesto sobre el mostrador.

29

Antes de entrar y sentarse en uno de los asientos rojos y un poco duros del Chang, Yaich nunca había comido en un chino. Intentó manejar los palillos, pero no supo. Pidió cubiertos. Eligió una sopa pequinesa, que se bebió a sorbos del cuenco, sin usar la cuchara, de tamaño desproporcionado. La comida le pareció extraña, la textura inexplicable, los ingredientes imposibles. Los buñuelos al vapor rellenos de gambas le gustaron mucho más que los muslos de pollo en salsa agridulce. Aunque no lo había pedido, el camarero le sirvió un café con una galletita de la suerte encima del platillo. Yaich partió la fina pasta en forma de medialuna, que contenía un papelito con un mensaje.

SIGUE A LA RUBIA

Estaba sentada a tres mesas de él y bebía té, sola. Era rubia, pero de un rubio chillón y oxigenado. Grandes ojos indefinibles, que tanto podían ser azules como verdes. Intercambiaron una mirada furtiva.

La chica se levantó y se dirigió hacia una puerta oculta, detrás de un acuario sin peces en el que danzaban algas y burbujas. Yaich la siguió. Había un pasillo, luego un patio de adoquines con tiestos llenos de colillas y, al otro lado, una puerta que, accionada por un resorte, se estaba entornando. Yaich cruzó el patio y la sujetó antes de que se cerrara. Tras recorrer un dédalo de pasillos pintados de verde pálido, descubrió una escalera de servicio y oyó el rítmico taconeo de la rubia. Subió. El pasamanos vibraba. Yaich no aceleró. Ella debía de llevarle tres pisos de ventaja. Cuando acabó la escalera, vio otro pasillo y, a la derecha, una puerta abierta a una habitación amarilla. Un tocador, pensó. Una alcoba. Un espacio forrado de muletón y dedicado a las fantasías, siguió diciéndose sin prestar la menor atención al palo de escoba cubierto con goma del paragüero.

Ahora la rubia a la que había seguido estaba sentada frente a él en un sillón bajo. Sin apartar los ojos de él, se quitó la peluca y dejó al descubierto su pelo natural, negro y recogido en unas trenzas, que empezó a deshacer hasta dejar suelta una abundante cabellera con visos azules.

La puerta se cerró detrás de Yaich. Apareció un tipo con la cara embadurnada de un líquido rojo que parecía sangre, y efectivamente lo era, pero no sangre humana, sino sangre de pollo que Arcanel y su banda de francotiradores recogían en la cocina del Chang para usarla como pintura de guerra, los días importantes como aquel, o a modo de camuflaje para las operaciones nocturnas. Los dos activistas se dieron un fuerte apretón de manos.

—Te llamas Yaich y te manda el Nakam, ¿no es eso?

—Y tú eres Jacques Arcanel, alias Jack el Chino, de la red Chang. El asesino de Mross...

—El mismo. Encantado.

Arcanel le presentó a la falsa rubia. El pelo natural, negro y rizado, le empequeñecía el rostro y lo hacía más blanco, más redondo. Se estaba quitando el pintalabios, de un rojo chillón, con un pañuelo y un espejito. Detrás de la provocativa rubia apareció una jovencita modosa.

—Yolande está con nosotros. Gracias a ella podemos entregarte a Hoppenrath.

—Si supierais las ganas que tengo de echarle el guante...

—Había conseguido refugiarse en una granja, cerca de un pueblecito de Suabia. Trabajaba como peón agrícola. Tenía documentación falsa y una nueva vida. El olvido del pasado como proyecto de futuro, unos cuantos tipos como él con los que hablar de otras cosas... Yolande fue el cebo. Yolande puede engatusar a cualquiera. Lo trajimos de vuelta a París en el maletero del Citroën del padre de Irénée. Hoppenrath y tú os conocéis de Vilna, ¿no?

—Sí, de Vilna. En el 41 conseguimos ponerle un paquete bomba en el coche. Por desgracia, no calculamos bien la dosis de pólvora y se salvó. Nuestro material era muy precario. Utilizábamos el salitre de las cuevas en las que nos escondíamos. Pero yo mismo había elegido los trozos de cristal y cizallado las cabezas de los clavos. Había tenido mucho cuidado. Me había esmerado. Se me llevan los demonios cuando pienso que fallamos...

—Lo dejasteis hecho un cromo, no te preocupes.

—¿Crees que desfigurarlo es suficiente castigo para sus crímenes?

—Por supuesto que no.

—¿Entonces?

—Entonces, ¡ahora tienes la oportunidad de vengarte!

—Antes habrá que hablar de negocios.

—Sí, luego seguramente querrás disfrutarlo...

—Hablemos.

—Por favor, Yaich, siéntate.

Se sentaron uno enfrente del otro. Parecían dos jefes indios en conversaciones. No hubo pipa de la paz, solo las volutas del Gitane Vizir que se estaba fumando Yolande. Pequeñaburguesa, hija de unos tenderos del distrito doce, Yolande tenía diecinueve años. Se encanallaba con Arcanel por los alrededores de la rue Saint-Denis y se embriagaba en contacto con una vida más salvaje. Se había enamorado del resistente pobre por el remedio al aburrimiento que le ofrecía, por la aventura y el peligro. Él era quien la había alentado a fumar.

—Bueno... El Nakam no ha conseguido enviar la cantidad de arsénico prevista.

—¡Vaya!

—Detuvieron el correo en el barco que lo traía de Palestina.

—¿Y qué piensa hacer el Nakam?

—Abandonar la idea de contaminar el agua de la ciudad de Núremberg y pasar al plan B.

—¿Que consiste en?

—En envenenar el pan de la panadería de un campo de prisioneros.

—¿Cuál?

—El Stalag XIII-D.

—¿Está en Núremberg?

—Sí. Todos los internos son hijos de puta de la SS. Sin cuartel.

—Pese a ese plan B, ¿podréis suministrarnos el veneno, sí o no?

—No en las cantidades acordadas... Pero tendréis suficiente para matar a individuos seleccionados.

—¿Cuántos?

—No más de tres.

—¿Cómo? ¿Tres?

—Lo sé, es poco...

—¡No es nada en absoluto! ¡Contaba con vosotros! Si el plan es cargarse a seis millones de alemanes, seis millones divididos por tres son dos. ¿Te das cuenta del tiempo que se tardaría en matar a tres fulanos dos millones de veces? Habrá que preparar dos millones de operaciones. Sin olvidar que matar a uno o tres boches cada vez exige más precauciones, tantas como matar a mil de golpe...

—Jacques, el Nakam lo sabe.

—Menuda jodienda...

—El Nakam lo siente mucho.

—Con que lo sienta no arreglamos nada.

—No puedo deciros más.

—¿Qué tiene el Nakam para la Chang?

—El pulso de Londres sobre un tal Alekhine, una personalidad con un alto valor simbólico, e información precisa sobre él.

—La Chang ejecutará a todos los cabrones del armario de Mross, en el orden del armario de Mross. Nos ocuparemos de todos, sean famosos o desconocidos. Todos. Respetando el orden alfabético. Alekhine es «A. A. A.», así que...

—Creo que nadie lamentará mucho su muerte...

—Bueno es saberlo. La Chang no busca el escándalo, sino justicia.

—Aun así, os aconsejo que no lo matéis de un modo demasiado salvaje...

—Utilizaremos el arsénico. La Chang sabe actuar en frío.

—No lo dudo.

—¿Conocéis su paradero?

—Tengo aquí la última edición de un directorio...

Yaich se sacó del bolsillo el *Bromfield Chess Players Index* de 1946, que seguía luciendo su elegante cubierta de tela roja. «Alekhine» era la primera entrada de la primera página; al lado de su nombre había una corona (♔) y también figuraba su lugar de residencia en esos momentos: «Hotel del Parque (habitación 43), Estoril, Portugal». Yaich dejó el grueso libro en el velador, al lado del cenicero en el que Yolande acababa de apagar el Gitane Vizir, porque se le había revuelto el estómago. Los ojos le lloraban un poco por culpa del humo. La avergonzaba no poder soportar el tabaco. Yaich dejó un tarro de yogur lleno de un fino polvillo blanco encima del libro. Era el arsénico.

Recibida esa moneda de cambio, Arcanel salió al pasillo y silbó una canción de moda. A su señal, dos individuos con la cara embadurnada del mismo modo que él salieron de otra habitación. Escoltaban a Hoppenrath, que había adelgazado tras un encierro de cuatro meses y un régimen alimentario estricto a base de arroz frío. Sujetándolo por las axilas, lo hicieron entrar en el cuarto. Curiosamente, no oponía la menor resistencia. Yaich le cedió el sitio. Lo sentaron. Al verlo, Yolande se mordió el labio. Iba a marcharse, de hecho ya tenía las manos apoyadas en los brazos del sillón, pero Arcanel le hizo señas para que se quedara. Tenía que ver aquello.

Se quedó sentada frente al condenado. Cuando Hoppenrath exhalara su último suspiro, flotaría para él entre las densas volutas de un Gitane Vizir, como un hada en la niebla. Para que Yaich pudiera estrangularlo con las manos desnudas, Arcanel y sus secuaces le ataron las manos detrás del respaldo de la silla con el cable del teléfono.

30

Lisboa, 12 de marzo de 1946

Mi querida mamaíta:

¡Puedes estar segura de que no me arrepiento de haber ingresado en la policía!

Si supieras lo útil que soy a la nación, me perdonarías que no pase este domingo contigo y te acompañe a misa. Pero es que, como he ascendido de informador a agente, las responsabilidades no son las mismas, mamá. Ahora dependo directamente del servicio de propaganda nacional del doctor Luis Lupi. De hecho, el otro día quise decírtelo, mamá: desde el año pasado, ya no somos la PVDE (Policía de Vigilancia y Defensa del Estado), sino la PIDE (Policía Internacional de Defensa del Estado).

¡Ahora protegemos todo el imperio ultramarino!

En este momento tenemos entre manos el asunto del campeón del mundo de ajedrez. Está alojado en un hotel de Estoril. ¡Créeme, es un gran peligro! Para empezar, es ruso, y los rusos propagan los miasmas de la anarquía. Además, viaja con pasaporte francés, pese a haber mantenido vínculos con el valeroso Reich hitleriano. ¿Te imaginas, mamá, que Francia nos reclamara a semejante figura pública? ¡Sería un duro golpe para nuestra política de neutralidad! Francisco Lupi (hermano del doctor Lupi, mi jefe) es nuestra principal fuente de información (sin saberlo). Nuestros servicios de inteligencia han detectado una actividad inusual en torno al ruso. Viajeros sospechosos se instalan en Estoril, en el hotel en que reside. Un tal profesor Zabvev (oceanógrafo), de la Universidad de Leningrado, y una pareja de ciudadanos franceses «de vacaciones» (¡en Estoril, en el mes de marzo! ¿Adónde van en agosto?) sobre los que sabemos que llevaron a cabo atentados terroristas durante la ocupación de París y que tienen vínculos con un grupúsculo de fanáticos judíos partidarios de la venganza armada contra el pobre pueblo alemán... Ella aún no ha cumplido los veinte, ~~pero es más p...~~ pero te aseguro que no es tan decente como las chicas de aquí. Ahora, tú no te preocupes, porque preservaremos el orden cueste lo que cueste. ¡Estamos vigilantes! En mi opinión, la mejor manera de calmar las aguas sería hacer desaparecer al ruso. Créeme que se lo dije al doctor Lupi. Si las moscas molestan, se cierra el tarro de miel, le sugerí... ¡Pero nada!

¡Déjalo de nuestra cuenta y duerme tranquila, querida mamá!

Discúlpame con el padre Fernando por mis repetidas ausencias en misa. Dile que mi trabajo es a mayor gloria de Dios, como mis oraciones. Cuando este asunto del virus franco-ruso esté resuelto, creo que tendremos un pequeño respiro y podré acompañarte a Fátima en coche. ¡La Santa Virgen acabará con tu reúma en un pispás! ¡Compraremos manos y pies de cera y los arrojaremos al fuego, para que ardan con tus dolores!

Tu hijo que te quiere con toda el alma,
Benito

Posdata: No te olvides de guardarme unas cuantas naranjas del huerto, ya sabes cuánto me gustan.

Posposdata: ¿Me ha zurcido el jersey la zopenca de Luisa o tendré que esperar hasta el verano?

31

La noche que murió, como no tenía dinero para pagar toda la carrera, Alekhine se bajó del taxi delante del monasterio de los Jerónimos. Desde allí, caminó por la orilla del Tajo hasta el barrio de Santos, donde vivía Lupi. Resbaló varias veces, porque los adoquines de las calles en cuesta estaban mojados y llevaba zapatos con suelas de cuero. Como de costumbre, los informadores lo vigilaban de lejos. Llevaban sombreros y largos impermeables sucios, como la Gestapo. ¿Cuántos lo seguían? ¿Eran dos o tres que se turnaban, o un ejército tan nutrido como silencioso? Desde su llegada, en una especie de noche continua, Alekhine los confundía con las sombras de sus pesadillas. Hasta el final, los informes de esos seguimientos, transmitidos al cuartel general de la PIDE, lo describirían como un borracho ocioso.

La lluvia caía pesadamente sobre Lisboa y repiqueteaba en las palmas de los bananos. La bruma se alzaba del gran río y envolvía los cargueros en las márgenes. A lo lejos, sobre la otra orilla y sobre el agua, flotaban luces, y Alekhine tenía la sensación de que toda la ciudad estaba suspendida entre la tierra y el cielo.

En su imaginación avanzaba por una zona intermedia, una especie de puente de nubes que llevaba a un mundo invisible. En Alcântara, cerca de un puertecito de recreo rodeado de hangares en el que fondeaban veleros deportivos, el viento arreció y lanzó una sonora ráfaga de lluvia contra el asfalto. Alekhine cruzó la vía del tren. Se subió el cuello del abrigo para protegerse el cuello.

Había salido sin pensar y sin paraguas, tras una lúgubre cena en el comedor vacío del hotel, y llegó a casa de Lupi hacia las once. Llamó a la puerta hasta cansarse. No había nadie. Durante la caminata había visto vida en los edificios, detrás de las ventanas, pero le había parecido fuera de su alcance. Agotado, dejó que su espalda resbalara por la pared y, arrebujado en el abrigo, se derrumbó en la escalera. Cuando descubrió aquel bulto tendido frente a la puerta de su casa, Lupi tuvo que agacharse para reconocer a su amigo.

—¿Doctor Alekhine? ¿Qué hace usted aquí?

—¡Lupi! ¡Oh, Lupi! La soledad me mata... Quiero sentir vida a mi alrededor. Necesito luz y vida. ¡Solo un poco más, solo esta noche! ¿Sí? Si supiera cómo me persiguen las sombras, Lupi, cómo me devoran... Yo me debato... He desgastado el suelo de mi habitación de tanto ir de aquí para allá. Sé que en cuanto me detenga me envolverán todavía más. Están agazapadas en algún sitio. Me siguen. Son arenas movedizas. Ratas y bichos rastreros. A veces están bajo mis pies y se abren como bocas de pez.

—Doctor, ¿quiere entrar un momento?

—¡No! ¡Lléveme a una sala de fiestas, por favor!

—¿A una sala de fiestas?

—Sí, quiero bailar...

El club de tango, en la calle de la Esperanza.

El Hipopótamo.

Estaba al lado.

Lupi ayudó a Alekhine a levantarse y lo sujetó, porque estuvo a punto de caerse. Por suerte, solo había que bajar la colina. En el letrero del club había un hipopótamo de perfil vestido con un tutú. Parecía reír o troncharse. El portero echó un vistazo a través de la mirilla y, como Alekhine parecía ausente y llevaba el abrigo empapado, estuvo a punto de rechazarlos como a vagabundos. Pero Lupi tenía buena presencia. Se instalaron en un asiento corrido, frente a la pista y la tarima de la orquesta. Durante un buen rato, Alekhine pareció incapaz de hablar. De lejos, miraba a las parejas y a los músicos dando sorbos al whisky. Algo había empezado a envolverlo. Algo que lo transformaba todo en niebla a su alrededor. La voz de Lupi, tal como pudo oírla, ahogada por el ruido de la música, se le antojó muy lejana.

—¿Cómo está usted preparando la partida contra Botvínnik?

—Sí, Botvínnik..., ese pálido y peligroso burro de carga...

—¿Qué ataque piensa emplear contra él?

Alekhine le habló de la defensa Caro-Kann y del ataque Panov. Su rival tenía fama de dominar la partida francesa, que no se prestaba en absoluto a esas variaciones. ¿No se equivocaba Alekhine de medio a medio? Ya puesto, ¿por qué no recurrir a la magia o invocar la ayuda del Espíritu Santo?

Se preparaba para otra partida y miraba, con una ternura teñida de melancolía, los pasos de tango de las parejas sobre la pista. Por una vez, el juego del ajedrez lo apartaba de lo esencial.

—Pero, doctor..., ¡jamás vencerá a Botvínnik con esas armas!

Alekhine hizo un amplio gesto de cansancio, que significaba: «¡Déjeme a mí!». Luego, con lo que parecía una sonrisa, con lo que pareció el regreso inesperado de la insoportable locuacidad del hombre que ostentaba el título de campeón del mundo desde hacía diecinueve años, dijo:

—A veces, uno pierde, pero en un mundo ideal que quizá solo existe para Dios y para él, gana de forma magnífica. ¿Conoce usted esa sensación? La victoria no tiene nada que ver con el resultado de la lucha, todos los palmareses oficiales la llamarían derrota. Pero uno gana. Sí,

Lupi, gana. Su victoria es más alta y difusa. Es de otra naturaleza. Creo que a partir de ahora voy a jugar ahí, en ese sitio... ¡Vaya, no queda whisky! ¿Y si pidiera usted otra botella, eh? ¿Qué me dice?

A las once de la mañana siguiente, al llevarle el desayuno a la habitación, el recepcionista encontró su cadáver. A partir de ese momento el hotel del Parque vivió una agitación poco habitual en esa época del año.

Solo estuvo tranquilo el comedor, con sus manteles blancos y sus sillones de madera oscura. Permaneció suspendido en el desamparo que tan bien saben expresar las estaciones balnearias en temporada baja. Como la lluvia de la noche anterior había parado, habían abierto los balcones que daban a la terraza, llena de enormes y espejeantes charcos. Las cortinas de tul se hinchaban a la menor ráfaga de viento y daban a las paredes una apariencia movediza. Aunque todas las mesas estaban preparadas, solo había dos ocupadas. El ruso de aspecto siniestro se estaba acabando unos huevos con beicon y la pareja francesa compartía una naranja. Los tres se iban ese día. No habían avisado de su partida hasta esa misma mañana. El profesor cogería un avión a Sofía vía Atenas. La pareja embarcaría hacia Argel. La doncella cruzó el comedor con un termo en la mano. Venía de servirles una segunda taza de café caliente. Cuando llegó al vestíbulo, encontró al recepcionista presa del pánico.

Estaba llamando a Francisco Lupi. Alekhine se lo había advertido el día que llegó: al menor problema había que avisar a su amigo Lupi.

—¡Venga enseguida, *senhor* Lupi! ¡Al doctor Alekhine le ha ocurrido algo grave!

El Lupi que se presentó segundos después con tres hombres armados no era Francisco, sino Luis, es decir, el hermano mayor, policía y propagandista de Francisco.. Llevaba sotabarba. Su abrigo era largo, de paño color canela. De corte recto. Les enseñó la placa a la doncella y el recepcionista, y luego quiso saber si habían tocado algo en la habitación, si habían notado algo fuera de lo normal durante la noche o a primera hora de la mañana, si sabían en qué momento se había producido la muerte y si podían explicarla. A todo eso, los dos empleados respondieron mirándolo alelados y sacudiendo la cabeza. No habían visto, oído ni notado nada. Les habría gustado preguntarle cómo había llegado tan deprisa, pero se abstuvieron.

Los esbirros subieron la escalera que llevaba a las habitaciones. Sus pasos eran pesados y sonoros. Tenían la misión de custodiar el escenario del crimen. Lupi se quedó en recepción, observando el comedor. Vio a los tres clientes que desayunaban en él. Torció el gesto. Sus labios esbozaron una sonrisa cruel. Pidió ver el libro de registro, que la doncella le tendió. Dentro encontró los nombres del profesor de oceanografía Stanislav B. Zabvev y los recién casados Jacques y Yolande Arcanel (de soltera, Meyzaud), además del de Alexánder Alekhine, llegado de Gijón, alojado en régimen de pensión completa desde hacía tres meses y, en lo sucesivo, *muerto*.

Era un asunto serio y, por tanto, cosa de hombres. Lupi se olvidó de la doncella y se dirigió únicamente al recepcionista.

—¿Nadie más aparte de esos tres individuos?

—El doctor...

—El fiambre no cuenta.

—Nadie más, señor inspector.

—¿Tienen alguna llegada prevista para hoy?

—No, inspector. Al revés, solo salidas...

—¡No me diga! ¡Claro, el espectáculo ha terminado! ¡Todo el mundo se marcha! Solo quedan las flores.

—¿Cómo dice, señor inspector?

—Olvídelo. Necesito a alguien de pompas fúnebres y a un fotógrafo. Luego necesitaré un forense y un plenipotenciario francés. También me hará falta un ataúd, una foto para la prensa, una autopsia y una repatriación de cadáver. Y, cuando por fin lo tenga todo, necesitaré unas vacaciones.

El inspector llamó al cuartel general y pidió que le mandaran esto y lo otro. Su tono era seco. Colgó brutalmente.

—En cambio, no necesito ni a un asesino ni a dos libertinos...

Miraba el comedor.

Con la servilleta doblada por la mitad, Zabvev se daba golpecitos en los labios. Se levantó y caminó con paso tranquilo, como disfrutando de la sensación de hundir los talones en la moqueta. Al pasar junto a Lupi, como el inspector lo miraba fijamente, lo saludó con los ojos. Al oírlo dirigirse a él en ruso, y además sin acento, Zabvev se quedó bastante sorprendido. Aquella inesperada aptitud no se explicaba solo por la facilidad para los idiomas del inspector jefe Lupi, que era cuatrilingüe, sino también y sobre todo por la improbable pero innegable proximidad fonética entre las lenguas portuguesa y rusa.

—Profesor Zabvev, ¿verdad?

—El mismo. ¿Con quién tengo el placer...?

—Luis Lupi, policía.

—¿He hecho algo malo?

Lupi sabía que era un esfuerzo inútil, pero, puesto que lo tenía delante, ¿por qué no intentarlo?

—No lo sé, profesor. ¿Qué ha hecho usted?

—¿Qué he hecho?

La entonación no traslucía la menor incomodidad, al contrario; lo que caracterizaba a aquel ruso era una

266

flema odiosa, algo que rozaba el humor negro. Ese rasgo permitía a Lupi reconocer a un asesino profesional cuando se cruzaba con él.

—Sí, ayer por ejemplo...

—Me temo que no es muy apasionante, inspector. Estudio la descomposición de las algas. El modo en que mueren y son arrastradas por las olas decenas de miles de kilómetros para acabar pudriéndose en las playas. Mis trabajos podrían llegar a conclusiones interesantes desde el punto de vista agronómico. Las algas tienen virtudes y futuro, créame. Serán el alimento de las futuras generaciones de trabajadores. Así que, ya que me lo pregunta, ayer estuve todo el día recogiendo muestras.

—¿Qué me dice de la noche?

—Esta noche he dormido como un tronco, la verdad.

—Las algas deben de ser agotadoras...

—¡Ni se lo imagina!

—Nos deja usted, al parecer...

—Sí, ojalá pudiera quedarme.

—¿Otras algas?

—Sí, y otros cielos. Otro bosque marino.

—Muy bien, le deseo buen viaje, profesor.

Zabvev lo saludó y se alejó sin apresurarse. Lupi se fijó en su nervuda delgadez, toda huesos y músculos. Luego, al oírlos reír de pronto, se volvió hacia los dos franceses. Esos eran de otra raza. Había alguna posibilidad de sacarles información. Una raza menos fría y profesional, pensó caminando hacia su mesa, mucho menos fría y mucho menos profesional, siguió pensando mientras veía aparecer el rostro infantil de Yolande.

Cuchicheando inclinados el uno hacia el otro, le sonrieron como dos estudiantes traviesos a un bedel en el patio de recreo. Arcanel llevaba un chaleco verde de punto con cuello de pico; Yolande, un vestido fino rosa pálido bajo una chaqueta roja con hombreras. Arcanel hablaba; Yolande bajaba tímidamente los ojos. Aunque el contacto con su esposo la hubiera vuelto más atrevida y animado a fumar, seguía siendo la jovencita modosa a la que sus padres habían educado en el respeto al trabajo y la policía.

—¡Buenos días, inspector! ¿Podemos ayudarlo?

—Sí. Díganme qué hicieron ayer.

—Eso, con todos los respetos, solo es asunto nuestro.

—Señor Arcanel, puedo complicarle enormemente el viaje...

—¿Ah, sí?

—Sí, no se haga el tonto.

—Puedo intentarlo, inspector, pero es que soy tonto, y Yolande todavía más...

—¿Qué hicieron ayer?

—Como llovía, nos quedamos en el hotel.

—Eso me dice el *dónde*, pero no me dice el *qué*.

—Inspector, somos unos recién casados en un hotel vacío. No conozco muy bien las costumbres de su maravilloso país, pero, vaya, en el nuestro...

—¿Se quedaron en la habitación?

—Sí. Bueno, no... También salimos a escondidas para montárnoslo en la mesa de billar de la sala de ahí al lado.

Yolande se tronchó de risa encima de la taza de café y salpicó de marrón el inmaculado mantel. Jacques era incorregible.

—¿Puedo saber a qué hora fue eso?

—Ni idea. Lo siento. Y tampoco tomamos fotos.

La chica seguía riendo, pero se tapaba la boca con la servilleta. Fotos sí habían hecho.

—¿Y esta noche?

—Hemos jugado al billar. Nos encantan los juegos de bolas y agujeros.

—No me gustan tus formas, muchacho...

—Usted a mí sí me gusta, inspector. ¿Verdad que nos gusta, Yolande?

—Sí, inspector, a nosotros nos gusta todo el mundo.

Lupi estaba a punto de estallar, pero en ese momento vio irrumpir en el hall a su hermano. Estaba descompuesto. La llamada del recepcionista lo había sacado de la cama.

—Espérenme aquí. Nuestra conversación no ha acabado.

Mientras se alejaba para impedir que Francisco subiera solo a las habitaciones, pudo oírlos hablar de su sotabarba. Untando mantequilla en una tostada, con un acento parisino caricaturesco, Arcanel le decía a Yolande que ahora conocían a suficientes *fifís** en el Consejo Nacional de la Resistencia para preocuparse por un poli salazarista con sotabarba. ¿A quién se le ocurría llevar eso? Una vez engullida la tostada, le pidió a Yolande uno de sus Gitane Vizir. «Tú eres mi gitana», le susurró apoderándose del elegante paquete rojo con borde blanco, a lo que la chica respondió: «Y tú mi visir». Se querían de verdad. Todo lo que tocaban se convertía en canción.

—¡Francisco, espérame!

—Luis, ¿le ha pasado algo al doctor Alekhine?

—Se acabó, Francisco.

—¿Qué? ¿Ha muerto?

—Sí. Esta noche.

—Imposible. Nos hemos separado a las cuatro...

—El forense determinará la hora del fallecimiento.

—¿Cómo ha ocurrido? ¿Qué ha pasado?

—Aún no lo sabemos. El forense...

—¡Voy a subir!

—¡Francisco, espera!

---

* Apelativo coloquial aplicado a los miembros de las FFI (Fuerzas Francesas del Interior), que luchaban en territorio galo contra el ocupante alemán. *(N. del T.)*.

Subieron el uno detrás del otro. Luis intentando adelantar a Francisco, sin conseguirlo. En la planta de arriba había dos gorilas, uno a cada lado de una puerta entreabierta. El menor de los Lupi empujó la hoja, que dejó lentamente al descubierto el cuerpo de Alekhine. Sentado ante una mesa en la que había un caos de platos junto a una tetera y una bandeja de acero inoxidable, el maestro tenía la cabeza inclinada hacia la derecha y apoyada en el hombro. La mano de ese lado descansaba en la entrepierna y la otra colgaba fuera del sillón, a ras del suelo. Alrededor, objetos de todo tipo. Un vaso por aquí, una libreta por allí... y libros, la mayoría abiertos o llenos de marcadores de papel. Los cajones cerrados de los muebles del hotel debían de estar repletos de esas menudas pertenencias que los muertos dejan tras de sí y que siguen hablando de ellos mucho, muchísimo después de su partida. ¿Quién habría podido adivinar, por ejemplo, que aquel trocito de porcelana era el único vestigio del jarrón del zar y el último confidente del campeón del mundo?

Alekhine llevaba puesto el abrigo y parecía muy delgado entre sus pliegues. En líneas generales, la habitación estaba llena de cosas y desordenada. Ese abarrotamiento y ese desorden hablaban de las innumerables horas de angustia vividas entre aquellas cuatro paredes. La cama no estaba deshecha y las sábanas tenían la blancura de un sudario. Francisco dio unos pasos, pero no se atrevió a tocar el cuerpo.

—«Esto es lo que les pasa a los exiliados...».

—¿Cómo dices, Francisco?

—Es un verso..., un verso del libro que estaba leyendo el maestro.

Francisco se había inclinado sobre un poemario titulado *Hacia el exilio*, de una tal Margaret Sotbern, que estaba, abierto y boca abajo, en el tablero inferior de una mesita de dos pisos, al alcance de la mano del cadáver, justo al lado del fragmento de jarrón. ¿No era terrible haber leído ese verso y haber muerto así, doblemente exiliado? Lejos de su país de adopción, aún más lejos de su país de origen, indeseable en todas partes.

La intuición de un acto planeado asaltó a Francisco cuando Luis le echó un rapapolvo al fotógrafo por llegar tarde y amonestó a uno de sus gorilas, llamado Benito, por la ausencia de un tablero en lo que él llamaba «el cuadro». Iban a fotografiar los restos mortales de un jugador de ajedrez que era el campeón del mundo, se lamentaba, y a su equipo no se le había ocurrido la idea elemental de poner un tablero de ajedrez en el cuadro.

—¡Sois unos aficionados! ¡Buscad un juego, rápido!

Benito encontró uno. Las casillas tenían un orificio en el centro y las piezas, una clavija de madera en la base. Alekhine lo usaba para estudiar y durante los viajes. Al verlo, la irritación de Luis se atenuó y dio paso a una especie de arranque de creatividad. Iba de un lado a otro de la habitación.

—Muy bien, ponedlo aquí, delante de él...

Por fin, la escenificación estuvo a su gusto.

Dos destellos de flash.

Lo inmortalizaron de perfil y de frente.

—¡Mañana, esta foto dará la vuelta al mundo!

Luis estuvo tentado de pedirle a Francisco que reprodujera una de sus famosas partidas, o, por qué no, que colocara su defensa de caballo-rey. Al leer el periódico, los jugadores de ajedrez habrían disfrutado imaginando el último movimiento que había hecho el campeón del mundo justo antes de morir. ¿Qué combinación había utilizado la muerte para dar jaque mate al invencible Alekhine?

—¡Eso es! Alekhine tiene las blancas, le toca jugar...

«No, ya no jugará —pensaba Francisco—, porque está muerto».

—Francisco…, ¿quieres que te lleve a la ciudad?

Francisco se marchó sin responderle.

«Alekhine está muerto, no volverá a jugar».

Sin decidirlo realmente, en un estado de semiconsciencia, Lupi fue andando desde el hotel del Parque hasta la orilla del Tajo, donde algo en la inmensidad del río y el viento lo apaciguó. La torre almenada de una especie de alcázar de la Orden de Malta le recordó una de las últimas partidas que había jugado con su ídolo y cierta combinación de torres llamada «en escalera».

Con Alekhine, moría un mundo. Su desaparición no afectaba únicamente al ajedrez. Alekhine había sido uno de los últimos representantes de una raza de jugadores sin maestro, de aristócratas sin rey, de individuos sin respaldos, de mentes sin ideología, de ciudadanos sin fronteras, de reyes imaginarios, de hombres inasimilables… Ahora que él ya no estaba, ¿quién iba a jugar?

En el futuro, los jugadores serían miembros de academias, socios de clubes patrocinados. Serían manejados por gobiernos, determinados por su estado civil y entrenados por preparadores. En lugar de artistas libres y locos, surgirían regimientos de deportistas disciplinados. «Administrados», masculló Francisco. El arte al que su maestro había consagrado su vida iba a desaparecer para dar paso a una especie de exhibición intelectual, que se impondría de forma casi definitiva en el juego y más allá de él. ¿De qué grado extremo de locura habría que disponer en el futuro para derribar ese orden?

Con la muerte de Alekhine, la historia pasaba página.

Destruyéndolo, el mundo se había metamorfoseado.

Francisco se dirigió a casa. Cogió el tren que bordeaba el Tajo. Mientras veía pasar la costa desierta y las villas con los postigos cerrados, daba vueltas a las sospechas que lo habían asaltado en la habitación del hotel. ¿Por qué no se había quitado el abrigo Alekhine? ¿Por la humedad y la falta de calefacción central? Lo lógico habría sido que, calado hasta los huesos como estaba, se hubiera cambiado enseguida. ¿No le gustaban su pijama y su bata? ¿Cuántas veces había jugado con él Alekhine vestido así? ¿Y si en realidad su abrigo servía para ocultar una flor de sangre a la altura del corazón? ¿Y si esa flor de sangre señalaba el agujero de entrada de una bala?

¿Quién la había disparado?

¿Stanislav B. Zabvev?

¿Jacques Arcanel?

¿Yolande Arcanel?

¿Su hermano Luis o uno de sus esbirros?

¿Y si habían actuado todos juntos, en una especie de confabulación contra natura?

¿Y si había sido el propio Alekhine?

¿Y si había usado al fin su Remington de jugador de póquer?

¿Y si, en vez de emplear un arma de fuego, la red Chang lo había envenenado y su muerte se debía a la acción invisible del arsénico?

Al día siguiente, haciéndose eco de una autopsia amañada con toda seguridad por la PIDE, los periódicos de todo el mundo explicaron que Alekhine siempre había tenido la costumbre de comer a toda prisa y sin cubiertos, con los dedos. Contaron que se había atragantado con un gran trozo de bistec. Se había ahogado, decían. ¿Un bistec, a las cinco de la mañana? ¿Un repentino antojo nocturno? ¿Se había comido las sobras de la cena para compensar el exceso de whisky? Y, si efectivamente se trataba de un ahogamiento, ¿por qué esa postura tan relajada y esa expresión tan apacible? Alguien que se ahoga con un trozo de carne, ¿no se debate ni siquiera un poco? ¿No vuelca al menos la mesa que tiene delante?

El gran público concluyó que su muerte era el resultado lógico de su deterioro físico y moral. Vio en ella el reflejo de los años de guerra, una especie de espejo de la Europa de ese periodo. Entre su regreso de Buenos Aires y el final del conflicto, el destino de Alekhine había coincidido con los acontecimientos de un modo perturbador. Pero ya nadie pensaba en volver a sumergirse en la guerra que acababa de terminar. Había suficientes cadáveres y ruinas para olvidar los de Alekhine.

Para la comunidad de jugadores, la victoria de Botvínnik, treinta años más joven que él, era, en cualquier caso, ineluctable. Alekhine ya no tenía el empuje necesario. Sus visiones ya no lo acompañaban. Para probarlo, se sacaron a relucir varias partidas torpes que había jugado en España. Se señaló tal o cual error indigno de él. ¿Estaban seguros? ¿Y su increíble espíritu de lucha? ¿Y la inagotable violencia de su estilo? Puede que aquella mañana del domingo 24 de marzo de 1946, en la habitación 43 del hotel del Parque de Estoril, no quedara gran cosa de ellos. Había sido el único campeón del mundo que había perdido y luego reconquistado el título de campeón del mundo. Ahora era el único campeón del mundo que había muerto siendo campeón del mundo.

32

El gobierno francés no quiso pagar ni su repatriación ni su entierro. Los plenipotenciarios de la embajada
adujeron que no habían recibido ninguna instrucción al
respecto. Alekhine esperó catorce días en un cajón frigorífico. Al final, casi para dejar sitio libre, lo enterraron
con una somera bendición en un cementerio reservado a
los extranjeros. El Club de Ajedrez de Lisboa le pagó una
sencilla cruz ortodoxa y una corona de flores en forma
de caballo. Francisco pronunció un breve discurso que
luego se convirtió en un artículo titulado «El rey roto».[*]
Alekhine tuvo que esperar once años para reempren-
der sus viajes. Entre los medios de transporte más singu-
lares que utilizó *post mortem*, figuran una carroza fúnebre y un asteroide. La carroza era una camioneta Renault
1000 kg negra guarnecida de cortinas malva con flecos
dorados. En 1956 lo llevó de Lisboa a París, donde lo
aguardaban representantes de la Federación Internacional de Ajedrez, grandísimos jugadores como los futuros
campeones del mundo Petrosián y Spasky (Botvínnik
aún era el poseedor del título) y funcionarios de primer
nivel franceses y soviéticos. Le rindieron un pomposo
homenaje. Sobre la estela habían instalado un bajorrelie-
ve que lo representaba y, encima de la lápida, un tablero
de mármol rosa y gris en el que era posible colocar piezas
y jugar una partida. Había pocas mujeres, con la notable

---

[*] Ver nota de la página 43.

excepción de Grace. Tras abandonar el cementerio apoyándose en el bastón con una mano y agarrándose con la otra al brazo de Adelaïde, volvió a hablar de él, de lo que había sido y de lo que iba a ser.

—¡Después de todo, está bien que haya vuelto! Tisha jugó *la partida más bonita de su vida* en París, entre su victoria sobre Capa y nuestro último viaje a Sudamérica. Durante diez años fue plenamente *él mismo*. Puedo verlo cruzando el Sena para ir al Palais-Royal. Puedo verlo sentándose en medio de sus admiradores, cerca de aquella especie de merendero cuyo tejado comparaba con las cúpulas en forma de cebolla de las iglesias de su país. Hacía lo que le gustaba hacer: jugar, beber y dar consejos... ¿Quién sabe? Puede que en el subsuelo de esta maravillosa ciudad vuelva a encontrar los suficientes buenos recuerdos como para dar jaque mate a la muerte y venir a hacernos una visita.

Grace murió al año siguiente. Fue enterrada con él.

Hace mucho tiempo que el quiosco verde y blanco que alquilaba juegos de ajedrez en el Palais-Royal dejó de existir. Ahora los jugadores parisinos acuden a los jardines de Luxemburgo. Juegan partidas rápidas y ultrarrápidas. Tienen relojes táctiles. En sus ordenadores, han agotado las variantes de tal o cual posición gracias a programas infalibles. Entre la multitud excéntrica y bulliciosa que forman, varios me han asegurado sin pestañear que algunas tardes, en el momento en que el sol se pone en la rue Montpensier, al otro lado de la verja oeste del Palais-Royal, cerca de la fuente central, en el sitio exacto en que la última franja de luz desaparece en la sombra, se puede oír hablar a Alekhine.

—Me he convertido en estrella. Los astrónomos la llaman «planeta menor» o «asteroide», pero sigue siendo una estrella. Una estrella que no brilla, para ser del todo exacto. ¡Bautizaron un asteroide en mi honor! El número 1909. El asteroide Alekhine. Está situado en el cinturón principal, es decir, en el primer caos de miles de millones de pedruscos que giran alrededor de nuestro sistema solar, a miles de millones de kilómetros de este maravilloso jardín. Soy uno de esos pedruscos perdidos en la materia negra, ¿sabe usted? En el instante en que le hablo, planeo sobre su cabeza. Me otorgaron esta transformación cósmica... ¡Eso, y el nombre de una defensa!

La noche cae y suenan los silbatos de los guardas. Tengo que levantarme e irme. Pronto, las pesadas verjas con flechas doradas volverán a cerrarse una tras otra sobre el jardín. Las últimas palabras de Alekhine quedarán huérfanas. No habrá nadie para escucharlo, salvo los tilos recortados con mimo y los parterres.

—¿Quiere saber cómo funciona mi defensa? No es nada complicada. ¡Ni siquiera hace falta saberse las reglas! Basta con que comprenda su filosofía. Las blancas atacan haciendo avanzar al peón de rey (e4); usted responde amenazándolas con su caballo (Cf6). Entonces su adversario se aleja de su base (e5), en parte para perseguir al caballo y en parte para asentarse mejor en el centro del tablero. Lo obliga a huir, de modo que usted huye. Él cree que se está imponiendo, pero en realidad se ha expuesto al peligro de que rodeen su línea por la retaguardia. No ha podido evitar perseguir a su caballo y, de ese modo, se ha buscado su propia perdición... Ya está. Antes de mí, no se le había ocurrido a nadie.

Este libro se terminó
de imprimir en
Móstoles, Madrid,
en el mes de
enero de 2022